大地慈悲

赵德发小说精选集

赵德发

ZHAODEFA ZHU

著

山东城市出版传媒集团·济南出版社

图书在版编目(CIP)数据

大地慈悲:赵德发小说精选集/赵德发著.—济南:济南出版社,2021.6
 ISBN 978-7-5488-4730-4

Ⅰ.①大… Ⅱ.①赵… Ⅲ.①中篇小说—小说集—中国—当代 ②短篇小说—小说集—中国—当代— Ⅳ.①I247.7

中国版本图书馆 CIP 数据核字(2021)第 123738 号

大地慈悲
赵德发　著

出 版 人	崔　刚
图书策划	田俊林
责任编辑	李圣红　董慧慧
装帧设计	八牛·设计
出版发行	济南出版社
地　　址	济南市二环南路1号
邮　　编	250002
印　　刷	济南鲁森印务有限公司
成品尺寸	148mm×210mm　32 开
印　　张	8.5
字　　数	180 千
版　　次	2021 年 6 月第 1 版
印　　次	2021 年 6 月第 1 次印刷
书　　号	ISBN 978-7-5488-4730-4
定　　价	39.00 元

(如有倒页、缺页、白页,请直接与出版社联系调换。联系电话:0531-86131736)

目 录

第一辑

通腿儿 / 3

蚂蚁爪子 / 23

到台风眼去 / 46

闲　肉 / 58

第二辑

我知道你不知道 / 83

窨 / 98

琴　声 / 139

选个姓金的进村委 / 154

第三辑

被遗弃的小鱼 / 171

路遥何日还乡 / 196

摇滚七夕 / 220

担架队 / 244

第一辑

通腿儿

一

那年头被窝稀罕。做被窝要称棉花截布,称棉花截布要拿票子,而穷人与票子交情甚薄,所以就一般不做被窝。

两口子睡一个被窝。睡出孩子仍搂在被窝里。一个两个还行,再多就不行了。七岁八岁还行,再大就不行了。

再大就捣蛋。那一夜,榔头爹跟榔头娘在一处温习旧课,刚有些体会,就听脚头有人喊:"哪个扇风,冻死俺了!"两口子羞愧欲死,急忙改邪归正。天明悄悄商量:得分被窝了。

但新被窝难置。两口子就想走互助合作道路。榔头娘找狗屎娘说了意思,狗屎娘立马同意,并说:"你家榔头夜里捣蛋,俺家狗屎捣蛋得更厉害,俺家狗屎爹已经当了半年和尚了。"两个女人就嘎嘎笑,笑后谈妥:两家合做一床被窝,狗屎娘管皮子,榔头娘管瓢子。

费了一番艰难,终于将皮子瓢子合在了一起。狗屎家有间小西屋,有张土坯垒的床,抱些麦秸撒上,弄张破席铺上,把被窝一展,让两个捣蛋小子钻了进去。

狗屎、榔头倒头就睡。一头一个,"通腿儿"。"通腿儿"是沂蒙山人的睡法,祖祖辈辈都是这样。兄弟睡,通腿儿;姊妹睡,通腿儿;父子睡,通腿儿;母女睡,通腿儿;祖孙睡,通腿儿;夫妻睡,也是通腿儿。夫妻做爱归做爱,事毕便各分南北或东西。不是他们不懂得缠绵,是因为脚离心脏远,怕冻,就将心脏一头放一个给对方暖脚。现如今沂蒙山区青年结婚,被子多得成为累赘,那又怨不得他们改动祖宗章法,夜夜鬼混在一头了。

五十年前的狗屎、榔头就通腿睡,睡得十分快活。每天晚上,榔头早早跑到狗屎家,听狗屎爹讲一会傻子走丈人家之类的笑话,而后就去睡觉。小西屋里是没有灯的,但没有灯不要紧,狗屎会拿一根苘杆,去堂屋油灯上引燃,吹得红红,到小西屋里晃着让榔头理被窝。理好,狗屎把苘杆去墙根戳灭,二人同时登床。三下五除二褪去一身破皮,然后唉唉哟哟颤着抖着钻进被窝。狗屎说:"俺给你暖暖脚。"榔头说:"俺也给你暖暖。"二人就都捧起胸前的一对臭东西搓、揉、呵气。鼓捣一会儿,二人又互挠对方脚心,于是就笑,就骂,就蹬腿踹脚。狗屎娘听见了,往往捶门痛骂:"两块杂碎,不怕蹬烂了被窝冻死?"二人怵然生悸,赶紧老老实实,把对方的脚抱在怀里,迷迷糊糊睡去。

就这样睡,一直睡到二人嘴边发黑。

后来,二人睡前便时常讨论女人了。女人怎样怎样,女人如何如何。尽管热情很高,他们却始终感到问题讨论不透。榔头说:"好好挣,盖屋娶媳妇。"狗屎说:"说得对,娶个媳妇就明白啦。"二人白天就各自回家,拼命干活。

十八岁上,二人都说下了媳妇,都定下腊月里往家娶。

这一晚,狗屎忽然说:"娶了媳妇,咱俩不就得分开吗?咱通腿十年,还真舍不得。"

榔头想了想说:"咱往后还是好下去:一、盖屋咱盖在一块;二、跟老的分了家,咱们搭犋种地。"

狗屎说:"就这样办。"

榔头说:"不这样办是龟孙。"

二

人生的重场戏是结婚。重场戏中的重要道具是床。

床叫喜床。一要材料好。春是好光景,春来万物始发,因而喜床必须是椿木的。二要方位对。阴阳先生说安哪地方就安哪地方,否则会夫妻不和或子嗣不蕃。

狗屎的喜床应该靠东山顶南,榔头的喜床应该靠西山顶南。于是,两人的喜床就只隔一尺宽的屋山墙。

墙是土坯垛的,用黄泥巴涂起。墙这面贴了张《麒麟送子》,墙那面也贴了张《麒麟送子》。

夜里,这墙便响。有时两边的人听到,有时一边的人听到。

狗屎家的睡醒一觉,听那墙还响,就去扛耳朵边的大脚片子。扛不几下,大脚片子一抖,床那头便问:"干啥?"狗屎家的说:"你听墙。"狗屎便竖起耳朵听。听个片刻,狗一般爬过来,也让墙响给那边听。弄完了,墙还响个不停。狗屎家的说:"你个孬样!看人家。"狗屎便在黑暗中羞惭地一笑,爬回自己那头,又把个大脚片子安在媳妇的耳旁,媳妇再去扽他也不觉得。

狗屎家的仍不睡,认真听那响声。一边听一边寻思:离俺尺把远躺着的那女人,长了个啥模样?黑脸白脸?高个矮个?这么寻思着,一心要见见她。但又一想,不行不行,老人家嘱咐得明白,两个女人都过喜月,是不能见面的,见面不好。

不见面就不见面,反正三十天好过。狗屎家的就整天不出门,只在院里、灶前做点活落。榔头家的似乎也懂,也整天把自己拴在家里。两家如发生外交事务,都由男人出面。男人不在家,偶尔鸡飞过墙,这边女人便喊:"嫂子,给俺撵撵!"那边女人便答应一声,随即"欧哧、欧哧"地把鸡给吆过来。两个女人虽没见面,声音却渐渐熟了。榔头家的心下评论:她声音那么粗,跟楠棒似的。狗屎家的心下评论:她声音那么细,跟蜘蛛网似的。

中午,狗屎家的正做饭,忽听街上有人喊:"快出来看!过队伍喽!"狗屎家的忙舀一瓢水将灶火泼灭,咚咚地跑向了门外。还真是过队伍。一眼就认出是八路。军装黄不拉几,破破烂烂,比中央军差得远。可是人怪精神,一边走还一边唱,唱几句就喊个"一二三四"。当兵的整天喊"一二三四",准是好久不在家数庄稼垄,怕把数码忘了。好多人胸前都别着钢笔,怪不得有"穷八路,富钢笔"这句传言。有些兵还胡子拉碴,看来是有家口的,不知他们想不想老婆孩儿……

不知不觉,队伍过完了。有人说,这是老六团,沂蒙山里最神的八路队伍,说打哪就打哪,鬼子最怕他们。狗屎家的听得一愣一愣的,不由得又追了队伍尾巴几眼。

又一眼撒出去,却撒到了一个女人身上。女人站在东院门口,穿一身阴丹士林,脸上几片雀斑,雀斑上方有一对亮亮的东西在朝自己照。

狗屎家的悟出:这是隔墙躺着的那女人。哟,新人见面了,这可怎么办?对了,娘说过,遇到这件事,谁先说话谁好。

说,赶紧说!

可是,向她说啥呢?

正思忖间,忽听那女人开口了:"也看队伍?"

听着这细如蜘蛛网的熟音儿,狗屎家的浑身一抖:糟啦糟啦,这下俺可完啦。这个浪货,浪货浪货!她狠狠地戳了榔头家的一眼,狠狠地在鼻子里哼一声,转身回家了。

见她这样,榔头家的马上灰了脸儿。

一出喜月,春老爷醒来,要人们用犁铧给他搔痒,但榔头与狗屎没搭成帮。狗屎的老婆不让,说她不愿见东院那爱走高岗的骚货。

榔头明白了缘由,就回家责怪媳妇。媳妇道:"俺不抢先说话,她就抢先。谁不想个好?"

榔头嘟噜着脸说:"弟兄们不错的,都叫娘儿们捣鼓毁了。"

媳妇把嘴一撇:"俺孬,俺回娘家。"说着脚就朝门外迈。榔头从后边一下子抱住,边揉搓媳妇胸脯边说:"谁嫌你孬啦?谁嫌你孬啦?杂种羔子才嫌你孬!"

春耕时,两家都买不起牛,都用锨剜。

两个女人见面不说话,错过身都要吐一口唾沫。两个男人见面还说话,但也就是"吃啦喝啦",不敢多说,生怕惹得自家媳妇心烦。

三

别看八路军吃穿不好枪炮不好,却在这一带扎下根了。小鬼子兵强马壮,可就是到不了沭河东岸。

八路扎下根,就开始发动老百姓。从那时活到现在的人都说:共产党会发动老百姓,不会发动老百姓的不是共产党。

先是唱戏。把戏班子拉来,连演两天。有出戏也怪,不唱,光说光说。说的是北京洋腔,听了半天才听出眉目:那个俊女人不正经,跟老头前妻的儿子辮伙。后来那小伙子不干了,又跟丫鬟好。后来一家几口人都死了,说是叫电电死的。电是啥玩意儿?那么毒?那么毒就拿去毒日本鬼子呀!另外几出戏虽然唱几句,但也不懂。不懂就不懂吧,老百姓图个热闹就行了。所以有人一边看戏一边议论:还是八路好,五十七军啥年月给咱演过戏?

接着是减租减息。"工作人"把佃户叫到一起问:"你们为什么穷呀?孙大肚子为什么富呀?"佃户说:"人家命好呀,咱们命孬呀。"

"工作人"气得瞪眼,瞪完眼又说:"不是的。是穷人养活了地主。"佃户说:"养活就养活呗。地是人家的,给咱种是面子,不给咱种是正好。""工作人"气得骂:"贱骨头!活该受罪!"就散会了。第二天晚上又开,另一个"工作人"不发火,老讲老讲,一连讲了五六个晚上,把佃户讲转了筋,就合伙去找孙大肚子要他退粮。佃户们扛着粮食回家,见孩子的小肚子凸了起来,便伸手去摸,摸得孩子笑着喊痒也摸不够。

然后是办识字班。"工作人"说:妇女要翻身,要学文化。就叫大闺女小媳妇聚在一堆学起来。没有本子钢笔,就一人抱一块瓦盆碴子用滑石画。学一阵子还唱歌:

呜哩哇,呜哩哇。

呜哩哇,呜哩哇。

北风吹起落叶飘,冬来了。

湖净场光粮藏好,心不操。

上冬学又是时候了,

上冬学又是时候了。

不当游手的流浪汉,满街串,

别叫庄长会长催,挨户喊。

自动报名跑在前,

自动报名跑在前。

狗屎家的就是跑在前的。因为她去了一回就觉得那里热闹。原来她晚上都是和狗屎拉呱儿，但大半年过去也没啥可拉了，一进识字班，晚上回来就又有呱拉了，所以她就很积极。妇救会长看她积极，就叫她当了组长，负责后街的十几户，这一来她就更积极，天天上门动员人家参加识字班。有的人家不让闺女出门，说是听人讲：办识字班是为了给八路配媳妇。过了阳历年，识字班里的大闺女都不准出嫁，跟八路排成两排抛手绢，抛着谁就跟谁睡。狗屎家的听了，骂一声"放狗屁"，立即报告了妇救会长田大脚。田大脚手拿铁皮喇叭筒，爬上村中的一棵大榆树，一遍又一遍地辟谣，大闺女们这才陆陆续续走出家门。

后街这片唯独椰头家的没参加，狗屎家的也没上门动员。她让别人去叫。椰头家的对来人说："狗屎家的参了，俺就不参。"狗屎家的气得不行，就找田大脚，要她召开妇女大会，狠狠斗争那个落后分子。田大脚没同意，说革命要靠自觉。

一入腊月，识字班又学扭秧歌。没有红绸，就一手甩一条毛巾，甩得满街筒子毛巾翻飞，让人眼花缭乱。有促狭汉子在一边看，和着秧歌调唱：

  哎哟哎哟肚子疼，
  从来没得这样的病：
  自从进了识字班，
  奶子大来肚子圆……

姑娘们听见了,就一齐围过来要斗争唱歌的。唱歌的把手撑在额头上,连声说:"对不起,对不起,捏着眼皮打敬礼!"姑娘们便哈哈笑,笑完又去扭着腰肢甩毛巾。

狗屎家的也甩。但她腰腿不灵活,那"转身步"扭得太冒失,让人看了直想笑。于是又有人唱:

  狗屎媳妇真喜人,
  扭起秧歌大翻身。
  肚子一挺腔一扭——
  看你翻身不翻身!

狗屎家的听了也不恼,仍旧嘻嘻哈哈地扭,直扭得满头大汗。

狗屎家的整天不在家,狗屎就冷清了。一个人坐不住,就溜达到东院。榔头家的说:"跑俺家干吗?宝贝媳妇呢?"狗屎咧咧嘴说:"那块货,疯疯癫癫的,可怎么办?"榔头家的说:"进步嘛。等去开模范会,又是大饼又是猪肉。"狗屎不再作声,就蹲到地上跟榔头下"五虎"棋。狗屎的棋子是草棒,榔头的棋子是石子。一盘接一盘,谁输了就气得要操这操那,榔头家的在一旁边做针线活边笑。

狗屎家的从识字班回来,找不见狗屎,就知道是上了东院。她在院里使劲咳嗽一声:"呃哼!"狗屎听见了,就慌忙撇下一盘没下完的棋跑回来。媳妇熊他,嫌他找落后分子,他只是笑。

这一天,狗屎家的回来,在院里咳嗽了一声,但没见狗屎回来;

又咳嗽了一声，还不见狗屎回来。于是她把新绞的"二道毛子"一甩，噔噔噔去了东院。见男人正瞅着棋盘发愣，就一把拧住了他的耳朵："叫你你不应，耳朵里塞上驴毛啦？天天跟落后分子胡混，有个啥好？"

榔头家的听这话太损，就开口骂起来……

狗屎家的眼里顿时喷出火来，扔下男人就扑向榔头家的。榔头说："甭闹了甭闹了。"把媳妇严严地遮在了身后。狗屎家的仍要揍榔头家的，不料狗屎去她身前一蹲一起，她就在狗屎肩上悬空了。男人扛着她朝门外走，她还在男人肩上将身子一挺一挺地骂，那架势活像凫水。

四

根据地的参军运动开展了，村村开会，庄庄动员。

野槐村也开了大会，可就是没有报名的。无奈，村干部把二十多名青年拉出去，关到村公所里"熬大鹰"：不让吃饭，不让睡觉，由村干部日夜倒班训话。青年一个个都叫熬得像腌黄瓜。第三天上，村长又训话，青年说："整天嘴叨叨的，你怎么不去？"村长脸一白，说："你甭不死攀满牢。俺走了，村里的工作谁干？"青年便皱鼻子："这话哄三岁小孩还行。"村长哑言半晌，把腿一拍："那好，俺去！这回行了吧？"见村长带头，有三四个人也应了口。村里把他们放了，剩下的继续熬。但一个个都熬倒了，还是没有人再答应。

村干部私下里说："看来光这个法子不行，得发挥识字班的作用。"

识字班就开会,要求妇女"送郎参军"。田大脚讲完,让大家都表个态度,狗屎家的第一个站出来说:"看俺的!"

当天晚上吃饭,狗屎家的说:"嗳,你去当八路吧?"

狗屎说:"甭跟俺瞎嘻嘻。"仍旧往嘴里续煎饼。

"真的。"

狗屎的嘴不动了,左腮让一团煎饼撑得像个皮球:"俺连鸡都不敢杀,怎么去杀人?"

"那是去杀恶人。"

"杀恶人也不敢。"

"那就去当火头军,只管办饭。"

"俺也不。"

以后再怎么说,狗屎就是不应口。

狗屎家的火了:"开弓没有回头箭,俺已经保下证了,你去也得去,不去也得去。"

"俺舍不得你。"

"舍不得俺?那好,从今天俺就不给你当老婆,叫你舍得!"

果然,当天夜里她就不让狗屎上身了。第二天,也不和他说话,也不给他做饭,晚上隔二尺躲上三尺。

第五天上,狗屎说:"唉,有老婆跟没老婆一样,干脆去当八路吧。"媳妇一笑:"俺就等着你这句话了。"立马就去村里汇报。田大脚说:"太好了,明日就往区里送。"

晚上，狗屎家的杀了鸡，打了酒，让狗屎好好吃了一顿。吃完，女人往床上一躺："这几天欠你的，俺都还你。"这一夜，榔头听见墙一直在响，但他与媳妇没有效仿。他披衣坐在被窝里，一声不吭老是抽烟，一夜抽了半瓢烟末。

第二天，野槐村送走了十一个新兵。十一个当中，有六个是识字班动员成的。识字班觉得很光荣，就扭着秧歌送。狗屎家的扭了两步却不扭了，说两脚怎么也踩不着点儿。就跟着走，一直走到村外。

狗屎是正月十三走的，二月初三区上就来人，说他牺牲了，还给了狗屎家的一个烈属证。狗屎家的不信，说活蹦乱跳的一个人，怎么会这么快就死。正巧当天本村回来一个开小差的，说狗屎第一次参加打仗就完了，他还没放一枪，没扔一个手榴弹，就叫鬼子一枪打了个死死的，尸首已经埋在了沂水县。狗屎家的这才信了，便昏天黑地地哭。

榔头家的一听说这事，心里立即乱糟糟的，便去了西院，想安慰安慰狗屎家的。不料，狗屎家的一见她就直蹦："都怪你都怪你都怪你！喜月里一见面你就想俺不好！浪货，你怎不死你怎不死！"骂还不解气，狗屎家的就拾起一根荆条去抽，榔头家的不抬手，任她抽，说："是俺造的孽，是俺造的孽。"荆条嗖地下去，榔头家的脸上就是一条血痕。荆条再落下去再往上抬时，荆条梢儿忽然在她左眼上停了一停。她觉得疼，就用手捂，但捂不住那红的黑的往外流。旁边的人齐声惊叫，狗屎家的也吓得扔下荆条，扑通跪倒："嫂子，俺疯了，俺该千死！"榔头家的也跪倒说："妹妹，俺这是活该，这是活该！"

两个女人抱作一处，血也流，泪也流。

五

椰头家的养了一个多月眼伤。这期间又正巧"嫌饭"（妊娠反应），吃一点呕一点，脸干黄干黄。狗屎家的整天帮她家干活。推磨，她跟椰头两人推，烙煎饼，她自己支起鏊子烙。就是去地里剜野菜，回来也倒给椰头家半篮子。

一个月后，椰头家的拆了蒙眼布，脸上大变了模样。以后狗屎家的跟她说话，从来不敢瞅那脸，光瞅自己的脚丫子。

识字班还是办着，但狗屎家的不去了，她说没那个心思。

没处去，就去找椰头家的拉呱。拉着拉着，她常把话题扯到椰头家的眼上，骂自己作死，干出那档子事来。一次又这样说，椰头家的变脸道："事过去就过去了，还提它干啥？你再提，咱姊妹一刀两断！"狗屎家的见她脸板得真，往后就再不提了。

就拉别的。多是拉做闺女时的事。

椰头家的说，她娘家有十几亩地，日子也行，就是亲娘死得早。后娘太狠，动不动就打她骂她，有一次下了毒手，竟把她下身抠得淌血。

狗屎家的说，她爹好赌钱，赌得家里溜光，把娘也气疯了，他还是赌。没有兄弟，地里的粗活全由她干，硬是把个闺女身子累成粗粗拉拉的男人相。

说到伤心处，俩人眼睛都湿漉漉的。

椰头家的会画"花",鞋头用的、兜肚用的、枕头用的都会。村里女人渐渐知晓了,都来向她求"花样子",椰头家的常常忙不过来。狗屎家的说:"你教俺吧,俺会了也帮你画。"椰头家的说:"行。"

椰头家的找出几张纸,一连画了几张样子:"喜鹊登梅""鸳鸯戏水""金鱼串荷花""凤凰串牡丹"等。狗屎家的一看,眼瞪得溜圆:"俺娘哎,难煞俺了。"椰头家的说:"要不你先画'五毒',小孩兜肚上用的,那个容易。"

狗屎家的就开始画,仍用上识字班用的盆碴子。先画蛐蜒。两条长杠靠在一起是蛐蜒身子,无数条短杠撒在两旁是蛐蜒腿。椰头说:"不孬不孬。"狗屎家的笑逐颜开,又接着学画蝎子、蝎虎、长虫、巴挤子。十来天把"五毒"画熟了,又去学其他的。

一天,狗屎家的画着画着停了笔,眼直直地发愣。椰头家的说:"你怎么啦?"

狗屎家的听了羞赧地一笑:"嫂子,不瞒你说,这些日子,俺老想那个事,有时候油煎火燎的。"

椰头家的懂了,就说:"你想'走路'(改嫁)?"

狗屎家的摇摇头:"他死了才几天?"

椰头家的思忖了一下,说:"要不,叫俺家的晚上过去?"

"你这是说的啥话。"

"不碍的。"

狗屎家的不抬头。

"今晚上就去?"

狗屎家的仍不抬头。

晚上，榔头家的就跟榔头说了这事。榔头说："这不是胡来嘛！"媳妇说："她怪可怜的，去吧。"

榔头忸怩了一阵，终于红着脸出了门。

榔头家的躺在被窝里睡不着，就隔着窗棂望天。

天上星星在眨巴眼儿。她对自己说：你数星星吧。

就数。一个两个三个。四个五个六个。

数到二十四，刚要数第二十五，那一颗忽然变作一道亮光，转眼不见了。

唉，不知是谁又死了。天上一颗星，地上一个丁。这个"丁"不知是哪州哪县的。想到这里，榔头家的心里酸酸的。

门忽然响了。朦胧中，榔头低头弓腰，贼一般溜进屋里。

榔头家的忙问："这么快？"

男人不答话，将披着的棉袄一扔，钻进了被窝。

男人用被子蒙住头，浑身上下直抖。女人问怎么啦，问了半天，男人才露出脸战战兢兢地答："俺不去！出门一看，狗屎兄弟正在西院里站着……"

"他？他还活着？"女人也给吓蒙了，"那俺得去看看。"她壮壮胆走出了屋门。

西院的屋里亮着灯，狗屎家的正披着袄坐在床上。一见榔头家的进来，笑了笑说："嫂子，你两口子说的话俺全听见了，快别恶心人了。"

"……"

"说实话,这几天俺真起了走路的心,打谱过了年就找主。可一动这个心,俺就见他站在跟前,眼巴巴地瞅着俺。"

榔头家的明白了。

狗屎家的又说:"这辈子俺走不成了。你想,走到哪里他跟到哪里,俺不是活受罪?唉,'狗屎家的''狗屎家的',俺只能让人家叫一辈子'狗屎家的'了……"

一席话,说得榔头家的眼泪滢滢。

她找不着话说,想走。狗屎家的却说:"嫂子,你要是疼俺,就陪俺一夜吧,俺害怕。"

榔头家的就脱鞋上了床。

天明回到东院,榔头一见她就嚷:"毁啦毁啦。"

女人忙问什么事。榔头说:"俺一宿没睡着觉,一合眼,就见狗屎站在跟前,气哼哼地朝俺瞪眼。"女人说:"没事,过一天就好了。"

但一天两天,三天四天,榔头还是一合眼就见狗屎。

榔头家的说:"这死鬼还真是小心眼,俺去打送打送。"

她买了一刀纸,偷偷上了西北岭顶。在大路上,用草棍画个圈,只朝西北方留个口子,把纸烧了。一边烧一边说:"狗屎兄弟,你甭缠磨你哥了。"

打送了以后,榔头还是那样。

狗屎家的就笑着对她说:"嫂子,甭打送了,白搭。我倒是有个法儿治那死鬼。"

"啥法儿?"

"叫榔头哥去当八路。"

"当八路?"

"对。当八路使枪弄炮,狗屎怕那个,就不会再缠磨榔头哥了。"

榔头家的想了半天,说:"那就去当八路!"

村长喜出望外,亲自抬轿,把榔头送到了区上。

这年秋天,榔头家生下一个小子,取名抗战。

六

榔头家的坐月子,由狗屎家的服侍。狗屎家的白天做饭洗褯子,晚上就跟榔头家的在一床通腿睡觉。

满了月,榔头家的说:"你往后甭回去睡了。"

狗屎家的说:"行。咱姊妹在一块儿省得冷清。"

于是,两个女人没再分开。

两家一个是烈属,一个是抗属,地由村里组织人种。两个女人只干些零活,心思都用在孩子身上。抗战爱尿席。尿湿一头,狗屎家的就叫榔头家母子到另一头,自己到尿窝里躺下。刚刚暖干,抗战在那一头又尿了,她又急急忙忙和那母子俩调换过来。抗战掐了奶,两个女人就烙饼嚼给他吃。你嚼一口喂上,我嚼一口喂上,抗战张着小口,左右承接。

抗战长得飞快,转眼间会走会跑。晚上,两个女人一头一个,屈膝屈肘撑起被子,让抗战"钻山洞"。抗战就在一条坎坷肉路上爬,嘻嘻哈哈。爬到头再拐弯时,狗屎家的亲亲他的小腚锤儿说:"嫂子,等抗战他爹回来,你再养个给俺!"

榔头家的说:"好办。"

可是,鬼子跑了,榔头却没回来;老蒋跑了,榔头还没回来。

两个女人仍旧通腿睡。

这一晚,抗战忽然把脚伸到了不该伸的地方。天明,两个女人悄悄商量:得给抗战分被窝了。

七

刚给抗战分了被窝,榔头家的就接到上海的一封信。

是榔头的。榔头告诉她,因为革命需要,他又新组建了家庭,不能再和她做夫妻了。

狗屎家的气得一蹦三尺高,要拉榔头家的去上海拼命。榔头家的却说:"算啦,自古以来男人混好了,哪个不是大婆小婆的,俺早料到有这一步。"

晚间上床,榔头家的苦笑一下说:"这一回,咱姊妹俩尽管安心通腿,通一辈子吧。"

狗屎家的说:"只是你不能再养个给俺了。"

榔头家的说:"好歹还有个抗战。咱俩拉巴大的,他就得养咱两人的老。"

狗屎家的擦擦眼泪,挪到床那头,紧紧抱住榔头家的。

不料,当年入伏这天,抗战却在村南水塘淹死了。他跟几个孩子摸蛤蜊,一潜下水就没再露头。被人捞上来时,眼里嘴里都是黑泥。

抚着那具短短的小小的尸首,两个女人哭得死去活来。

埋掉抗战已是晚上,狗屎家的拎一只筐在床上,里边放盏灯,再披上一件褂子,然后拉榔头家的到西院睡。她说,孩子死了,要偎三夜娘怀才去投胎转世。要是叫小死鬼偎了,大人就会得病。咱就叫那只筐当孩子的娘。

但榔头家的不干,依旧和衣睡在床上,狗屎家的只好陪着她。

第三个夜里,榔头家的突然坐起身喊道:"抗战!抗战!"

她跟狗屎家的说:"刚才梦里见到抗战了,他眼泪汪汪地叫了几声娘,转身走了,眼下刚走出门去。"

突然,她下床跑到门口,冲那无边的黑暗喊:"抗战,你投胎甭到别处投了,就投你小娘的吧!你小娘把你养大了,你再来看看俺!记住,你爹大名叫陈全福,在上海,听人说要一直往南走……"

这一夜,两个女人一直坐在门口,望着南方,流着泪。

八

若干年之后的一天晚上,有一老一少走进了野槐村。

一汉子遇见,认出那老的是谁,急忙带他们去了一个破破烂烂的院子。

汉子心急，刚叫了一声就用肩撞门，竟把门闩啪地撞断。

进屋，见壁上挂一盏油灯，灯下摆一张床，床上一南一北躺两个老女人。

汉子说："嫂子，看看谁来啦？"

俩女人侧过脸，眼一眨一眨地瞅。瞅见老的，她们没说话。瞅见小的，却一齐坐起身叫道："抗战。抗战。"边叫边伸臂欲搂。臂间的乳裸然，瘪然。

小伙子倏地躲开。他把老的拉到一旁，用上海话悄悄问："嗲嗲，伊拉一边厢一个头，啥个子困法？"

老的泪光闪闪地说："这叫通腿儿……"

蚂蚁爪子

一

1932年春,木墩要去念书了。

这是他爹的主张。他爹说:"咱家八辈子都是睁眼瞎,就是砸锅卖铁交学金,也得叫木墩识几个蚂蚁爪子!"

蚂蚁爪子,就是字儿。五千年前,一个叫仓颉的老头儿造出了它,手一扬遂撒遍天下,沭河边一个老头儿见了不晓为何物,将之命名为"蚂蚁爪子"。他的后代便也这样叫,一直叫到了今天。

木墩爹发下宏愿,木墩就愣愣着一双大眼,让爹领到村西的野书房了。

野书房是散馆的诨号,散馆则为私塾的一种。财主家子弟金贵,都是设家馆,自己出钱请老师,以便让儿孙早日成龙。一般庄户主没这力量,便纠集若干人家共同出资,办那么一个散馆。

木墩要去的这散馆,设在村西破庙里。这里原有两个和尚,可他们不做菩萨却做臊驴,常常染指于良家妇女,村民们就同仇敌忾,将他们撵跑了。见这地场闲着，有人说："办个散馆吧。"另一些人随声附和："办就办。"于是，他们修书一封，上写"敦请苟老夫子来舍教读，学生十一人，用奉束脩京钱三千文，月费两千文"等字样，再派上两个代表，就把东庄的苟老秀才请来了。

苟老秀才年近花甲，年轻时考取秀才后，曾效法前人悬梁刺股，去济南府考棚里淌过几身臭汗，但次次都是白淌。就在他又一次秣马厉兵准备拼命时，朝廷忽然下令说取消科考了。苟秀才这一下气了个半死，只好在乡里干起了教书营生。想想那即将到手却又化为乌有的前程，心里总是窝着一包鸟火。

木墩入学那天，拜过圣人，拜过老师，木墩爹便恭恭敬敬献给苟老秀才一件东西，那是戒尺，尺六寸长，寸半宽，二分来厚，新崭崭的梨木板子。木墩爹说："孩子是块毛坯，就靠你削角刮棱啦。"苟老秀才眯缝着眼说："自然。"看看那玩意儿，木墩不由得肛门阵阵发紧。

木墩爹走了。苟老秀才对一屋孩子吼道："诵读！"孩子们便从木墩身上撤回目光，摇头晃脑念起书来，哇啦哇啦，恰似夏夜的一池蛤蟆。

在这一片哇啦声中，苟老秀才招招手，将木墩唤到了跟前。他取过一本《三字经》，开始教木墩念"滑句"，只念不讲的。

秀才教："人、之、初。"

木墩学："人、蜘、蛛。"

秀才纠正道："人、之、初。"

木墩仍旧念："人、蜘、蛛。"

秀才一拍案几："放屁！"

木墩学而不厌，也说："放屁！"

一屋孩子轰地笑了，苟老秀才的眼也冒了绿光。他将双手伸到木墩腮边，拇指食指捏耳垂，余下的指头抠腮帮骨，两手皆然。木墩刚想起这种玩法叫"老孊孊端灯"，一阵剧疼便令他浑身打起了哆嗦。他咧嘴欲哭，苟老秀才却说："敢嚎？敢嚎？"手下愈发用力。木墩便不敢哭了，直到苟老秀才气咻咻收回双手。

晚上回家，木墩已是两耳垂肩，腮肉肥硕，差点没让爹娘认出。木墩大恸，说："俺不念书了，俺怕'老孊孊端灯'。"爹说："不念书不给饭吃！"接着他又抚慰儿子："这灯端得好呀，看这耳垂看这腮，不活脱脱是副官相？"

既有了官相，就证明这书非读不可。第二天，木墩又让爹撵到了野书房里。

仍学《三字经》。用功大半天，木墩终于将第一句念对了，可那第二句又老念"西北扇"，于是晚上依旧带着官相回家。

带官相的不止木墩一人，常有那么三个五个。每天的放学路上，他们凑成一堆互相打量一番，便捂着耳朵齐骂："端灯老狗，这个端灯老狗！"骂一阵，便各自在心里琢磨雪恨的计策。

苟老秀才是由大伙轮着供饭的，今天这家，明天那家，到谁家谁家就酒饭伺候。这天轮到木墩家，木墩娘烙了油饼，炒了猪肉，让苟老秀才吃了个容光焕发。老秀才有一习惯：饭后必饮三杯浓茶才走。木墩爹为他沏好，他喝过一杯却登厕去了。木墩爹陪客陪得微醉，就命令儿子赶紧续水。木墩端过茶壶到了灶间,一个骑马步,扯出小鸡鸡,呼呼呼灌了个溜满。苟老秀才净手回来,醉醺醺饮下两杯弟子尿,随后拱手称谢而去。

总算出了一回气,木墩窃喜不已。可是,他一到馆里,仍然要吃"老嬷嬷端灯"。

念满两月,木墩将《三字经》学了二十余句。一日,苟老秀才让他背来听听。木墩就紧着头皮,去老师面前念叨:"人之初,性本善。性相近,习相远。狗不叫,去卖钱。黑牛×,黄牛蛋……"

这一番创新,让苟老秀才眼绿至极。他咬一咬牙,将两只手又伸将过来。木墩知道自己脱不了挨打,就一不做二不休,退后一步愤愤质问:"天天端灯天天端灯,俺爹给你的木板子呢?"

苟老秀才一怔,随即又笑:"你想要戒尺呀?来来来!"抽了戒尺拖了木墩就走。

院里有一棵垂柳,树干上巴疥子虫胖胖的,绿绿的,正七上八下。这东西特毒,只要有它一根毛沾身,就会蜇疼难忍。苟老秀才看准了这虫,拿戒尺啪啪砸扁三五个,然后又抡起戒尺往木墩手心抽,两手各抽十来下才作罢。片刻后,木墩手心里便发起了肉馒头,馒头上密密一层巴疥子毛。他疼痛钻心,就跳着脚骂:"老狗!老狗!老狗!"连骂三声后,撒腿就跑。

跑回家,向爹娘端上两个肉馒头,便哀哀哭个不已。而且声称,如再让他上学,他立马就去跳江。爹说:"你这块杂碎,难道真不是识蚂蚁爪子的料?"便请来本村念过几年书的世义伯,让他给鉴定鉴定。

老头子取过《三字经》，从第三十句上倒着指，一个字一个字问木墩这是啥这是啥这是啥。木墩就愣愣着大眼答：不认得不认得不认得。直到最后三个字，木墩才开口念道："初、之、人。"

木墩爹长叹一声，便蔫蔫低下了头去。

二

从那以后，木墩逃脱了学狱之苦，身心十分健康，转眼间就长大成人。耕种锄割，庄稼地里的十八般武艺他都会。那年，爹娘先后让伤寒送了命，他哭罢二老便独自撑起一个家，竟也将日子过得一五一十。

十九岁上，村东头老沈家看中了木墩，就托人说媒，将个闺女嫁给了他。

闺女叫大饼，生得虎背熊腰。洞房花烛夜深，木墩刚要拥大饼上床，大饼却在床前挺身道："木墩，咱俩撂个骨碌（摔跤），谁赢了这辈子谁当家。"木墩说："撂就撂。"说着就抱住大饼用力。谁知大饼不但纹丝不动，而且还有占上风的势头。木墩焉能充孬？就吭哧吭哧硬扭大饼。大饼也不甘示弱，抱住木墩扭。俩人直累得大汗淋漓也不分胜负。木墩说："算了吧，让你当一半家。"大饼说："一半就一半。"俩人这才擦擦汗，上床温存起来。

婚后，小两口处得极好。这时莒南一带早成了八路的天下，小鬼子想进进不来。木墩跟媳妇高枕无忧，整天价干活吃饭睡觉、睡觉吃饭干活，小日子甜甜蜜蜜。

共产党坐稳这块地盘，就想出了新鲜点子：发动老百姓学文化。他们说：穷人不光要在经济上翻身，也要在文化上翻身。文化上翻身才是最可靠的。老百姓说：好哇，咱也尝尝肚里装了蚂蚁爪子是啥味道！

就呼呼隆隆学起来。识字班、青抗先、儿童团，开展了识字大竞赛。根据地里缺灯油，学文化都放在午后，一个教员一块小黑板，预先写好几个字，到时候一挂就教起来，教上俩钟点，然后散伙。大人一天学三个，小孩一天学四个。跟教员念会了，就用滑石在盆磋子上画，用木棒在地上画，回家睡下又在肚皮上画。如是夫妻之间，就拿对方的身子当本本，用指头去上上下下写。指痕多了，受不了了，两口子便互相用身子为对方熨平。

木墩跟大饼没搞这套把戏。因他俩都没去上学，说是一听识字就害头疼。可没过三天，青抗先和识字班的头头主动找上门了。

青抗先队长问："木墩你怎么不去学文化？"

"俺不想学。"

"不想学就算了？一人会写五百个字，这是任务。"

"五百个字？俺会。"

队长惊诧不已，就掏出一支粉笔，让木墩写来看看。木墩手掂粉笔，想上一想，就去屋墙上大书起来。

人人人人人

人人人人人

人人人人人

人人人人人

男女二队长哈哈大笑。他们说:"好木墩呀,甭谝你那大学问啦,快跟俺走吧。嫂子呢,嫂子也去。"

木墩两口子只好束手就擒,乖乖跟人家走了。

他俩去了一个午后,学了"查、路、条"三字。木墩晚上睡下,想学习人家的先进经验,便也提起指头去媳妇身上画。但只画了一笔,就不知往下怎么弄了。他让大饼提个醒,大饼抓过他的手装模作样道:"这样,这样,这样。"画着画着,只听嘻地一笑,那手却到了她的腿间。木墩抽回手叹曰:"咱们俩呀,都是一肚子青屎!"

没办法,还是得去。因为教员天天点卯,一发现谁旷课,立马汇报村干部。村干部知道了,又立马找这"落后分子"训话。青抗先队长年轻气盛,一训话就拿指头敲人额盖。木墩只领教过两回,便再也不敢旷课了。

上学是抠脑子的活儿,所以木墩两口子就天天头疼。没办法,他俩只好取一根针,时常为对方施行放血疗法。捏起眉心,挑一针挤挤,挑一针挤挤。见那血发紫发黑,两口子惊叹:"看看,把血都累干啦!"

木墩说:"这人,非要学那蚂蚁爪子干啥?"

大饼说:"俺不晓得。"

"不识那蚂蚁爪子,不也能活吗?"

"咋不能活？"

"俺看这都是自己折腾自己。"

"不假不假！"

但没过多久，大饼却解脱了。她肚里有了崽，就不分时候地干呕，到识字班上呕得更甚，呃儿呃儿，呃儿呃儿。识字班不堪其扰，妇女们学习进度大大放慢。识字班队长把手一挥：回家抱窝去吧！大饼便捧着肚子喜洋洋走了。

木墩却还继续学习。每到学习场合，他便如坐针毡。那蚂蚁爪子，认也难，写也难。最难的还是默写。教员明知道木墩不会，偏偏还要提他。"木墩，上来！"木墩就起身走到小黑板前，捏一支粉笔，腰弓弓着像个虾婆。教员说："写：翻身的翻。"木墩就在小黑板上信手画，又是圈圈，又是杠杠，把孔圣人请来怕也干瞪眼。下边的人就咯咯笑，笑声中透出了十足的奚落。木墩闻见这笑声，恨不能变成一条曲蟮，赶紧钻到地底下饮黄泉。

正在这时，大参军运动开始了。村里开了动员大会，妇女识字班立马广造宣传声势。大围女们排着队在街上串，边串边呼口号："好青年参加主力！""好妇女送郎参军！"串到某一户，如该户有征兵对象，大围女们就高呼口号，绕院三圈。三圈之后再去另一户呼喊。

木墩的院子识字班不绕，因他媳妇已快坐月子。哪知道，木墩这天却对媳妇说："俺去穿黄军装吧？"

大饼一惊："为啥？"

"去打东洋呗。"

"俺不叫你去。"

"你看参军多光荣。"

"再光荣也不叫你去。"

木墩见大饼不允,这才说了实话:"在家天天要学字,俺实在受不了啦。与其这样窝窝囊囊当落后分子,不如去杀几个鬼子,当战斗英雄。"

大饼理解男人,也认为学那蚂蚁爪子太折磨人。可她犹豫道:"当兵要开火,一开火枪子可不长眼。"

木墩说:"俺昨天去集上算过命啦,俺能活到七十六呢。"

"那就没事,可俺坐月子咋办?"

"妇女识字班还不照顾?"

大饼就点了点头。木墩找到村干部,慷慨激昂报了名。村干部听后大喜,并以他为模范榜样,反复教育青年。于是,大沈庄提前完成了征兵任务。

四天后,木墩走了。他披红挂彩坐上驴背,告别了肚子鼓鼓的大饼,一个泪蛋子也没掉下。

三

木墩参军后,还真成了战斗英雄。1945年春天攻蒙阴城,他第一个踩着云梯上了城楼,一挺歪把子机枪打得鬼神皆惊。祝捷会上,团长亲手发给他一枚布质军功章。开完会,他便升了排长,能管几十个兵。

以后还是打仗,打跑了鬼子又打老蒋。一直打过长江,打到了杭州城。

这时,首长找木墩谈话了,让他离开部队,到杭州市接管委员会报到。木墩挺挺身子打一军礼:是!

三天后,木墩被派到了一个鞋厂。南下大军需鞋穿,他的任务是督促这家工厂,让他们赶做军鞋。木墩不含糊,一进厂就向厂长亮出枪来:"你说咋办吧,要是完不成任务,哼哼,俺山东人可是吃辣葱辣蒜长大的!"厂长赔笑道:"于首长你放心,我打心眼里拥护共产党,还能不完成共产党交给的任务?你只管坐这厢喝茶,到时候请你验数。"

这厂长说到做到。他指挥手下工人,上边要多少就做多少,而且双双结实。木墩挺满意,就放心地喝茶,放心地睡觉。

共产党的部队越来越多,军鞋供不应求。木墩不断地接受新任务,做了一批又一批。于是,他就在厂里长住了。

住着住着,他想念山东老家。想家乡的山山岭岭,想本村的兄弟爷们,更想自己的老婆儿子。儿子是他当兵走后生下的,1948年部队南下前他曾回家看过一次,还给他起了个名字叫皮绳。那小东西,现在该是五岁了,不知已长成了啥模样。

想来想去,决定给老婆打一封信。他找到厂里一个镶金牙的中年会计,说了说意思,会计就笔走龙蛇修书一封:"大饼同志:近来身体健康吗?儿子长得活泼吗?我这里一切挺好,大家正在为建设新中国紧张工作，不知你在农业战线干得如何……"写完念给木墩听。木墩听了后，总觉得不是自己在跟老婆说话，而是眼前这个镶金牙的会计，于是心里就隐隐发酸。

信发走后，半月后接到了大饼的回信。他又让金牙会计念来听："木墩夫君：君之出，寒暑屡更。临别叮咛，拳拳在念。皮绠幼儿，妾自抚之。家中纷务，妾自理之。夫君勿虑内顾也。然君在他乡，还望自珍，以慰妾心……"木墩听了不明白，只是隐隐约约嗅到了当年苟老秀才的口臭。

想跟老婆拉呱也拉不成，"他奶奶个腿！"木墩恨恨骂道。

在这里住长了，还觉出了许多别扭。在部队吃饭，是拎过一桶分来吃的，到这里却要用票。买饭的，买菜的，二两的，半斤的，他用了好长时间还分不清，弄得他一到打饭就心烦。再说上街吧，这城里大街小巷拐弯抹角，他不认得路牌简直是寸步难行。那一次他去逛西湖，回来的路上走迷糊了，转到半夜也没摸回鞋厂，只好在街旁蹲到天亮，让一个扫街的老哥送了回去。

还有，厂里的一些文件、报表，文书常常让他过目，说这是厂长的吩咐。木墩不看，似乎有失身份；看一看吧，满眼里都是蚂蚁爪子乱晃。文书明白了他这底儿，也就不那么卑恭了，再到他跟前送报表，脸上都挂着戏弄的神气。

他觉得窝囊，就找到领导说："这个熊活儿俺干不了，俺再回部队吧。"领导拍拍他的肩头："木墩同志，咱们首先要有这个信心：泥腿子能打江山就能坐江山！不会，就抓紧学习嘛。你看许多同志都在积极学文化,你也奋起直追嘛!"

木墩把脸一弯:"俺学不了。"

领导扬一扬眉毛:"怎么学不了?能比攻碉堡还难?你快给我回去!"

木墩就回去了。他发一发狠,就再学他娘的!他悄悄找一个小科员做老师,让他每天晚上教他。小科员找来国文课本第一册,从第一课教起,一丝不苟。木墩也狠狠地学,念字时咬牙切齿,像要活活吃掉某人。但不管学多学少,第二天早晨一醒,脑瓜子里连个屁影影也没有。

第三天晚上,小科员又去他的宿舍,他却在自斟自饮,已醉眼蒙眬。见小科员进来,他把手一挥说:"去个×的,老子不干了!"

小科员对这话没在心,认为他是不想再学识字。但第二天,办公室里却不见了他的身影。厂长去他宿舍看,宿舍里空空荡荡,只剩下几个酒瓶子。再去接管委员会找,那里的人想了想说:"这家伙,八成是开小差了。"

四

木墩是回家了。他悄悄上了半夜的火车,像老鼠一样溜出了杭州。

到徐州下车,下了车又紧朝东北走。第四天的半夜,他摸进了鲁南的大沈庄,摸到了自己的家门。星光下瞅见旧门旧模样,他两包眼泪夺眶而出。

心急起来,便赶紧敲门。敲了几下见无动静,便纵身一跳翻墙而过,径直奔向窗前。

刚拍一拍窗棂,里边女人说话了:"哪来的贼还不快走!俺家木墩回来了,还带着盒子枪,小心他嘟嘟了你!"

木墩忍不住笑了,就说:"木墩在哪?出来让俺瞅瞅。"

屋里便有了一声惊叫。随着一声门响,屋里蹿出一个高高大大的光身子女人。木墩还没做出反应,就让女人猛地抱起,去了门内。女人边喘边嚷:"老天爷,老祖宗,你可回来啦你!"木墩说:"回来啦回来啦,还不穿上衣裳。"女人说:"还穿个屁。"三下五除二,将木墩也扒了个溜溜光。

疯过一阵,女人问:"你这趟回来还走不走?"

木墩说:"不走啦。"

"为啥?"

"城里不是咱待的埝儿。"

"怎么不能待?"

木墩忽地坐起身,抱着脑袋道:"大饼,就因为不识字,俺在城里窝囊死啦。俺想,再去当兵吧,如今全国解放,也不用打仗了;再待在杭州,实在也给共产党丢脸,俺就开了小差,回来啦。"

大饼说:"可惜。俺原先还想搬到城里住呢。"

木墩说:"能搬不能搬,要看咱下一辈的啦。俺临出杭州发过誓:回家让儿子好好上学,等他大了,装一肚子学问到城里,给俺争回这口气来!大饼你说行不?"

大饼点点头："行，咱皮缦一准行。"

木墩就端着灯去床那头瞅儿子。哪知儿子早已醒了，此时正瞪着一双大眼瞅他，那眼半天眨一下，半天眨一下。木墩摸着他的脑瓜说："皮缦，好儿，就看你的啦。"皮缦不吭声，仍是呆呆地瞅他。

第二天，木墩就去村里，向干部说了自己的事情。听他说因为不识字干不了，村长道："干不了就回来，在哪里还不是干革命。"木墩得到了理解，起身走了。村长又向别人说："这块货，俺早看出他是枣核儿解板，小料的。"随后，别人也在村里这么议论。

但木墩对这些充耳不闻，天天穿一身旧军衣去地里干活。下地回来，便用肩把儿子一扛，去街上同乡邻说说笑笑。

过了一年，皮缦就到念书的年龄了。村办小学，依旧设在村西破庙里，由上级派来的一对夫妻老师教。开学这天，他亲自将皮缦往学校送。进了破庙，恍惚间似觉不是他送儿子，而又是爹送他。瞥见院中老柳树依旧，巴挤子虫仍七上八下，手心里便又火燎一般疼。他怜爱地瞅儿子一眼，又狠狠心去了屋里，对教一年级的女教师说："孩子交给你了，不正经学你就狠狠撸！"女教师笑笑道："谢谢你的信任。"

木墩回到家，老是坐立不安。好容易盼回儿子，便急急问："挨打了吗？"儿子摇摇头。木墩喜出望外地对老婆说："哎，咱皮缦上学没挨打呢，没挨打就是好学生！"老婆也兴高采烈，急忙煎了两个鸡蛋犒劳儿子。

第二天，木墩又问儿子挨打没有，儿子又是摇头否认。第三天再问，还是如此。木墩疑疑惑惑道："操你妈，怕是瞒你老子吧？"就扯过儿子细细检查，看耳垂，看腮帮，看手心，看屁股，果然是一根毫毛未损。木墩便彻底放了心,天天喜滋滋看着儿子出门入门。

不料两个月后,女教师却找上门说:"哎呀,你家那个学生可怎么办?"

木墩惊问:"他学习不沾弦(指不怎么样)?"

"太差啦。上课也挺老实,也瞪着大眼听讲,可就是不记事。这么长时间了,他连十个数码都写不对。"

"老师你狠狠揍他!"

"对学生是不能打的。再说这类学生打也无用。"

"你说怎么办?"

"没法办。我今天就是交个底。这样的学生,能学多点算多点吧。"说完,女教师就走了。

木墩气得两眼扑黑,待皮缏放学回家,抓过他就是一顿狠揍!

还是不甘心,还是让儿子继续上学。可是学满一年,皮缏却没能升二年级,又跟一年级新生坐在了一起。

又学一年,皮缏仍是不能升级。

木墩敲敲儿子的脑壳说:"皮缏唉皮缏,你白长了这么个肉疙瘩。"

儿子早已听说父亲当年的逸闻,就反唇相讥:"反正比你还强,你不就会写一个'人'吗?"

听儿子揭了他的尾巴根子,木墩唯有长吁短叹。第二天,他到集上买回两只山羊,一拍儿子屁股:"当羊倌去。"儿子扔掉书包,立即走马上任了。

五

再十年下去,皮绳仿了他娘的躯壳,长成一个彪形大汉。

木墩却老了。那身子眼看一点点矮下去,在儿子和老婆跟前愈发逊了风骚。

看见儿子越长越高大,这天老木墩问:"皮绳,想媳妇了吧?"儿子嘿嘿一笑:"想,天天想。"老木墩说:"那么俺就给你找。"

于是便托人说媒。但说一个,老木墩不同意;再说一个,老木墩还是不应。皮绳说:"俺看都行。"老头把眼一瞪:"你懂个槌子。"

这一回,媒人又上门介绍一个南庄的,老木墩说:"换一个吧,俺看咱庄韩骥家小闺女行,你去说说。"媒人惊得两眼溜圆:"你说雯雯?她家是地主,她又是个瘸巴,你怎能看得上她?"老木墩说:"这你甭问,你尽管去说。"

一说,老韩骥立马同意,那雯雯还高兴得掉了眼泪。

老婆、儿子却坚决反对。老婆说:"凭俺皮绳这么个身板,就找个瘸巴?"儿子说:"就是打光棍也不要她。"

老木墩吼道:"你不要,我要!"

"你要就给你!"

老婆冲男人把眼一瞪:"咋?你说咋?"

老木墩这才发觉说跑了嘴。他向老婆、儿子做思想工作:"咱要她的腿吗,是要她的脑瓜。"

老婆、儿子大惑不解。

老木墩说:"还不明白,皮缤你为啥脑子笨?就怪你爹娘都是粗人。好模子脱好坯,好窑口烧好瓷,俺还指望孙子能争气呢。"

老婆明白了。那老韩家代代精明,他大儿子现正上大学,二儿子在中学念书,雯雯虽没上过学,却也是伶俐得很。女人道:"你说行就行吧。"

儿子还在嘟囔:"她那腿一拐一拐的,娶来可怎么办。"

老木墩气哼哼道:"你甭愁,咱不用她干活!"

皮缤把嘴一噘,不再吭声。

亲事刚定下,忽然来了"社教"运动。村里天天开大会,贫下中农诉苦,地主富农挨斗。那个老韩骥三天两头上台,一上台就将头奓拉到腿裆里。

皮缤回家发牢骚:"找了个地主老丈人,俺没脸出门。"

他娘说:"退了吧,退了吧。"

老木墩却道:"谁再敢放这种屁,俺脚踩着腿劈了他!"

老婆、儿子便不敢再发言了。

第二年腊月里,老木墩张罗一番,将儿子的婚事办了。从此,小院里就有了个一拐一拐的身影,有了一轻一重的脚步声。

以后,老韩骥还是挨斗,雯雯常在新房里嘤嘤哭泣。有一回再斗老韩骥,村里也把老木墩拉到台上陪着,并说"鱼恋鱼,虾恋虾,王八找个鳖亲家"。但老木墩不气不恼,陪完斗回到家照吃照睡。

雯雯过门后,肚子便吹气般凸起,秋后,噗噜一下生了个小子。

哇哇，哇哇，哭得满世界都响。

第二天，老木墩就急着要看孙子。老婆抱出来后，他吧嗒吧嗒连亲数口，然后抽出烟袋去孙子眼前转。烟袋转一圈，那双小眼珠也转一圈，黑白分明。老木墩点点头："嗯，有门儿。"

三天，是小孩起名的日子。老木墩说："起就起个洋气的。听说城里兴起一种好布叫尼龙，是外国进口的，咱孙子就也叫尼龙吧。"

从此，小院人话里便有了一个使用频率最高的词儿：尼龙，尼龙。

六

三翻六坐八爬。尼龙一天天长大了。

这年，尼龙长到六岁，老木墩便牵着他的手，把他送到了村办"育红班"。

育红班专收学龄前儿童，一屋小孩子叽叽喳喳。尼龙去学了些日子，有一天回到家，忽然去墙上画一行蚂蚁爪子给爷爷和爹看：

yé ye hé diē dōu shì dà huài dàn

老木墩和皮缏都愣愣着眼问："这是啥？"

小尼龙憋住笑，念给他们听："爷、爷、和、爹、都、是、大、坏、蛋！"

老木墩跟儿子听了，四目相对叫道："啊呀！啊呀！"然后一齐扑向尼龙，把他又摸又亲。

转过年，尼龙正式上学了。他哪门功课也不费劲，次次考试拔尖，喜得老木墩整天藏不住门牙。

又过了两年，上边忽然刮来一阵风，一夜间吹飞了所有的地主帽子。皮缭舒出一口长气，称赞爹有长远眼光。老木墩得意地道："俺早看明白了，共产党什么都可以不要，却不能不要文化。"

尼龙上完小学，便到乡里念初中，三年后又考进县城上高中。这时他已长成个小伙子，却不像他爹那样五大三粗，是一个白白净净的瘦猴子，一双小眼眨得飞快。

高中上完就考大学，这可马虎不得。尼龙本应一周回家拿一次煎饼的，老木墩怕他耽误工夫，都是亲自去送。三十多里地，他拖拉着一双老腿，一步一朵土花花。半天走到县城，给孙子放下煎饼，再一步一朵土花花走回家。皮缭看他太累，要骑车替他。老木墩说："不，俺看看尼龙，心里踏实。"皮缭说："这好办，俺用脚踏车驮你去。"老木墩仍旧摇头："不用。拿脚走了去，心诚。"

也许正因了这心诚，三年中，尼龙在班里一路领先。直到高考预试，他还是名列前茅。

报学校时，尼龙要去北京、上海，老木墩却要孙子去杭州。尼龙不乐意，说那是个二等城市，有什么好玩。老木墩苦苦哀求，并搬出当年听说的"上有天堂下有苏杭"这句话，才让孙子勉强答应了他。

考完，一家人便把心提到嗓门眼里等讯儿。这一天等来了成绩单，尼龙超过了分数线。再过一个月又等来入学通知书，正是杭州大学的。

当天晚上，老木墩让老婆、儿媳办了四碟八碗，摆了满满一桌。一家人聚齐后，老木墩把孙子请到上首，然后一举酒盅："尼龙，爷爷先敬你一杯!"一杯饮下,老泪纵横。一家人也都红了眼圈。

喝一阵酒,老木墩说:"尼龙,你去杭州,俺去送你。"

孙子说:"不用你送。"

"俺知道路。"

"路谁不知道。"

"俺还是去吧。"

孙子烦了:"你一个老头子,去算个啥?"

老木墩便蔫蔫地低下头去,再不提这事。

尼龙走后十来天,寄回一封信来。老木墩一见信封角上画着西湖,眼角便悄悄湿了。他找人念念,孙子是说一路顺利,让家中放心。老木墩抚信南望,怅然不已。

七

以后,老木墩就整天盼信了。一见乡邮员进村,他便拦住人家问:"哎,有杭州来的吗?"

两个月盼来两封,每封上都画着西湖。老木墩把那信封掖在枕底,一天不知掏出看几遍。

第三个月盼来第三封。孙子在信中说了几句学习情况,然后笔锋一转,要家里给他寄两百块钱去。

皮绳说:"皇天爷,怎花那么多?"

木墩说:"大学嘛,还不得大钱供着?"

"多年攒下的四百,叫他早拿走了,再去哪里弄?"

"井里无水四下淘,借吧。"

就去邻居借来,急忙去邮局里汇走。

第二年,尼龙越发花钱多了。今天来信要,明天来信要,让老木墩经常跑东窜西地讨借。

五月里,尼龙又来信了,皮缏嘟囔道:"要钱,要钱,一看他画的那蚂蚁爪子,俺就头皮发麻。"

不料找人一念,皮缏不只头皮发麻,简直是要晕倒了。信上,尼龙说要"外出考察",张口就要八百!

老木墩也犯了愁,他因借钱太勤,到谁家谁家就把脸一挂搭,高低不肯借给。现在孙子一家伙要那么多,可不活活愁煞人嘛。

在家里闷得慌,就出门去河边坐着。刚抽了几口烟,忽闻树上迸出一声知了叫。老木墩心烦,就抬脚把树一踹。知了嗡地飞走了,却洒下一泡凉尿,淋了他满脸。他拿袖子去擦,擦着擦着想起了一条搂钱门道。

当晚,他便提上灯笼拎上铁筲,与儿子去了河边。河边有好大一片杨树,拿灯一照,每棵上都有几个正往高处爬的知了猴。爷儿俩捡到半夜,竟有了大半筲收获。第二天皮缏带到县城卖,七八个一毛,竟也换回十几块钱。

爷儿俩喜极,每天都干这事。十来天下去,那钱就攒到小二百了。

但知了猴出土是一年一茬,一茬只有十多天。老木墩举一反三,又把眼盯向了树上的知了猴皮皮。他听说那是一味药,可到乡采购站卖钱。于是就手拿长竿，去每一棵树上捅。这东西不值钱，一大篮也换不了多少，但这毕竟是个进项，爷儿俩就又干了起来。

村里村外都搜捡了一遍，老木墩对儿子说："地里荒了，你快去锄锄，俺再去捡那些剩下的。"

但剩下的不多了。老木墩转来转去，转到了村外水库边。水库边有排弯柳林，树上还有一些知了猴皮皮。

他便到树边捅。但那树身弯着，捅下一个落到了水中，再捅下一个还是落到水中。老木墩想了想，就脱鞋爬到了树上。

捡一个装到兜里，再捡一个装到兜里。见树梢上还有几个，老木墩探身去取，不料老腿一抖，人便扑通一声掉进了水库。

中午一群孩子来洗澡，在水面上发现了他的大肚皮，就急忙回村大喊大叫。人们捞起他，又牵来一头黄牛，把他抬到牛背上控水。但一肚子黄水从他口鼻里流尽，也不见人动上一动。

皮绠把爹弄回家去，急忙叫人拍电报给尼龙，让他赶紧回来。

天热，老木墩只躺一宿就臭不可闻，大群苍蝇嗡嗡飞至，争着去他脸上下仔。有人说："甭叫老人家受罪了，赶紧火化吧。"皮绠不答应，坚持要等尼龙来见他爷爷一面。他跪在爹面前赶一会儿苍蝇，又跑到村头焦焦地瞅一会儿。

第三天早晨，村外大路上终于来人了。但那不是尼龙，是送电报的乡邮员。

皮绠接过电报，去死人跟前大哭道："爹，爹，人家尼龙不回来，只打回几个蚂蚁爪子……"

哭声里,老木墩眼皮动了一动。儿子吃惊地去瞧,原来是一群蛆正在爹眼里拱啊拱的。

八

老木墩出殡一个月后,杭州某商场里,一个农村汉子走近了一个个体成衣摊。

他指着一条裤子问:"这是尼龙的吗?"

年轻摊主眉头一皱:"滚你妈的!"

农村汉子见势头不对,就乖乖地走了。

红唇雪颊的女帮手问摊主:"怎么把买主给骂跑啦?"

"操,他竟敢喊老子的小名!"

女帮手莞尔一笑,偷手去摊主屁股上拧了一把。摊主勾起指头刮一下她的小鼻子,然后又起劲地叫卖起来:

"喂,大富豪大富豪,名牌西装大富豪哩!"

到台风眼去

忽悠一下。飞机腾空了。

老C不知道这架飞机的型号。他只知道,始于第二次世界大战末期的穿眼飞行,最早使用美国的B-24型轰炸机,后来改用B-47、B-50两种型号的轰炸机和RB-57F、B-66D两种型号的高空侦察机。1965年以后,一般就是用WC-130大型运输机了。现在呢,不清楚。不过这架飞机并不大,舱里摆上几种仪器,坐上四五个气象学家,就没有多少空闲之地了。

舷窗外,那个十分著名的关岛正迅速向后退去。微弱而浅淡的曙光里,安德森机场的灯塔像一只睡眼,惺惺松松;土著夏莫罗人的房屋低俯在拉姆拉姆山下,一堆堆像黑色甲虫;阿普拉港的一排码头则像鳄鱼的利齿,森森然向着大海。转瞬间,这些都不见了,唯见波涛滚滚的西太平洋正透着暗黑色铺向无垠的远方。

老C不由自主地向西面遥遥望去。他知道,机翼下的波涛如果一直向西滚过去,最终会拍打着一个城市的翅梢儿。那个翅梢上有一处月牙形的小湖,湖边有一座六层的蟹青色宿舍楼。在最顶一层的一个二居室房间里,现在正睡着一个三十三岁的女人。这女人睡相很难看,她的头偏离身体中轴线45°，恰好歪在身边男人的肩头上，同时将本来就够大的嘴张得很开，让一串串呼噜声滚滚而出。打一阵子呼噜，那张大嘴巴还要吧嗒几下，吧嗒出一些滑腻腻的涎水来，将男人肩头弄得精湿。但此刻她身边的男人是谁呢？不知道。知道了也无所谓。

那女人曾是老C的妻子。那是老C进厂第四年时车间主任给介绍的。当时车间主任说："你二十七八了还不解决个人问题啊，真是傻冒一个。"老C说："既然是个人问题，何必要你管？"主任说："我身为主任什么不能管？你这事我管定了。"当即给他介绍了一个。那姑娘就是现在睡在那个楼上那个房间里的女人。她那时是车间统计，长得不很丑也不很俊，老C觉得提不出什么意见，就点点头答应了。

老C没想到，就在他点头的瞬间，他的脚已踏上了一艘任人摆布的小船。那女人干久了统计，养成这么一个怪癖：对任何事情都要做一番统计，从中找出平均数，然后用这平均数规范自己的行为。婚后，又拿这些平均数规范丈夫。在车间，她每天下班时都要悄悄向丈夫展开统计表，让他看三十多个车工当日完成的工作量，然后指一个不高不低的数码给他。这个数码便是老C第二天的目标。第二天他如果干多了或干少了，回家后都会招致妻子的一顿臭骂。在家中，两口子每天吃多少饭、花多少菜金、烧几个煤球、擦几次地板都要根据邻居们的平均数定。就连做爱的频度，妻子也是在悄悄问过许多个同龄的女工友之后，才定出了自己的标准：每周两次，多一次或少一次都不行。在这件事上，老C经历了无数次强行熄火或强行发动之后，现在已麻木不仁，唯妻子马首是瞻。不只这一条，随着时间的推移，老C对老婆的其他诸种律令也渐渐地由不习惯到习惯，由不自觉遵守到自觉遵守。他觉得那么去做，无所谓好也无所谓坏，反正是一天天过日子。既然前天昨天能那样过去，那么明天后天还有什么说的呢。然而，这样的心境终于在一个夏日里被破坏了。

那一天纯属偶然。吃过晚饭，这座城市的大多数人都到街上做乘凉性质的闲逛，他与妻子便也这么做了。走到一个书摊，见有许多人围在那儿，妻子说："你不买本书看吗？你想买就买一本吧。"老C就走过去买。他学别人的样子，捡起一本随意翻看一会儿，然后再考虑买或不买。可是他连翻三本都没看中，因那些书在他看来都是些无所谓的屁话。再拿起第四本的时候，他的心却怦然一动。

回去后，老C经历了结婚三年来的第一个不眠之夜。他不顾妻子的多次阻止，不顾日光灯使用过久而发出的咝咝鸣叫，坚持读完了那本不同寻常的小册子。小册子是法国人皮埃尔·安德烈·莫伦写的，全书讲述了他那无比奇特的经历：自从1959年目睹了一次台风的狂暴行为，他就决心成为考察台风的探险家，后来历经曲折终于实现夙愿，驾着飞机奔向了热带飓风区……读着读着，老C只觉得血流加快，心突突跳个不止。当读到莫伦描述的台风眼中的壮观景象时，老C被深深地震撼了，浑身竟然不住地发起抖来。

他想起了小时候读过的日本神话，想起了神话中的那个风暴神。那风暴神十分可怕，常在黑暗与浪涛中沿着天边遨游，而他最为独特的地方，就是只有一只眼睛！……眼睛，一只神秘的独眼，但是莫伦却英勇无畏地进入了它的中间！他合上书闭目坐着，那些句子仍然一行行出现在眼前，将那些景象清清楚楚地昭示于他。蓦地，他心中萌发了一个强烈的念头：我也要到台风眼中看看去！

从此，这个念头就攫住了老C整个身心。

他第一个行动就是大量搜集台风资料。只要见到有关的书便不假思索地买下，买下便读，边读边做一番遐想。妻子看出了他的异样，说："你是干吗呢，要读书就读庭院深深几度夕阳红好了，干吗要读台风？"老C抬起头郑重地说："我要看看去。"妻子一惊，急忙去试老C额头的温度。老C一晃脑袋道："就是要看！"妻子发现丈夫的额温正常，就说："看吧看吧，等来了台风看个够。"

这话提醒了老C，老C便又盼望着台风的到来。他居住的这个S城，隔上几年总有一次台风光临。在他的记忆中，大概经历过五六回。但他不记得台风眼是什么样子以及在台风眼里是一种什么样的感受。夏天到了，老C每晚都要看中央电视台的天气预报，密切注视着太平洋上台风的生成与动向。1号，2号，3号，4号……它们一个个生出，成熟，肆虐，游走，但最后都在与S城无关的地方慢慢消亡了。直到夏尽秋来台风绝迹，老C才带着深深的遗憾放弃了气象预报节目。

第二年8月中旬，机会终于来了：9号台风生成三天之后，在北回归线附近划出一条漂亮的弧线，直奔S城而来。市长发布了抗灾令，全城居民人心惶惶，老C却在这天黎明前就骑车去了东郊，找一个高地站下，激动地迎接那个神魔的到来。站到拂晓，他清楚地看到了它即将到来的征兆：东南面海云如山，巍巍峨峨；东北面太阳将露处却倏地冒出了奇异的青光。那青光初时只有一两条，几分钟后急增到数十条之多，呈羽状展开，恰似一只孔雀在灿然开屏。而后的早霞也比往常更为绚丽：先橘黄，再紫红，接着全天空便是一片大火烧着的景象。夜间，台风如期而至，把 S 城迅速淹没在隆隆的风声雨声中。老 C 不顾玻璃可能破碎的危险和妻子那濒临末日般的尖叫，一直趴在窗前向外张望，等待着那个风息雨止的台风眼的出现。但等到天亮，外面仍然是紊乱的风与紊乱的雨。三个小时后风弱雨住，那却是台风彻底过去了。他想了想才突然明白：在温带的陆地上，人们是不可能见到台风眼的，因为台风走到这儿已近寿终正寝，它那只巨眼早已疲惫地闭上了。

老 C 感到了深深的失望。

但他继而又想：在 S 城即使能见到台风眼又怎么样呢？这是在地上，景象肯定比莫伦驾机之所见逊色多了。况且莫伦那样的行动本身就显示着一种挑战的力量，显示着一种能与台风相匹敌的壮伟！

我要的是那种境界。

我还是要到空中的台风眼去！

老 C 便天天思谋着去搞到一架飞机。要一架银白色的米格飞机就行，就像市立公园向孩子们展出的那种。在某一个临海的机场上，精神抖擞地登上它，然后启动马达，一拉操纵杆，飞机就箭一般直冲云天，径直奔向太平洋上瞪圆的台风眼……但这只是在夜里想。如果早晨醒来受老婆吩咐去排长队买油条，如果吃完两根油条去挤那贮满肉堆的公共汽车，如果挤下公共汽车到工厂里面对车间主任、车床与一大堆零件毛坯，一个声音便在耳边反反复复告诉他：你纯粹是瞎想、痴想、妄想，你那雄心壮志是根本实现不了的！

此刻，老C便垂头丧气、万念俱灰，只好蔫蔫地去做那些别人让他做的事情。

不料，一个重大的转机终于出现了。那是一个晚上，夫妻俩吃了一顿羊肉包子（至今老C嘴里还残留着那股浓重的膻味）。吃完之后，妻子在卧室里看电视，他又到另一间屋子里去读莫伦的那本书。读着读着，他脑子忽然陡地开了窍：想去台风眼，如果找到莫伦本人不就好说了吗？

对，就这样！

于是他步履坚定地走到卧室，向妻子宣布了他的重大决定：他要到法国去。妻子听了说道："不行，从我对出国情况做的统计来看，你各方面的条件还够不上平均数。"老C一下子火了："平均数平均数！滚你妈的蛋！老子要跟你离婚！"妻子说："好，离就离，咱俩在这方面倒是够上了，我早对离婚情况做过统计。"

第二天，老C便与妻子办妥了手续。

之后的事如过眼烟云。复习，考试，办理出境手续，去巴黎，勤工俭学，寻找莫伦……莫伦总算找到了，但他已是七十岁的老翁，飞不动了。老头子抚着金色大胡子，说："小伙子，难得你有我当年那股冒险精神与不折不挠的韧劲，我成全你。关岛联合台风警报中心有我的老朋友，我把你介绍给他。"于是，老C又辗转去了太平洋里的关岛，见到了莫伦的朋友、台风警报中心飞测大队队长查理先生。

一切很顺利。老C到关岛的第四天，警报中心就发出了指令：卫星云图指出，自6日12时以来，热带气旋Abby的对流量和结构有明显增强，在密蔽云区中心有弱的上升暖气流，存在一个发展得较好的眼壁，因此Abby升级为台风，目前对流迅速增强，要求飞机在1日凌晨5时执行探测计划。

终于，老C就有了今天这次飞行，这次多年来梦寐以求的穿眼壮举……

飞机在继续前进。大概是在云层中穿行，舷窗外朦朦胧胧，一片混沌。舱里的气象学家们正静静地坐着，一句话不说，两眼只管盯住面前的仪器。那些仪器多种多样，红绿指示灯闪闪烁烁，让老C感到眼花缭乱。

这时，机长马特岑上尉忽然发出了命令："开始观测！"

老C知道，台风区到了。他极力抑制住心跳，将脸紧紧贴在舷窗上向外看去。随着机外景象的展现，他不由得惊叹了一声：啊……

东方欲晓，一幅奇异的景色展现在我们的眼前，在我们前进的道路上横着漫长的排列整齐的云带。这表明我们正在径直地向台风眼飞去。

海浪汹涌，奇异的反常现象显示出台风中所出现的一切凶恶的自然征兆。巨涌的方向与风向无关，甚至与风逆向。这些长浪是台风中心的海水剧烈翻滚引起的，由此它们以同心圆的形式向外扩散。

与台风相遇是激动人心的。我曾经见过许多台风图片，但这一次却是亲临现场，景色是那样栩栩如生。我甚至觉得听见了直径为300公里的这样巨大气团旋转时所发出的隆隆声。应当说还有我们的电子器件所发出的不间断的嗡嗡声与马达的轰隆声更加强了我的这种幻觉。

台风的整个轮廓渐渐浮现在雷达的屏幕上,弯曲的线条变得越来越密,好像它们紧缩在可怕的卡西摩多眼睛的周围。现在屏幕上出现一个窟窿,这就是风暴眼……

此刻我们已经看不见海洋是什么样子了,它那凄凉而壮丽的景色,已经从我们的眼前消失了。我们继续在阴郁的雨夜里飞行。好像在这雨夜之后,再也不会有白日来临。雨滴或者更确切地说是倾盆大雨,由于其迎面飞来的速度很快,已经不能辨认了。它们把视线遮住,连机翼都看不到了。此时,我的大脑里甚至浮现出这样的疑念:气体动力学的定律或者阿基米德原理是否还在支持我们飞行?我们是在飞翔,还是在飘动……

我们继续向气旋的内部深入。在气旋和飞机之间产生某种相互作用,产生间断性的颠簸和紧张的搏斗,并伴有某种连续不断类似吟唱的声音,但绝非是叫喊声。

值得庆幸的是飞机并没有散掉,这可能是由于它没有足够的时间完全倒向一边,气流已经把它倒向另一边。机组人员沉默着,每个人都忧心忡忡,但没有人想说出自己的想法。他们听着,聚精会神地倾听着飞机构件的动静。人人都像医生一样仔细地诊听着飞机所发出的每一个声响。

我们正处在最大风速区,处在辐合区,即各种气流的汇合区。各个方位旋转的、偏斜的、相互挤压的风冲向巨大的低压槽中心,但却不能冲破神秘的云墙……

当飞机似乎陷入一阵猛烈的爆炸声中时，突然出现了一种万籁俱寂的境地。这里朵朵白云静静地飘荡着，飞机好像在做滑翔飞行。这就是台风眼。天很阴暗，台风眼看不清楚。它的轮廓似乎是模糊的，眼内布满了卷云，只能偶尔看见下面波涛千顷、浪花飞溅的绿色海洋。即使不看，根据温度和气压也是可以辨认出来的。

台风眼是整个气旋系统中气压最低的区域。正是由于这个原因，气流均向中心汇集。然而这里温度却最高，因为被吸引到这里的大量潮湿空气放出了自己的全部热量，从而导致气流向上抬升。这种上升气流又使气压进一步下降，又将新的湿空气吸引了进来。

……这就是热带气旋！魔法似的循环反复！

在气旋中心，温度高到使人想起沙漠里火一般的热风。这里的热量是惊人的，常常要比周围地区高出两倍。你似乎亲眼看见了世界上最古老的蒸汽机。在3000米的高度上，即在高山的永久积雪线之上，我们却是在25℃~30℃下飞行的。

"往后，向风暴区飞！"马特岑上尉说。

要从风暴中飞出来，首先必须回到风暴中去，这就是探测台风所特有的逻辑。现在需要重新穿越台风眼壁。这是一种神秘的边界。在边界的另一面，转瞬间就会从平静的仙境掉入凶狂的风暴。

一切都准备好了。我们很快就进入云壁，飞机再次出现阵阵猛烈的颠簸。

然而一旦出了台风，情况就好多了。飞离台风愈远，就愈觉得轻松……

飞机大约每小时报告一次信息。从观测到获得信息通常不超过一刻钟，最多只要半小时。对于救援来讲，需要做的只有一件事，那就是及时地发出警报。

我们终于从台风里飞出来了。太阳，公海上真正的太阳照耀着我们，照耀着辽阔的海洋。大约在当地时间11点，我们飞行在两艘轮船的上空。其中一艘好像驶向菲律宾，而另一艘驶向太平洋中部岛屿。显然，由于联合中心发布的台风警报，两艘轮船都避免了灭顶之灾。

……我们进入了台风的右前方地区，这是台风中最危险的区域。搏斗又重新开始了，这一次比前一次更加激烈。我们正处在最可怕的地带。自然界不仅不存在两个类似的台风，甚至就是同一个台风也是在不停地变化着。随着我们愈来愈接近台风眼，震动也愈来愈厉害。震动变得几乎是不间断的。飞机在颠簸着。由于突然的剧烈振动，我们的五脏六腑似乎都要跳出来了，血在体内滚动。

我们再一次陷入台风眼——台风中心。但这个台风眼已经不像以前的那样，它变得更宽，眼内浮动的云彩也消失了。

在我们的面前展现出一幅极其壮丽的、激动人心的景象，这种景象只有大自然才能创造出来。凡是有幸拜访过台风眼的人，返回时总是怀着一种赞美与恐惧交集的感情，并且找不到足够的词汇来描述这种复杂的感情。在飞机螺旋桨的隆隆声之后，我们听到了，或者更确切地说我们猜到了一种寂静，一种突如其来的、戏剧性的万籁俱寂，按照海员的话来说，宁愿重新听到狂暴的大自然的咆哮声。

我们飞行在3000米的高度、直径22公里的坑内。坑内浮动着几片卷云，它们是那样的恬静，犹如玩具一样。坑壁是由不动的风景形成的，是一些由神秘的力量和看不见的世界所抑制的汹涌的云体组成的。乌云狂暴地冲击着，它们像马戏团铁笼中的野兽，服从着驯育者的指挥。它们似乎在等待着我们，在暗中窥伺着我们，时而转向右边，时而转向左边。当飞机侧着身子转弯时，我们向上看着台风壁的顶部。从这里直到坑口有15公里高，在我们的眼前是一堵15公里高的沸腾的墙壁，使人惊叹不已。这是一个巨大的深渊，一个圆形的巨洞，这就是人们所说的台风眼！

在这个环形口上，你可以看见蔚蓝色的天空，夏季海滨浴场上的蓝色天空，使人情不自禁地回忆起那些欢乐和休息的假日。充满活力的太阳将自己的射线差不多垂直地投入深渊。

正是太阳扬起了那些永远留在幸存者记忆里的狂涛巨浪。这是一些从下面阴暗的云层里冒出的巨大的、异乎寻常的波涛。在阳光的照耀下，这些巨大的波涛，甚至从这3000米的高度看起来，也是十分可怕的。其高度为25~30米，约8层楼高。沿着其后部的斜坡，长达数百米的激流浪花翻腾不息，犹如魔鬼的披风，展示着它的全部威力。这些波浪，显然是台风所带来的最可怕、最具致命性的产物。

"——返回，向风暴区飞！"马特岑上尉又发出了指令。

"不不，我还要看看！"老C急忙喊道。他实在不愿离开眼前这无比壮观的景象，他希望飞机就这么一直在台风眼里飞翔、盘旋……

可是，马特岑上尉没听他的，飞机还是一头钻进眼壁了，哗啦啦啦……外面传来了声响。这声响忽然不像前次经历过的，却像厕所里的马桶放水。

"我的天啊,在这儿睡啦?"

这熟悉的声音让老 C 一抖。他睁眼一瞧,妻子正身披睡衣,满面怒容地站在他的旁边。

"快走快走,发什么神经!"

耳梢一阵疼痛。他只好受妻子那只手的牵引,懵懵懂懂去了卧室。

在床上躺下,妻子一如既往地又将脑袋歪向他的肩头,片刻后鼾声大作。在妻子的鼾声里,在黑暗里,一大片铅字又清晰地跃动在老 C 的眼前:

……东方欲晓,一幅奇异的景色展现在我们眼前,在我们前进的道路上横着漫长的排列整齐的云带。这表明我们正在径直地向台风眼飞去……

咸热的液体渐渐汪满老 C 的两个眼窝。

闲　肉

金囤是个棒劳力，队里每天给他记十分。

葛子涧能记十个工分的不多，伸胳膊数腿，也就那么十五六个男人。这些男人都是三十来岁，干庄户活儿，又有力气又有技术，葛子涧三十来户百多号人，全靠啃他们的汗珠子活着。他们是队宝，是挣饭吃的，所以就赢得了全队人的尊崇。他们咳嗽一声，连老队长齐麻子也要掂量一下分量；收工回到村里，老娘儿们个个都是笑脸相迎。另外，他们每逢干最累的活儿——向村外山坡上送粪的时候，还要享受这样的待遇：挑村里最水灵的姑娘为他们拉车子，一人配一个。姑娘背起绳子弓起腰，屁股就像一轮圆月，把男人前边的路照得明晃晃的，二把子小车在手里不知不觉减了分量。回程，姑娘推着空车，男人空着手悠荡在她们身后，那滋味真是，哎，真是没法说。

因此，葛子涧挣十分的男人就形成了一个阶层。每当在地里干活歇息的时候，这些人都要坐成一堆，互相挖烟抽，互相亲昵地骂那么几句，然后居高临下地谈论着村里的事儿。他们在一起，尤爱取笑那些因体弱或手拙挣不到十分的男人们。"算什么黄子，趁早蹲着撒尿吧！"说完便一齐豪迈地大笑，笑得那些老弱病残羞容满面。

金囤就是他们当中的一个。金囤很自豪。他不止一次地想过：人活到这个份儿上，也算可以啦。

不料，这一天竟发生了意外：金囤要离开这个阶层了。

那是一个雨后的下午，全队人正在副队长的带领下沤绿肥。割来草铡碎，扔到一个大粪坑里，让金囤等几个壮汉踩进去。金囤只穿条旧裤衩子，两腿在粪水里交替着一踏一拔，臭臭的气泡咕咕诞生在他的腿边，让他的肉好痒好痒。

队长齐麻子来了。齐麻子把破鞋一甩也下了坑，一边踩草一边说："操他姐，穆校长的脸真白。"

人们便知道了：齐麻子让大队书记叫去，是见了管理区的穆校长。大伙就都竖起耳朵听下文。

齐麻子说："没想长白脸的也长人肠子——叫咱葛子涧也办小学呢。"

社员们都有些振奋，铡草的停了手，踩草的停了脚。葛子涧从来没有小学，孩子念书，都得翻过西岭到大队驻地徐家沟。那西岭坡陡路窄，还时常有野狼出没。去年就有两个小学生遇上了狼，吓得尖声叫着滚下岭来，屎都拉在了裤裆里。大伙早就盼着葛子涧也能有小学，曾让齐麻子找大队提了多回意见。看来，这一回成了。

有人问："哎，老师呢？老师啥时来？"

齐麻子说："来个鸡巴，人家让咱自己找。"

"自己找，找谁？"

"金囤。"

人们便都转脸看粪水里的金囤。人们想起：在葛子涧所有的成年人中，只有他是上过四年学的。

金囤却连连摆手："不行不行。"由于摆手太急，身子晃荡，腿边又咕咕地诞生了一些臭泡。"我肚里那几个蚂蚁爪子，早就随屎拉光了。"

齐麻子绷着麻脸说："拉光了就现学现卖。反正我已经给你报上名了。明天你跟保管拾掇拾掇麦场屋子，准备开学。"

金囤就没话说了。

这时，与他同样挣十分的家富恍然大悟："哟，金囤当了老师，就不出大力了呀！"

众人也都恍然大悟："可不是嘛。"便一齐瞅着金囤道："真恣儿，嘿嘿真恣儿。"

金囤见那些眼神里夹着生分，心里不由得发虚。他说："俺不干啦，俺不干啦。"

齐麻子把眼一瞪："敢不听俺的？"

金囤不再吭声。众人也不再吭声。

晚上收工回家，金囤就把这事跟镯子说了。镯子一听，两眼笑成了花儿："好呵好呵。教学的都是细人，俺做闺女那阵子就想找个教学的。"

这话让金囤突然生起气来。他早听说，镯子在娘家不够老实，跟教学的徐世龙骚过一阵。如今还提这话，真不要脸。就说："想找徐世龙是吧？不说也知道。"

镯子脸一红:"熊样,人家跟他有事没事你不清楚?"

金囤就想起了八年前那一夜的红色。又想想现在终于干上了媳妇崇拜的差事,心思便又顺溜了。

但顺溜了片刻却又有了疙瘩。金囤搔着脖子说:"可惜,当年学的都忘光了。"

镯子说:"不怕,你先练习练习。我给找本书去。"镯子翩然起身,翻箱倒柜。但她忙得小脸通红,也没找出一本书来。嘴里说:"想着有一本,想着有一本。"金囤说:"不是叫你擦了腚?"镯子便咻地一笑:"你看我这记性。"他们家是有过一本书,好像是金囤当年用过的课本。但镯子当新媳妇时穷讲究,不肯用石头擦腚,就把那本书糟蹋了。

但镯子终于找到了带字的东西。那是贴在墙上作装饰用的一张报纸。镯子说:"你来念它。"

金囤就端着灯过去了。十几年没打交道,那些黑家伙个个都变得挺熊气。憋了浑身劲,好容易将它们制服了一半,对另一半就无可奈何了。

金囤有些气馁,嘟囔道:"这可怎么办,自己不会怎么教人家?"

镯子说:"找人现学。"

"找谁?"

"上徐家沟找徐世龙。"

金囤的脸又嘟噜下来:"又说他!"

镯子就不敢说了。片刻后眼珠子一亮:"不找他也有办法,买字典去。"

金囤眼珠子也亮了："对呀，有字典就不怕了。臭娘们，你怎能想到它呢？"

"人家说那玩意儿管用。"

"人家"肯定又是徐世龙。但金囤有了这一招挺高兴，就顾不上再追究镯子了。他说："我找齐麻子说说，明天就进城买。"说罢就起身出门。

一会儿，金囤回来了。回来在灯下晃出一张五元的票子："齐麻子让买呢，还让买课本，还报销我两毛钱路费呢。"镯子将眉梢一挑："看看吧，多亏俺想出主意。"金囤说："是多亏你。"掖起钱就搂镯子上床。床上，镯子眨着眼叫："老师。"金囤甜甜地应着。然后便是一迭声的呼应："老师！""哎！""老师！""哎！"把被窝里两个孩子都鼓捣醒了。

次日金囤雄赳赳出门，走四十里山路去了县城。在书店寻着《新华字典》，见带塑料皮的一块一，不带塑料皮的七毛三，就为队里着想，买了本七毛三的。另外，又将一、二、三年级课本各买了一套。虽有两毛钱路费，他却没舍得买烩菜吃，干啃了煎饼之后，去给孩子买了一包糖豆。

回家路上，忍不住边走边翻课本，遇见不认识的字就查字典。拼音字母他不认识，好在会数笔画。要查某一个字，翻到那儿，便看邻近的熟字念啥音。比方说"抛"的旁边是"泡"，那么"抛"就念"泡"了。金囤想：这真是个宝贝呢。

回家向会计报了账,第二天又跟保管拾掇麦场屋子。麦场屋子是队里建在麦场边放粮食和打场家什的,如今麦季已过,那两间草房正好闲着。把里面的几件家什抱出来,再扫一扫,保管说:"行啦。"

金囤说:"不行。粉笔呢?黑板呢?"

保管说:"粉笔去代销店买。黑板……黑板……"保管环顾一圈,眉头一展,指着门板道:"这不是现成的?"问题迎刃而解。

万事俱备,齐麻子就在晚上下了通知。他站在村口吆喝:"葛子涧有小学啦,凡在徐家沟上学的明天甭去了,统统到麦场屋子!"

第二天一早,金囤就换上一件干净褂子,扛着个羞羞的枣核脸,去麦场屋子等候他的弟子们。不大一会儿,弟子们果然陆陆续续来了。几个大一点的,抱了板凳去屋里坐下,打量了几下之后发表言论:"什么狗屁学校,看看人家徐家沟小学。"金囤觉得这话刺耳,但看看自己的这一套也确实太差,就假装没有听见。

等到不再有来的,金囤让学生们坐好,点了点人数。论性别,男十四,女八个;论年级,一年级十一个,二年级六个,三年级四个,四年级一个。读四年级的小子叫大圈,坐在那儿挺突出。金囤拿过他的算术课本一瞅,见上面的数码都是夹着黑点的。他知道数码夹了黑点就挺熊气,一般人制服不了,就对大圈说:"就你自己,没法教。"大圈说:"俺不上徐家沟了,俺一个人害怕。"金囤想了想说:"你再上一遍三年级吧。"大圈便不吭声了。

接下来正式上课。金囤把两扇门板摘下来,分别放在屋子两头,然后让一年级不动,二、三年级掉头向西。这样,二十来个小学生就形成了屁股相抵的格局。上课是轮流着的：教给一年级几个字，让他们写着，再跑到另一头教二年级。一、二年级功课简单，金囤基本上没遇到麻烦。教完就让他们写生字，并警告说，下午就默写，谁默不上来就罚站。这一套是金囤当年领教过的，现在当然要依样画葫芦。

然后给三年级上课。他问学生学到哪里了，学生说是第八课。金囤翻到那儿，见生字成群结队，额上顿时冒出一层汗珠子。字典虽在旁边，却不好当着学生的面查。转脸瞅见大圈，就说："大圈，你学过这课，你领着念。"

大圈听了吩咐，面呈得意之色，摇头晃脑地领读起来：

在英雄的阿尔巴尼亚，

有座山叫爱尔巴连，

山上长满茂盛的橄榄树，

山泉绕过美丽的葡萄园……

念过几遍，金囤暗中也把生字消灭了。他把生字们一一抄在门板上示众，让学生们写它二十遍。学生说："还没解词呀。"金囤恍惚记起：三年级是要"解词"的。而课本上的这些如何解，他真是不摸门儿，就说："连这几个词还不明白？笨蛋。"学生们谁也不肯当笨蛋，便老老实实地去写生字。

金囤心里发虚，身上直冒臭汗，将褂子溻得透湿。好容易熬过一个上午，下午再上课时，发现大圈没有露面。问他妹妹兰叶，兰叶说：

"她爹听说大圈还要再上三年级,就不让他上了,让他上山拾草。"金囤听了,心里益发忐忑不安。

晚上,金囤摇着头对镯子说:"够呛,真是够呛。"

镯子安慰他:"甭怕,不会就学。"

"字不会念能查字典,可解词找谁学?算术找谁学?"

镯子一笑:"找他去。"

"谁?"

"俺庄的呗。"

"又是徐世龙!"金囤将脖子一挺厉声道,"让我到他跟前出丑?没门儿!"

镯子就怯怯地躲在一边,连屁也不敢放了。

闷闷地抽了几袋烟,金囤忽然想到了大圈,便急忙起身出了家门。两袋烟工夫过去,他捏着几个破本子回来了。坐下翻一翻,把大腿拍了又拍。

镯子疑疑惑惑地发问:"恣个啥?"

金囤说:"镯子咱不怕啦,咱当老师当稳啦。"他告诉老婆:"这是大圈的笔记本、作业本,词怎么解,句怎么造,题怎么解,这里边统统都有。有了这些,就能对付三年级。对付了三年级,一、二年级就不在话下了。"

镯子也挺高兴,随手抢过本子装模作样地看。她说:"人家帮咱,咱也不能忘了人家。明天我给大圈他娘纳一双鞋底。"

转眼间,金囤当了三四天老师了。

这天晚上,他正抱着字典备课,堂弟油锤来了。他有意在堂弟跟前露一手,问一句:"吃啦?"又低头翻书,翻得哗哗大响,嘴里还念:"一只狼掉在陷阱里,怎么跳也跳不出来。"油锤冷笑道:"跳不出来该死!哥,甭酸梅加醋了,快去看看工分吧。"

金囤一惊:"工分咋啦?"

油锤说:"跟瘸子瞎子一样喽。"

金囤便慌慌张张往牛棚里跑。从前,他是每晚都到生产队牛棚里看会计记工的,这几天光忙着备课,倒把这事忘了。

牛棚的墙上挂一盏马灯,会计三黑正蹲在灯下记账,齐麻子和一群劳力则围成一圈叽叽喳喳。金囤挤过去,往记工簿上瞅,自己名下竟是一串勺子头。他顿时火了:"凭啥给我九分?凭啥给我九分?"

他瞅会计,会计瞅齐麻子,齐麻子却去瞅大伙儿。

挣十分的家富说:"金囤,九分也行呵,九分也赚便宜。"

金囤不解地问:"我赚什么便宜?"

"蹲在学屋里,风不刮头雨不打脸。"

有人补充道:"不出大力,省饭。"

有人补充道:"不上山干活,省衣裳。"

还有人补充道:"连铁锨锄头都省。"

金囤吃惊地张大了嘴巴。他没想到众人会把账算得这般细致。但又一想:这些的的确确都是事实。就拿吃饭来说,推小车时一顿吃四个煎饼,而今一顿有三个就足够了。于是就觉得心虚,觉得理不直气不壮。

家富又是一笑："就是老婆不省。不然力气往哪里使？"

金囤听他说到这一层，禁不住恼羞成怒："放屁！"

家富却把牙一龇："放屁也不是我放的，是你家镯子。不信，问俺豆腐他娘。"

众人哈哈大笑，连一些姑娘也不知羞耻地挤眼。金囤脸红得像猴儿腚，心里骂老婆，贱嘴骡子，什么事都往外抖搂。他狼狈不堪，几乎想要往家溜了。

但他又想到了工分。一天少一分，秋后分配是要吃大亏的。更重要的是，人们把他从挣十分的阶层中剔出来，这意味着他在葛子涧诸色人等中的降格。而这，正是血气方刚的他最不能忍受的。

他冲齐麻子把眼一瞪："队长，明天我再推小车去，谁教学谁是龟孙！"

齐麻子马上说："不，学还是要教的。"

"说得好听，给九分怎么干？"

齐麻子就对一圈众人说："叫你们甭攀，你们非要攀，不就一分工么。学校垮了，再叫小孩爬山过沟受罪？"

众人便不说话了。

齐麻子一指三黑手里的账本："改过来，给金囤改过来。"

三黑便提起笔，将一个个勺子头描成粗粗的扁担，又在扁担后边画一个圈儿。

看自己又恢复了原来的待遇，金囤那颗悬着的心便落了下来。但这一落却落不到实处，老是虚虚地放在那儿，因他还想着众人为他总结的"省"与"不省"。

回到家,镯子已搂睡孩子,正坐在床上等他。镯子问:"真记了九分?"金囤说:"差一点。日你妈谝什么不好,单谝睡觉的事。"镯子道:"俺谝了吗?俺谝了吗?"金囤说:"还嘴硬,不信去问豆腐他娘。"镯子就缩起脖子羞羞地一笑。

上床后,镯子有认错的意思,便用身手向金囤表达。金囤让她点起火来,又糊糊涂涂浪费了一回。清醒后,觉得自己的行径恰恰印证了人们的指责,心情立即变得十分恶劣,三拳两拳把镯子捣进了床角。

这心情至第二天还没有变好。进了学屋,感到小学生们个个让人生厌。仿佛觉得,恰恰因为这帮小东西的存在,自己才有了那一连串的苦恼。于是,上课时就不给学生好脸。

教过一、二年级,应给三年级讲一篇新课文。刚往门板上抄写生字,身后一、二年级学生中却有人叽叽咕咕。金囤心里烦着,回头便骂:"一帮龟儿子!"接着又写。不料仅过片刻,身后叽咕声复起,金囤回头吼道:"一帮龟孙子!"

威胁升了级,却没能吓唬住谁,一、二年级小学生照样喊喊喳喳,搞得三年级小学生也心不在焉、左顾右盼。金囤怒不可遏,对一、二年级喊:"都给我滚出去!"

一、二年级小学生就像一群小老鼠似的溜到了屋外,远远地躲到树底下,学屋里突然显得十分清静。金囤忽然有了主意:屋里正热,树林里凉快,何不到那儿分成几堆上课,省得几个年级互相捣蛋?

于是就把三年级学生也轰出屋外,轰到了麦场前边的杨树林里。

这片树林有三亩大小,树荫花花搭搭连成一片。金囤把三个年级分在三处,相距几十步远成鼎足之势,然后把两扇门板抱出来,分放在一、二年级前边。三年级没有门板,金囤就在一棵粗树的身子上写。一道算式列出来,学生要绕树半匝,方能从头看到尾。

但这样做毕竟优越。三帮孩子离得远,井水不犯河水。金囤捏着书本和粉笔,井边一会儿,河边一会儿,有条不紊。三个年级的课都讲完了,作业布置下了,金囤就坐在中间的空地上抽起烟来。

刚将几口烟悠悠地吐出去,有一个喊声却远远地传来了:

金囤唉!

闲肉唉!

坐在阴凉里真好受唉!

金囤抬头一瞅,见西边山坡上有七八个锄花生的,在挂了锄冲他张望。正思忖刚才是谁喊的,不料那喊声竟从七八张嘴中一齐迸发出来:

金囤唉!

闲肉唉!

坐在阴凉里真好受唉!

像屁股下长了一摊蒺藜,金囤腾地跳起身来。正惶惶然不知所措,东边山坡上也有人喊起了这几句。那儿有几个姑娘正翻地瓜秧，看来是很快把那诗句学到手了。

金囤发现自己犯了一个天大的错误：葛子涧坐落在山坳里，地在四面山坡上，他把教学放到树林里进行，恰好将自己的悠闲暴露在众人的眼皮底下。

山坡上的人们仍在喊，有领有合，此呼彼应。小学生们这时也不学习了，都捂着嘴冲他们的老师笑。听着这四面楚歌，金囤心惊肉跳。他知道：在毒日头下锄地是很苦的，换上他，如果看见一个大男人蹲在阴凉里，说不定也会编出几句表达不平的顺口溜来。

这么一想，便觉得自己有了罪过。他觉得不能让自己消闲，应该像山坡上的人一样出出大力气。于是就走到一堆学生面前，教他们学起生字来。"批！批！批判的批！""判！判！批判的判！"教时，金囤像锄地一样将全身肌肉绷紧，腰一弓一弓，头一点一点，拳头则抡得门板咚咚作响，声音也洪亮无比，简直是竭尽全力喊出来的。小学生受了他的感染，也都伸脖子瞪眼，把念生字变成了喊杀声。不多时，师生都是大汗淋漓。

折腾了一会儿，金囤侧耳听听，山坡上喊声寂然，心才稍稍安稳了一些。但他不敢松懈，扔下二年级，又去一年级那儿嘶喊起来。

喊了一阵子，有小学生发问："老师，光念吗？"

金囤便想起应该让学生写一会儿，于是就收住喊声，让学生捧起瓦盆碴拿粉笔学写。但他额头汗水未干，山坡上干活的又叫唤起来。

没法子了，只能任人声讨了。在四面楚歌中，金囤罪人般熬到了太阳落山。

　　第二天，他再也不敢到树林里教书了。但躲在学屋里也不行，山坡上仍有人不时喊那几句，不同的只是将"阴凉"一词换成了"学屋"。听着这喊声，金囤觉得人们的目光像利箭一样，嗖嗖穿过屋墙，噗噗地射在他的身上。

　　六天过去，就到了星期天。星期天是不上课的，齐麻子一大早就登门吆喝："金囤，今天怎么个打算？"金囤说："下地呗。"他心想：齐麻子你也真是小心眼，你不来吆喝，俺也会找你的。俺闲了好几天，应该去队里劳动劳动。

　　劳力们到齐，齐麻子说今日送粪，当即点出了十个推车汉子，其中当然包括金囤。点完推车的又点拉车的，给金囤拉车的姑娘是兰花。

　　金囤便暗暗兴奋起来。兰花过去常给他拉车，只要绳子上了肩，她从不疼惜力气，让推车人感到轻轻松松。不止这一点，她那拉车的姿势也特别迷人：细腰弓着，圆腚撅着，一只胳膊套在胸前的绳扣里，另一只胳膊走一步甩一甩，甩出许多的韵味来。这情景，金囤当了老师后曾不止一次地怀念过。

　　装车了。金囤和兰花你一锨我一锨，往篓子里扔着粪疙瘩。平了篓子，金囤刚要住手，家富在一旁说："金囤你多装点。"金囤说："多装点就多装点。"立即把篓子培得冒尖。这当空，他发现兰花正与其他人挤眉弄眼。

　　推车上路后，金囤抖擞精神跟定众人，一步也不拉下。过了小河是上坡，金囤暗暗加大了力气。然而再怎么用力，那车轱辘还是不大愿滚。看看车前忽然明白了,原来是兰花没与他合作。她没像从前那样弓腰撅腚大甩胳膊,只是背了根弯绳子在前边慢慢走。金囤大喘着道:"兰花使点劲呀。"兰花回眸一笑:"怎么,闲了多日还没攒下劲儿?"

金囤无言以对,只好动员自己来对付车子,一步步艰难地往坡上拱。他张着大口气喘吁吁,其声肯定传进兰花耳内,可兰花在前边仍不弯腰。

转眼间,其他人已经把粪送到地头,推着空车回来了。经过他的身旁时,家富点着头吟唱:

金囤哎!
闲肉哎!
再推起小车真难受哎!

金囤又羞又恼,却又无可奈何,只好咬牙切齿与车子搏斗。

这么干了一天,金囤浑身像散了架子。回家往床上一躺,哭唧唧对镯子道:"不干啦,坚决不干啦。"镯子问:"不干什么?"金囤说:"不干老师呗。"

镯子吃了一惊,急忙坐到丈夫身边问缘由。金囤就一五一十,把几天来的烦心事都讲了,哪知镯子听了却"哧儿"一笑。

金囤问:"你笑什么?"

镯子说:"我笑你傻。"

"我怎么傻的?"

"你看不透世事。"

金囤不服气:"我看不透,你能看透?你一个大字不识,你能看透?"

镯子一笑:"看透看不透的,咱们考考吧。你说说,老祖宗为什么要造那些字儿?你说说你说说。"

金囤说不出来。想了想还是说不出来。

镯子道:"告诉你吧,是为了把人分开。"

"分开?"

"嗯。分成两拨,一拨粗人,一拨细人;一拨是油,一拨是水。这就有了贵贱。你看那些脱产人员,哪个不是装了一肚子蚂蚁爪子?"

金囤从没想到老婆还有这么深刻的见解,就问:"你说我是油是水?"

镯子说:"民办教师呀,就在那油水中间浮着。你呢,光瞅那些水对你怎样,光想变回去,真没出息。"

"你说该怎么办?"

"你看人家徐世龙,眼盯着上边,拼命地学、学。学问一大,就转成国家教师,就成了油了。"

金囤恍然大悟:老婆刚刚说的这一套,完完全全是从徐世龙那里贩来的。于是就吹胡子瞪眼表示吃醋。镯子却不怕,拧一拧小脸道:"不对吗?不对吗?"

想想那些屁话也确实有道理,金囤就无法反驳了。

半夜里睡不着,他对老婆道:"俺明白了,俺得干下去。"

镯子说:"这才对嘛。听见兔子叫,就不敢种黄豆啦?"

第二天,金囤再走向麦场屋子的时候,那颗尖尖的脑袋就昂起来了。站在一群小学生面前,他第一次觉得自己是那么高大,那么不同凡响。

岭上还不时有人喊他"闲肉",但已构不成对他的威胁。他忽然发现了一个秘密:这些天来,往日在一块干活的人们是怎样地伤透了脑筋——又想让孩子在本村安安逸逸学几个字儿,又不愿看到五大三粗的他离开大伙去享清福。洞察到这一点,金囤的优越感就更强了。他心里说:你们白眼馋,你们是想干干不了,你们是粗人,你们是水!这么想着,再看山坡上干活的人们时,他那目光里便带了鄙夷与嘲笑了。

排除了思想干扰,金囤就全身心地投入了教学。白天在学屋里,他讲课不遗余力,忙得热火朝天。晚上在家便是备课,念呵算呵,直到鸡叫头遍才上床。镯子见他勤勉,便对他格外恩爱,一天炒一个鸡蛋给他吃,在外边还逢人就夸。

这天,金囤正在上课,门外却有一个人站着。他转脸瞧去,见那人有四十来岁,长着个大白脸,好像在哪儿见过。认真想想忽然记起,这人是学区穆校长,今春上全管理区开社员大会,他在会上念过报纸。于是急忙走出来,亲亲热热招呼道:"穆校长来啦!"

穆校长笑笑:"王老师忙着?"

一听这称呼,金囤的心热辣辣打了个滚儿。他只顾咧着嘴笑,不知说什么好了。

穆校长说:"这段忙,没顾上到你这儿看看。正巧这月补助费发下来了,就来送给你。"说着掏出五块钱给金囤。

金囤不敢接,问道:"这钱是干啥的?"

"给你的。民办教师补助费,一月五块。"

金囤的心又热辣辣打了个滚儿。接过钱,校长让他在一个本本上签字,他那手竟有些不听使唤了。

揣起钱,金囤还是不知说啥好。校长又开口了:"王老师你继续上课,我听一会儿。"金囤说:"好。"马上把校长领到屋里,安排在一个小板凳上。

他定了定神,就开始讲。刚领三年级学完《斗"熊"》一课的生字,现在需要讲解课文了。他腰里揣了补助费,便觉得这课应该好好地讲,仔细地讲。讲到"冬天,乌苏里江上的冰结得厚厚的",他说:"为啥这冰结得厚?因为乌苏里江在北边。天气就是这样:越往北越冷,到北极能冻死人。越往南越热,到南极能热死人。"

他看见穆校长这时皱起了眉头。他不知其中缘故,仍然一句句讲下去。讲到反修小学红小兵迎着朝阳,来到江边宣传毛泽东思想,他说:"什么是朝阳?就是从朝鲜来的太阳,因为朝鲜在东边嘛。"好半天才讲完全文,他又对学生说:"谁还有不明白的可以问。"一个学生马上道:"老师,苏修强盗溜走的时候,为啥要夹起尾巴?"这一下把金囤问瘪了,他张口结舌,长时间没说出个所以然。后来搔了搔脖子,才像来了灵感似的道:"是这样的:夹尾巴是外国大鼻子的习惯。人过去是有尾巴的，后来一下子掉了。咱们中国人掉了就不再要了，可是外国大鼻子还要，还整天带在身上，一上路就夹在腿裆里，他们认为这样能跑得快……"

这么一讲，小学生都嘻嘻笑着，伸手去摸自己的尾巴根儿，表现出中国人的自豪。

金囤见效果不错，还要再讲，不料穆校长却起身走了。他追出门外问道："校长你怎么走啦？"穆校长说："我还要到徐家沟去。"与金囤握握手，就走向了西山。

放学回到家，见镯子正在灶前烧火，金囤就展开那张钱，猫一般走过去，蒙到了老婆的眼上。镯子笑骂："促狭鬼促狭鬼。"金囤说："你睁眼看看是什么。"镯子睁开眼，灶火闪闪，把个钱花儿照给了她。她抓到手问哪里来的，金囤说："当老师挣的呗。"镯子喜滋滋道："早听徐世龙说有钱，他说一月两块，可你发了五块！"金囤说："可能是现今提高了。"两口子兴奋地计算："一月五块，一年六十，这比秋后在队里分得还多，能顶上一头猪呢。"但说到这儿，金囤忽然严肃地道："人家会眼红的，可不能在外头说。"镯子点点头："不说不说。"

从这天起，金囤教学的热情益发高涨。白天他一个劲地上课、上课，只给小学生一点拉屎撒尿的闲空儿；晚上一个劲地备课、备课，连与镯子亲热都顾不上了。

这天晚上正在家中翻字典，门外忽然有人喊："金囤，队长叫你。"他不知有什么事，就扔下字典去了村东牛棚。

那儿仍是往日的记工场面。金囤见齐麻子蹲在人丛里抽烟,走过去问:"有事?"

齐麻子抬起头,像不认识似的打量了他半天,然后说:"金囤,瞒得好呀!"

金囤心里一抖,话却硬着:"瞒什么啦?我有个×瞒。"

家富在一边说:"还犟。你老婆亲口说的,不信去问俺家豆腐他娘。"

金囤就一下子耷拉了脑袋。

齐麻子磕磕烟袋,慢悠悠道:"按说,找了省力气的活儿,一天记着十分也该知足了,那五块钱也该跟队里说一声。"

金囤嘟囔道:"那是给我的,又不是给队里的。"

齐麻子冷冷一笑:"给你就给你。不过从这个月起,我一个月只给你记二十天工分。"

金囤急忙问:"那十天呢?"

"一个工日值五毛钱,那十个工日早在你手里攥着。"

金囤心头一疼。想争辩,却见一群人都在忿忿瞅他。知道争也争不出个结果,就一扭头走了。

娘个×,空欢喜一场。金囤一路走一路想。贱嘴骡子,就怪那个贱嘴骡子。金囤回到家门,脑袋上已经哧哧地冒火星了。

院里,镯子正躺在蓑衣上等他,见他进来便娇声问:"什么事呀,连课都不让你备。"不料这问无人答,只见男人的脚连连飞起,直冲她的后腰而来。镯子只觉一阵剧疼钻心,便像屠案上的猪一样叫唤起来。

丈夫停了脚，气咻咻地问："还贱嘴不？还贱嘴不？"

镯子不答，只说："俺的腰断了，俺的腰断了。"

金囤身上顿时冒了冷汗。他蹲下身去扶镯子坐，但一扶她就大叫。金囤只好把她抱到了屋里。

镯子一夜叫唤不止，早晨努力了几次也爬不起身。金囤见后果的确严重，便去队里借了五十块钱，去学屋宣布暂时停课，用小车将镯子推到了公社医院。到那里，医生用手摸了摸，用镜子照了照，说是有个零件挪了地方。金囤问什么零件，医生说是椎间盘儿，要住院治疗。金囤便老老实实陪镯子住院。

住到第三天，医生决定治，就把镯子剥得只剩背心裤衩，让金囤与几个大男人抻她的腰。两个人抱她上身，两个人抱她下身，一东一西狠劲拉，拉得女人叫不出人声。金囤见她惨，不忍心再使劲，医生却摸着镯子的后腰喊加油，几个人便咬了牙再抻。这时，医生将两个大拇指一按，按出了"咔嚓"一声。医生说："好了！"几个人便放下昏死的镯子，抬起胳膊擦汗。

睡了两天，镯子还是不能翻身。金囤心中觉愧，就嘟嘟囔囔讲自己的不对。镯子说："过去的事就甭提了。我这病三天两天也好不了，小学生还等着上课，咱们回家吧。"金囤想想上课的事耽误不得，就依了她。

次日，金囤推着镯子回了葛子涧。把她在床上安排好，抓起课本去街上大喊："上课啦！学生都去上课啦！"

喊过两遍，却不见有小学生出来。正惶惑时，几个女人从自家门口探出头笑,豆腐娘说:"金囤呀,甭诈唬啦,学屋里正上着课呢。"

金囤一惊,忙问:"上课?谁在那里讲啊?"

"上级派来的,脱产的。前天刚到。"

金囤脑壳轰地一响。呆呆地站立半天,便往村西学屋走去。不敢靠近,只远远地瞅,果见一个小伙子在讲在写。随着他手指的点动,一片嘹亮的童声飞出:"班!班!波安班!闪!闪!师安闪!"

金囤听出,这是新老师在用拼音字母教学生识字。但他对那玩意儿不懂,从来就没有用过。听了片刻,他羞羞惭惭转身而去。到家扔下书本,冲卧在床上的镯子叹口气,便扛起锄上了东山。

东山上,社员们正锄荞麦。见他来到,众人都直起腰,给他一个亲切的笑。然而不知怎的,金囤却觉得他们一个个该揍,就不理他们,狠狠抡起了锄头。

众人也又弯下腰杆,边干边说说笑笑。金囤不入他们的伙,只管低头锄地。锄上一段,抬头望一望坡下村头的学屋。

日头还没下山,那儿就放学了。金囤看见,那个穿灰色制服的年轻教师走出学屋,去了河边林子。他手持弹弓,猫着个腰,一棵树一棵树地寻鸟打。

闲肉。

金囤脑子里蹦出了这个词儿。

然而瞅一瞅干活的同伴,他们都对年轻教师的举动视若无睹,谁的脸上也没有不平之色。

金囤心里就有些忿忿然了。

傍晚收工时，齐麻子照例检查一遍干活质量。看到金囤锄的几垄，他把麻脸一绷："这是谁锄的？瞎眼啦？"众人围过来一看，见好多荞麦苗被杀倒，就一齐抬眼去瞅金囤。金囤瞅瞅地上，也奇怪自己怎会干出这么糟糕的活儿。

晚上记工，金囤的名下是一个勺子头。

第二天是推土垫猪圈。金囤本想好好干来挽回影响，不料端起车把，那腿竟暗暗发酸，走着走着便落在了人家后头。一天下来，比别人少推十多车，晚上记工，他的名下又是一个勺子头。

后来，不管干什么活儿，金囤也没能像当老师以前那么出色。会计的记工簿上，"9"这个数码便牢牢跟定了他的屁股。

金囤从此一蹶不振。每当下地时，总有些挣十分的壮汉嘲笑他："算什么黄子，趁早蹲着撒尿吧！"金囤听了这话也不反击，只是默默地干活，默默地想心事，偶尔向学屋眺望一眼。

第二辑

我知道你不知道

这个局的二科科长已经空缺两个月了。

二科科长空缺是因为科长跳了槽。那个槽不是一般的槽,它不在本市,在三百里之外的海边。去年那里的一个县级市升了格,成了地区级,于是这里的一些干部就诈唬着到那儿去。有些人还真走了。二科科长就是其中的一个。本来,二科科长在这里干得挺好,局里人都说,要是再提拔副局长的话,二科科长就是第一人选。然而他却走了,走得很果断,全然不念他在这个城市这个单位待了十几年之久。他走时,局领导是本想挽留的,谁想他跟领导说,他经不住那海的诱惑,于是把工作一交代就走了。这让领导很失望。一把手杨局长愤愤地说:"不就是个海嘛,人又不是鱼,又不能天天泡在水里。"他又说:"走就走吧,走那么一个两个的也无所谓,咱们这里有的是干部,你看二科,不是还有张通、王达吗?"

二科是还有张通和王达。二人都是副科长,脸对着脸办公。二科办公室是间大房子,里边安放着五张办公桌:门边两张是科员的,冲着门的东窗边有两张是副科长的,靠里边的西窗前有一张是科长的。铁打的衙门流水的官。这些年来,已有好几茬干部从门边流到东窗,再从东窗流到西窗，最后从西窗流出这间办公室，去了更重要的岗位。张通和王达三年前一块儿进了这办公室，起初同在门边坐着，去年又一块儿由门边挪到了东窗根。他们挪到东窗根去，本应再补充新鲜血液到门边，但正赶上机关压缩，局里决定二科不再进科员，只保留三位科长。这么一来，张通、王达就觉得不对劲："我们当科员的时候是被领导，当了副科长本应是领导和被领导双重身份，你不设科员，我们不还是纯粹的被领导嘛！"二人私下里说起这事，都很有情绪。但有情绪也只能把情绪放在心里，表面上是不能有的。因为他俩知道，要想当上手下有被领导的领导，就必须装出没有情绪的样子好好干。所以，张通、王达工作还是很积极的，对科长的工作也是维护的。张通想，好好干，等两三年科长走了，我去西边窗子前坐着。王达也想，好好干，等两三年科长走了，我去西边窗子前坐着。

但二人都没有料到，他们刚这么想了半年，科长竟跳槽走了。

他这一跳，打乱了两位副科长各自制订的计划。二人甚至有些惶惶然。因为局里有规定，但凡提拔干部，这人必须在前一级别上干两年以上。要填补二科科长的位子，张通、王达显然都不够格。他们不够格，显然要由别人来干。想一想，别人来干自己心里多不是滋味呀。眼瞅那把椅子日后会在自己的屁股底下，现在却让另一张臭烘烘的屁股放上去，要多糟心有多糟心。还有一笔账要算：要提干部一般都是职位出缺才提的。如果这位科长是新提拔的，那么他在这个位子上至少要干两年。他再干两年，那么我干副科就是两年半了。这就是说，我干的这半年是白白多干了。另外，新来一个领导，一切都不熟悉，需要让他在头脑中重新建立起对自己的印象，这又多费多少力气呀。唉，科长呀科长，你这么一跳只图自己感觉良好，就没想想会给咱带来多大的损害，你他妈的也太自私啦！

二人心里都有一包怨气。由于这怨气相同，就可以摆到桌面上来。二人一有空就议论科长的跳槽，说那个小鸡巴城，别说升到地区级，就是升到省级也就是鸡巴大小，值得你拖家带口地去吗？听说去了也没提，还是正科，一个小地方的正科能跟大城市的正科相比？可见这家伙的判断力出了明显的故障。不错，那里有海，可以洗洗澡，但别忘了，海里有鲨鱼，有恶浪，搞不巧，哼哼……二人说到这里，便会心地一笑，胸中随即荡漾起一汪快意。

这么一边发泄着怨气，一边等待着新科长的到来。

谁可能接任二科科长，张通、王达也做了一些分析。他们认为，局里现有的五位正科长平调到这里的可能性不大，很可能从一些老资格的副科长中提起。那么会提谁呢？他俩排来排去排出了三四个。但是这三四个中间到底会是谁，二人确定不了，因为这几个人各有优势，也各有短处。二人都说，确定不了就不屑确定了，爱谁谁吧，谁来都一个样，咱都是被领导。于是，二人便听天由命地等。

然而，一个月过去，局里却没有新的任命做出。

二人坐不住了。都想，这么拖下去还了得，新科长晚来一天，我就要在副科位子上多干一天。这意味着什么？意味着虚掷岁月，等闲白了少年头呀！二人心里都很着急，简单地议了议，便一块儿找局长去了。

局长办公室在走廊的尽头。二人走进去，一先一后讲了同样的意思：请局里赶快给二科派领导。杨局长听了他俩的话微微一笑："派领导？你们难道不是领导？"二人叫起来："我们怎是领导？正科长才是领导呢！局里赶快决定吧，不然的话，耽误了工作我们负不起责任！"杨局长停了停，说："局里研究过了，决定二科维持现状，暂时不任命科长。"听了这话，二人都觉得出乎意料，便同时发问："那，工作怎么办？"局长说："你们两个共同担起来呗。"

二人带着满腹疑惑回到二科，好半天没有说话。他们都没想到局里会做出这样的决定。要知道，这个决定使他们二人都处在了这样的地位：上没有天，下没有地，既不是领导，也不是被领导。而且二人平起平坐，你管不着我，我也管不着你。这种局面，要多难堪有多难堪，要多尴尬有多尴尬。

是找不出合适的科长人选呢，还是有别的意思？

一想到这别的意思，二人心里都怦怦跳：难道局里要从我们中间提一个？但想一想又觉得不可能，因为这不是前些年了，说上就能上。现在讲台阶，要一级一级慢慢来。半年多的副科升正科，这几年在全局机关没有先例，杨局长两个月前还在大会上讲，干部就是要一个台阶一个台阶地锻炼。

然而，杨局长为何要二科维持现状呢？是不是让我们俩这么干一段看看，考验考验，然后再决定提谁？哎哟，如果这样的话，可就要认真对待喽。

从这一天起，二人的关系进入了微妙阶段。首先，在说话上变了。

二人以前没事时就要侃一通，什么话题也侃。而现在话题多往远处找。股票、物价、波黑内战、南非大选，逮着这些猛议论，就是不再议论老科长的跳槽，也不再猜度新科长的人选。其次，在对本科公务的处理上，二人也都变得小心翼翼。由于搞不清局里的真正意图，二人都觉得工作难干：要是积极一点儿吧，怕对方和局里认为你猴急，没打算向你扔馒头你却摆出一副抢馒头的架势；不拿出积极的样子吧，万一局里真要向他俩扔馒头呢？由于这种矛盾心理的存在，二人都觉得不知所措。各自考虑一番，都拿出了一副不上不下不热不冷的姿态。谁也不很积极，谁也不很消极；谁也不很负责，谁也不很不负责。有些事，虽说没有做出约定，但却像约定好了一样。譬如说，参加那些只需科里去一人的会议，这回张通去，下一回就是王达去。去局长那里送材料或者请示汇报工作，这回是王达去，下一回就是张通去。别科的人发现了这一点，开玩笑说他们轮流执政，他们都正色释疑：局长交代的，共同承担工作嘛！

就这么样，一个月过去了。

这一天，二科有一件工作需向局长请示，按照你一次我一次的原则，轮到王达去。王达便去了。走进杨局长的办公室，杨局长正在悠悠地侍弄他养的十来盆兰花。杨局长平日里最喜兰花，常说这个花呀，是花中君子，是雅中之雅，最值得人学习。这会儿，杨局长正拿一把小喷壶给它们浇水，见王达进来，也没有停止的意思。王达识相，便夺过局长的喷壶为其代劳，边浇边称赞这花。说着说着，便把要请示的事请示了。局长一边捡着花盆里的残叶，一边对问题做了答复。

之后，局长说："王科长，你看二科的人员怎么安排好？"这一问问得王达有些愕然。他想，你局长不是让我们两个共同担起来么，还要怎么安排？觉得这话不好回答，王达就随便说了一句："组织上咋安排咋好。"杨局长说："我打算让你把这担子担起来。"王达没有思想准备，听了这话手一抖，把水洒在花盆外许多。他停手直腰去看杨局长，想从局长的脸上看出有无开玩笑的意思。局长说："看什么？我的确是这么考虑的。你工作干得就是不错嘛。"王达还是感到很意外，说道："可是，我干副科长才半年多。"局长笑着拍拍他的肩膀："那就破格呗，组织上想用一个干部还不容易？"王达仍然觉得不踏实，就从另一角度试探道："那么张科长呢？他工作也不错的。"杨局长立即摇头："不行不行，他还很不成熟。"王达这一回真信了，便带着一脸激动瞧局长。局长说："好了，你先回去吧，这事暂时对谁也不要讲。"

从局长那里出来，王达并没有直接回二科，而是去了厕所。他知道此刻自己的神情很不一般，回去后会让张通看出异样，就去便池上蹲着，借以平静平静。吸完一支烟，觉得差不多了，才起身束好裤子，离开了空无一物的便池。

张通这时正坐在那里看报纸，见王达回来，抬头问一声："请示啦？"听王达讲了请示的结果又翻报纸，还一边翻一边向王达谈读报感想："卢旺达、布隆迪两国总统一块儿摔死，真他妈的惨。"王达信口嗯一声，去自己的椅子上坐下。坐下后，看着对面还在埋头看报的张通，一种优越感、胜利感、居高临下感油然而生。他在心里窃笑着道：你看，领导对二科做了那么重要的安排，他还一点儿不知道，还在那里关心卢旺达、布隆迪呢！慢说才摔死了两个总统，就是摔死十个八个的与你何干？你能去接了人家的班？二科的班你都接不了呢！二科的班我王达要接呢！王达往茶杯里续上些水，呷上一口，一边品味着，一边又居高临下地瞅张通。

只怪平时不认真瞅，一认真瞅，还真瞅出了张通的许多毛病。张通果然很不成熟。你瞧，看报就看报吧，晃腿干吗？惯于晃腿的是蟋蟀，可是它能晃出美妙的音乐来，你能晃出来啥？只能晃出轻浮给人看。还有，你喝茶时，楔楔地弄出那么大声响干吗？你看那些领导，喝起茶来都是慢端、轻呷、稳放，像你这样的坐了主席台，扩音器里还不光刮大风？再回想回想你以前的所作所为，不成熟的例子更多，简直是不胜枚举。哎呀哎呀，到底是杨局长目光尖锐，一眼就看到了实质。领导就是水平高，你不服不行。王达王达，你马上也要身为领导了，你要好好地向杨局长学习呀！

王达一边勉励着自己，一边拿变得尖锐的目光继续观察张通的不成熟，另一边就将工作热情提起来了。从这一天开始，他积极打水扫地，按时上班下班，事事都干得比张通多。当然，代表二科出面的一些事，仍然贯彻你一次我一次的原则，该叫张通去的还叫张通去。因为王达知道，自己被正式任命之前，在这些事上是不能让人家看出什么来的，否则就是不成熟。而表现出不成熟，是官场百忌中之大忌。

对这些事和王达的内心活动，张通当然一无所知。他的思维，仍然停留在旧的阶段上。思维没有超越旧阶段，也就避免不了迟钝，对王达已经显露在表面上的一些变化没能觉察。因而他我行我素，依然楔楔地喝茶，依然晃着腿看报，依然猛议论那些国际要闻，依然懵懵懂懂地活动在王达那居高临下的目光里。

这一天，张通上班后又看报，忽然觉得晃腿晃得有些吃力。正考虑这是怎么一回事时，没料到鼻腔一阵剧痒，两个喷嚏喷薄而出，随即就汪然出涕。张通一想，不好，这几天社会上正流行感冒，我一定也被传上了。这么一想，感冒症状立即加重了，喷嚏眼泪都多了起来。这个变化，当然逃脱不了王达的眼睛。他想身为即将上任的领导是要懂得爱护部下的，再说自己让他传上感冒也不好，便马上说："张科长你感冒了吧？感冒了快回家吃点药休息休息。"张通本来没把感冒当一回事，没有要回家的打算，但经不住王达一再催促。张通心想，这王达还真有同志味儿，再不按他说的办真对不起他的一片好心，于是就提着包离开了办公室。

回到家，他喝上一包感冒冲剂，便去了床上。迷糊了一小会儿，觉得身上好受了许多，躺着也挺无聊，就打算下床去看电视。刚来到门厅，忽然听一阵踢踢踏踏的脚步声在门外由弱到强。张通听出这是杨局长。杨局长就住在他的对面，他早已听熟了那串很有特点的脚步声。才九点半钟，他回家来干什么？是不是也传上了感冒？心里这么猜度着，人便走向房门，将左眼贴上了小小的门镜。果然是杨局长从楼下上来了。看脚步挺快捷，不像得了病的样子。局长打开门，不知为啥朝楼梯下看了看。进去后也没把门关严，而是让它虚掩着。张通退到沙发上坐下，正满腹狐疑，却又听得门外传来一串女人高跟鞋的响声。但这不是杨局长的老婆。局长老婆已四十挂零，走路绝没有这样的劲头。是谁呢？这个问号刚在心里冒出，张通的身子又忍不住贴到了门后。喔哟，怎么会是王达的老婆国永红？这女人是本局的一个下属公司的经理，此刻不在公司上班，跑到这里干什么来啦？刚这么想，国永红已经走到局长的门口。奇怪的是，这时那门不推自开，里边现出了脸带那种笑的杨局长。国永红少女般欢快地一跳，便投进了门内，在门飞速闭上的瞬间里，张通还看见了两人急急相拥的情景。

张通搞不清自己是怎样回到沙发上坐下的，他的眼前依然晃动着局长的那种笑、国永红的那种跳，以及门内二人的那种急促。想不到，一万个想不到。怪不得国永红一年前还是一个普普通通的业务员，竟然当上了公司经理呢！你她妈的原来靠这个呀！

张通坐在那里，不经常使用的想象力便发挥起来。他在努力想象着两重门那边正在发生的事情。这种场面，那种场面。这种结果，那种结果。凡属能想象的场面，凡属能想象到的结果，张通都想到了，直牵连得自己也气喘如牛、心跳如鼓。这时候的时间很快。张通的想象之马正狂奔狂骋，外边忽然一声门响。扭头看墙上的钟，已过去了半个多小时。张通急火火去镜里窥时，外面已是人去楼空了。听声音是二人一起下楼的。张通到后窗去看，果然是两个人一块儿出了楼门，一块儿钻进了一辆紫红色的桑塔纳轿车。那轿车是国永红公司的，国永红自己会开。

车走后，张通也紧接着下了楼。他骑上自行车，一阵急蹬回到了单位。进了二科，王达正在那里写材料，看见张通颇感意外，说："你怎么又回来啦？有病不好好休息又回来干什么？"张通这时早已不是有病的样子，精神十分亢奋，说："看到别人都忙（他把"忙"字咬得特狠），我歇不住呀！"说着便往茶杯里续上水，在桌前坐了下来。

王达听他这样说，便低下头去装作思考材料，心里暗暗发笑：嗬，你张通这是要带病坚持工作，想表现表现呀？可惜已经晚了。你再积极也抢不到这块馒头了，这块馒头杨局长已经决定给我啦！没有馒头抢了还忙活着要抢，张通你真是可悲可怜又可笑，是地地道道的大傻瓜一个！想到这里，王达忍不住咧嘴欲笑，急忙拿咬笔杆的动作掩饰住了。

看到王达仍趴在材料上冥思苦索，张通一边呷着茶水，一边居高临下地赏玩着他那样子。张通心里说：王达呀王达，你头上早已戴了绿帽子，可你还蒙在鼓里，一点儿也不知道！你老婆二十分钟以前还在向局长献皮肉，你却在这里给局长起草讲话稿，向他献心血，你他妈是世界上最最窝囊的一个！你瞧你瞧，还咬着那笔杆儿牺牲脑细胞呢！你快把脑子用在发现老婆的奸情上吧！你小子可笑不可笑，以前还经常在办公室里吹老婆，老婆当了经理，你吹她有本事，实际上是床上的本事呀！老婆学会了开车，你吹她有现代企业家风度，岂不知她是为了跟奸夫偷情方便呀！想一想吧，你老婆的身子白天让局长搞得无孔不入，晚上你再爬上去涮嗒，你是一个什么样的角色！咳，咳……

张通瞅着王达，心里鼓胀起一股难以形容的快慰。

当然，他也觉出王达有些可怜。心想：是不是向他透露一点点，让他管一管自己的老婆呢？他妈的，杨局长也太有艳福了，王达的老婆虽说不很漂亮，但确有几分性感，她在局长家的临门一跳，真有点荡人魂魄的味道。那样跳给杨局长，也真让人气愤得很。操他姥姥，怎么就没有女人向我那么一跳呢？告诉王达？告诉了王达，他们就很难跳成了。

然而，这样做并不好。告诉了王达，我能图个啥？难道那女人能跳给我看不成？想得倒美，更重要的，凡是一件事，都知道了就没意思了，最好的境界就是我知道你不知道。王达王达，你继续在鼓里蒙着吧！

张通这么欣欣然地想着，一直想到了下班。

在以后的日子里，王达、张通都继续保持着对对方的优越感。而且，这种优越感受了一些情况的推动，一天天地更加发展壮大了。

王达在有机会去杨局长那儿的时候，觉得自己越来越受到局长的青睐。每当他去送材料或汇报工作，局长都很热情很客气。对让王达当二科科长的事，局长又说了两三次。而局长对张通的印象，听那语气，简直是越来越坏了。当然，这也与王达的反映有关。王达很懂策略，在与局长的谈话中，很随便地就把张通的一些缺点反映了。起初，王达这样做时觉得自己有点那个，后来又想，反映反映科里的情况，这也是为领导负责，为工作负责，便又觉得自己的做法很正常了。听了这些反映，局长当然不高兴，有几次还骂起了张通。骂完张通之后，局长总是让王达好好干，一旦条件成熟就把二科的工作抄起来。所以，每次从局长那里回来，俯瞰着张通那一无所知的傻样儿，王达都抑制不住内心的喜悦。

这一段，张通又有新的发现。参加局里的会议时，他不止一次地瞧见国永红这个骚女人向杨局长暗送秋波。局长虽说是个老狐狸，在这种场合要沉稳一些，但还是有意无意地去瞅国永红。因为天天都要上班，没看见他们两人又去没去局长家里。但他敢肯定，那俩人干的那种事情是继续发生着的。有一次，张通还在上班时发现了二人的来往。那天国永红先到二科坐了片刻，说是要找局长汇报工作，王达说局长正在办公室你快去吧。那样子好像高高兴兴地催老婆去拜佛。国永红摇摇摆摆地去了，过了半个多小时才回来。张通细心地发现，女人往那儿走时头发有点儿不规整，出来时竟一丝不乱，显然是重新梳了。他一边想象着局长办公室里刚刚发生的情景，一边拿眼去瞥王达，费尽艰辛才关住了一肚子的嘲笑。

　　这一段，张通也曾想过日后二科科长由谁来当的问题。他想，杨局长跟国永红有了那么一手，说不定给王达一个安慰奖，让他顶二科目前的空缺。但他又觉得，这事也可能也不可能。因为，虽说男人们对情人的丈夫多抱有负疚心理，想给予一定的补偿，但他们心里怀得更多的是嫉恨，恨那人占有了他心爱者的合法丈夫的名分。由于这种心理作怪，偷人妻者一般多不愿让那人发达。杨局长有没有这种心理？很难说。即使他没有这种心理，恐怕也要顾忌人言。一个才干了半年多的副科的王达，德才并不出众，猛不丁把他提起来，大家不在心里画问号才怪呢！所以这事不太可能。王达王达，你白让人操了老婆！话又说回来，就是杨局长冒天下之大不韪把你提起来，你也没有什么光彩的！拿老婆换乌纱帽，这可是天底下最最下作的事情。王达王达，你命中注定了是一条可怜虫喏!

这样的分析,张通整天做来做去。越做,就越觉得王达渺小;越做,就越觉得自己心里熨帖。时间一天天过去,虽然还是上班下班那一套,但他感到,自从发现了杨局长的那件事情,日子变得有意思起来了。甚至,他对杨局长搞国永红还有了几分赞赏,有了几分感激。

对这事王达当然还是一无所知。他所知道的就是局长将要提拔他当二科科长。随着时间又推移两个多月,随着杨局长的一次次重申,王达对这事已经坚信不疑了。但具体什么时间提,局长一直没说。这让王达有些焦急。又一回去局长那儿的时候,他便大着胆子透露了那意思。说二科目前的状况实在不利于开展工作,他本来想甩开膀子大干的,只因两人都是副科长,又很不好甩。局长好像听明白了他的意思,沉吟了片刻,说道:"这样吧,我明天要去省里开个会,回来后商量商量。"

这话,等于给了王达一个具体的答复。王达不胜欣喜,道了一番谢,表了一番决心之后回到二科,看张通的目光更变了,更像上级瞅下级了。

后边的几天里,他一边继续使用着这样的目光瞅张通,一边盼着局长从省城回来。

将被提拔这事,王达一直还没向老婆透露过。这两年老婆一直埋怨他无能,混了这么多年才是一个小鸡巴副科长,整天拿他不当一回事。王达自从得了局长的许诺,虽然暗自高兴,却强令自己憋住不向老婆讲。他想这事早讲给她,万一实现不了,岂不更惹老婆生厌?二一个，他也想成了真事，给老婆一个惊喜，好让她知道王达也是一个站着撒尿的。当局长讲了具体的时间之后，他想这一回是板上钉钉了，就再也忍不住，到晚上睡觉时讲给了国永红。谁知国永红听了并没表现出很惊喜的样子，只说"知道了，睡吧"。王达有些扫兴，便十分沮丧地躺到了床上。不料，老婆这时却在那件事上表现出少有的热情，主动地撩他。王达见老婆这么热情，心里有些感动，遂愉愉快快地玩了一回。

第二天下午，是局长回来的时间。王达整整一下午都变得很敏感，耳朵竖得高高的，捕捉门外走廊里的动静，想听听有无杨局长的脚步声。虽然他知道局长回来还要开党委会才能决定他的提升，但他还是忍不住盼那个脚步声。但那个脚步声一直没出现。直盼到下班，他只好怏怏地离开了办公室。

因心里惦记着那事，第二天王达特意提早去上班。没想到，他在进院门时遇见了张通。他正奇怪张通为何也来得这么早，张通却匆匆迎上来叫道："哎呀！毁啦毁啦！"王达问出了什么事，张通说："杨局长出车祸死了，昨天下午走到半路，一下子撞了一辆大车，连司机也完了。昨天夜里局长家里人来人往闹腾了一夜，连我也没能睡觉。"王达听着听着，眼前忽然阵阵发黑。他感到有一种自己也遭了车祸的感觉。

次日，杨局长追悼会在市殡仪馆隆重举行。张通、王达都参加了。国永红没露面。张通问王达她怎么没来，王达说，国永红病倒了，正在家里躺着。张通想问得了什么病，却又没问。

追悼会正式开始,那首沉重的哀乐奏起来的时候,张通、王达同时感到一种由衷的悲伤。他们深切地意识到,随着杨局长的猝然离去,他们都失去了一些重要的东西。而这种失去,是很难再找回来了。

追悼会散了,二科两位副科长一块儿往外走时,不由得互相打量了一眼,此刻他们发现,他们的目光正处在同一水平线上。

这个发现,使二人心里均感到不对劲。他们忍不住又偷偷打量对方,走到外面,单位的大客车正等着他们,王达、张通随着众人鱼贯而入。张通早一步,在他弓着腰登车时,王达忽然瞧见他身上出了问题:他的屁股上裤线撕开了一处,长二厘米左右,里面的花裤衩子隐约可见。但王达一声没吭,随后也去了车上。瞧一瞧,见张通前边的位子空着,就去那儿坐下了。这时候,张通将目光投向了王达后背。他发现,王达的领带今天打得有毛病:那一根蓝布条儿在脖子后露着,没让领子藏住,要多难看有多难看。

人齐了,大客车往回开了。两公里的回城途中,车上的人都很少说话,仿佛还沉浸在失去领导的悲痛之中。但谁也不知道,有那么两枝刚刚凋谢的快乐花朵,又在暗暗地萌发,暗暗地伸展出小小的瓣儿。

窖

> 过去，地瓜是沂蒙山人的主食。村内有多少户人家，村边就有多少口地瓜窖子。这是沂蒙山区的一大景观。
>
> ——题记

窖　艳

他们在往地瓜窖子里走的时候，并没有发现有人跟踪。

其实他们如果稍稍留点心，就会听见后面那断断续续的脚步声，抑或听见那一声声粗重的男人的喘息。但他们没有。他们的心早被他们性急地扬手一抛，双双落到了村外的地瓜窖子里头。于是他们什么也不顾，只顾急急地往那儿走。

最后一栋房子的黑影闪到身后，他们的眼前豁然开朗：黑缎子般的夜幕下，一大片挖有地瓜窖子的岭坡在亲切地迎接着他们。时值腊月，一个个窖口都盖着，用一捆山草或一捆松枝。山草或松枝上还有朵朵残雪，蓝莹莹地晃眼。他们停住脚步立了片刻。他们每到这儿都要停立片刻。他们觉得应用这种方式对这片岭坡表达敬意。不应该吗？你看它多像一个人啊。它躺在那儿温温存存的。它有着那么多那么多的"窍"，暖暖地，深深地，等你去钻，去享受。呵呵，真是太好了。

他牵着她的手，又移动了脚步。借助微弱的星光，他们绕开一个又一个窖口，最后停在一个山草捆前。

男的小声说："就进这一个吧？"

女的小声说："就进这一个。"

"不知是谁家的。"

"管它是谁家的。"

男的不吭声了，便弯腰去搬那捆山草。是啊，管它是谁家的。在他们看来，这一大片窖子全是为他们准备的，他们乐意钻哪一个就钻哪一个。

唰啦唰啦，那捆山草挪开了。一个方形的黑洞出现在眼前，一股带有酒酸味儿的热浪猛扑到二人脸上。他们贪婪地吸了几口这种气体，随即感到心跳加快，脑壳也有些晕晕的了。"快下！"男的说。他随即将双手往洞口两边一撑，那腿与身子就敏捷地沉入了黑洞。等脚寻着了窖壁的凹窝，稍做过渡，整个人便稳稳地竖在窖底了。

"来吧。"女的听见男的唤她。

女的就小心翼翼坐在窖口上，将腿垂了下去。这时，她感觉到有一双大手掌稳稳地托住了她的双脚。托牢后那手就降，降，降到了一个宽宽的硬处。那是他的肩膀。接着，那肩膀又降，又降……

这种下降让她感到如腾云驾雾一般，滋味妙不可言。她说不清已

· 99 ·

经这样下降了多少次了,但每次依然让她陶醉。记忆最深刻的还是头一次。那天他们在村头说话说了很久,他忽然提出去地瓜窖子里玩一玩。想想那些窖子的黑与深,她像风中树叶一样打起了哆嗦。但她还是去了。她当时很奇怪这是为什么。她心里明明白白在说不能去不能去,但她还是跟在男的屁股后面往那儿走。她想那窖子里一定有鬼,我这是叫鬼迷住了,我今天要死了。当男的下到窖里,像今天这样托住她的脚下降时,她觉得自己是在往地狱里走,胆子都快吓破了。她两腿大抖,在那双手上根本立不住,只好将身体软软地靠在了窖壁上。就这样,她贴着窖壁擦下去,擦下去,一直擦到他的怀里……

第二次她才知道,那不是地狱,是天堂。她同时还明白了一个理儿:天堂不一定在天上,入天堂不一定要升空。

眼下,她又尝到了天堂的滋味……

这时的村内,有一个人踏进了一个门。这个门里有一盏孤灯,孤灯下坐着一个五十来岁的老男人。老男人在闷闷地喝酒,端起小瓷盅吮那么一口,便咬一口咸萝卜疙瘩。发现有人站到桌前咻咻喘气,他抬眼问:"有事?"

"有事。"

"有事就说。"

"这个,这个,你家英英,跟人钻地瓜窖子了。"

"我当是啥事呢。钻就钻呗。年轻人嘛。"

"你……"

"我怎么?我说你狗咬耗子,你给我滚。"

那人灰溜溜地走了。老汉又平平静静地端起了酒盅。

那人咽不下这口气,又去前街敲响了另一扇门。另一扇门里有男人女人。一听这般说,男人女人义愤填膺。男人说:"养女不教如养猪,冯令轩实在可恶。"女的说:"还不知谁教育他呢,当年在济南工作多好,还不是因为男女关系回了老家?"

那人插言:"听说他是让女的坑了。本来是两人自愿的,让人抓住了,女的反说冯令轩骗了她。"

女人说:"不说他那些腺事了,就说英英这事咋办吧。"

那人说:"不急,咱不管有管的。路不平旁人踩。"

那人转身出去,又敲响了西街的一扇门。

几天之后,又一个晚上,英英跟人再次下了窖子。这一回他们下的窖子更好,在地瓜堆的前边,方方正正多着一块空地。去窖口扯几束山草,铺下,这就有了一张暄暄软软的床。

躺倒,正好瞅见窖口那一片灰灰的夜空。在那小小的一方里,牛郎星正向他们窥望。

男的问:"好吧?"

英英说:"好。"

"怎么好?"

"怎么都好。"

"怎么怎么好?"

"怎么怎么都好。"

于是气开始大喘,心开始大跳。其声响亮无比,仿佛这窖里只存了两张肺和两颗心。

好半天，声音才小下来。英英再度睁开眼睛，忽然发现了一个怪现象：那一方星空消失了，眼前只有无边无际的黑暗。

她惊叫一声，忙向身上的人报告。身上的人爬起来，轻手轻脚走到窖口摸摸，回来小声说："毁了，叫谁用石板盖上了。"

"啊？"英英觉得窖子四壁轰地倒塌，一时间，村民们全都看到了她的光身子，全都向她指指戳戳。她慌慌地穿衣，慌慌地说道："这可咋办？这可咋办？"

男的说："甭怕，我去顶开它。"又去窖口。只听"吭哧、吭哧"，却始终不见光亮现出。"你也来。"英英走过去，与男的胸贴胸站在一起，也将手伸向上方。石板好凉好凉。石板好沉好沉。男的说："咱俩用齐力气，一二！"可是那石板纹丝不动。

"完啦。"男的说。

"只能等人家来打开了。"男的又说。

英英"哇"的一声哭将起来。她不敢想象在石板被人掀开之后，她将带着什么样的脸色爬出窖子。她说："俺不活了，俺不活了。"男的说："甭怕，我还巴不得叫大伙知道咱俩的关系呢。"他用拳头狠狠敲着石板，大声吼道："打开！狗日的你们打开！俺跟英英碍你们什么啦？"

喊完听听，外面一点声响也没有。

再喊，外面仍然没有反应。

男的说："他们走了。"

英英说:"走啦?那他们什么时候打开?"

"谁知道。咱们等着呗。反正这里边有地瓜,渴不着饿不着。"

英英说:"俺怕。"坐到地上又哭。男的也无话说,只是紧紧将她抱住。英英感觉到,他仍然没穿衣服。

哭个半天,英英声音小了一些。这时,英英腿上又有一只手在摸索。她一下子把那手摘掉了。男的说:"豁上啦,豁上啦。"手又动。英英用力拧了他一把,那手便不敢动了。

不再哭,不再动。唯有浓浓重重的黑暗包围着他们。

一会儿,他们喘气有些艰难。虽说坐着不动,但喘声之急促与做爱时相差无几。

英英说:"这是咋啦?"

男的不语。

英英又说:"这是咋啦?"

男的还是不语。

英英晃晃他道:"你睡着了咋的?你说这气怎么不够喘的?"

男的把她往死里一抱,哽咽道:"好英英,好英英,咱做夫妻做定了。"

"这话咋讲?"

"咱们,出不去了。"

英英像被马蜂蜇了一下,"嗷"的一声推开了男的:"你说出不去啦?你说咱会憋死?你个死驴,你还不赶紧想办法!你快把窖口弄开,快,俺来帮你。"

她站起身,推着男的又去了窨口。"吭哧、吭哧",俩人竭尽全力顶那石板,但还是不见功效。

英英说:"扒个洞,另扒个洞。"

男的拍拍光滑结实的窨壁:"没有门儿。"

绝望与恐惧如蝙蝠般袭来。英英两手抱膀缩进墙角,像死了一般无声无息。

但仅仅是片刻,她突然腾地跳起,去男的身上又抓又掐。她咬牙切齿道:"都怪你都怪你都怪你!你个杂种你个驴×操的你个大流氓!俺本来好好的你偏把俺往地瓜窨子里领!你把我领来你糟蹋俺欺负俺!你把俺领来把俺憋死闷死!你想死你就死你凭啥拉俺垫背!你死你死你死!你个杂种你个驴×操的你个大流氓……"

男的一声不吭,任她抓,任她掐。

空气里多了一股腥味儿。多了腥味儿的空气,越发不够喘的。英英发觉了这一点,便把牙齿咬得咯咯作响,随即将嘴一张,狠狠撕啃起身前那个肉体……

早晨,十几双脚踏破了村外的处女霜,使冬阳一露脸就觉出了今日的非同寻常。那是冯令轩在酒醒之后发现女儿一夜未归,领着几个人来找了。

像女儿在悄悄招引,冯令轩一眼就看见了那块覆了厚霜的大石板。这是一个晴朗的冬晨,迎着太阳,那块石板金光闪闪。冯令轩看它时受了感动,两行老泪悄然落下。

石板被挪开,一股白气悠悠上升,如梦如幻。冯令轩拜神般跪下,屏息俯首向窨内张望。

突然，他腾地跳起身，冲窨内猛啐了一口唾沫："呸，咋跟你娘一样呢！"说完，拂袖而去。

旁人便急急去瞅。这时一团白气散尽，窨内现出两具死尸。女的穿着衣裳怒容满面，男的一丝不挂血肉模糊。

窨 恩

那身绿衣服每两天出现一次。草庄人认得那种绿色。那是麦苗子施足了底肥并追了许多尿素才会呈现的颜色。小赵是公家人，大馒头天天啃着，所以他会有那种颜色的衣服。小赵每天下午两点多钟来到，那是庄户人吃过午饭稍事休息正准备下地的时刻。在人们踱出家门时，就听一串嫩嫩的铃声响过，小赵那车那人就像一道绿光，从西岭飞来，去村部门口哧地停住，扔给会计贵祥一抱纸片子，然后再将自己化作一道绿光，日日地飞出村去。

大多草庄人对那些纸片子并不关心。大纸片子是干部们喝茶的佐料，小纸片子是给几户有兵的人家的——小青年一旦当了兵，笔头子都像小孩鸡巴那样不分时候地漏水，拼命地往家写信，全因为他们寄信不用花钱。所以，大多数草庄人只把那道绿光当作可有可无的风景。

然而，在这个冬日的午后，人们发现小赵在扔下纸片子之后并没有立即走掉，而是让贵祥领着去了后街。人们便瞪大眼睛了。因为他们以前见过小赵的如此举动，这种举动的结果是草庄有一户人家拿到了一种了不起的纸片子。那种纸片子，可以去柳镇邮电支局取出嘎巴嘎巴响的票子。今天，会是谁家呢？

一些人便跟了去瞅。瞅着瞅着，见贵祥把小赵领到樊老三家。人们感到困惑：这个樊老三，一辈子是条蔫儿吧唧的土蚕，从没听说有在外边的亲戚，谁会给他寄钱来呢？

待那二人出来，小赵日日地飞走，人们一齐围住贵祥，七嘴八舌地发问。贵祥突着眼蛋子说："了不得，樊老三是天上掉下金元宝啦，两千呢！"人们皆吃一惊。问是哪里寄的，贵祥说是台湾。说完他独自沉吟："台湾，盖豪。盖豪是谁呢？"别人说："樊老三能不知道？"贵祥说："那个老杂种也不知道。"人们就益发困惑。随即又将困惑传播开去，当晚就传遍了全庄。

就在全村人一概陷入困惑之中时，樊老三却"抖"起来了。他从柳镇取来票子，买来两车瓷瓦，换掉了年深日久糟烂不堪的旧房顶。那瓷瓦，映日也明，接月也亮，日夜向全村人展示着时来运转的熠熠风采。而且从那以后，本村徐屠户的肉案边，樊老三成了最常出现的主顾。看着樊老三脸上那渐渐淌油的皱纹，有人忍不住，直接向他调查寄款人是谁。樊老三每遇人问，总是摇头："不知道，真不知道，反正给咱钱咱就花呗。"

这疑团在草庄滚来滚去滚了俩月，滚得人心像一片让驴打了滚的庄稼。人们期望着早早搬掉那个疑团，那疑团却进一步增大：临近过年，小赵又日日地飞来，送给樊老三一张三千元的汇单！

这一下把草庄人折磨苦了。心中已不是驴打滚的滋味，简直是雹子砸菜畦的惨相了。

按说，支部书记章互助是当官的，心里能存事，可是他也没能沉住气。当天晚上，他去樊老三家中要过汇单，研究来研究去，始终搞不透这个住在台湾基隆市复兴街59号的盖豪是何许人也。他想了想说："照这地址写封信问问吧。"樊老三急忙摆手："回个啥，隔洋过海的，再说俺也不会画蚂蚁爪子。"章互助说："我给你代笔。"樊老三说："还是不写的好。"章互助盯着他道："为什么不写？有怕人的事？"樊老三面红耳赤急忙点头："写就是，写就是。"章互助便不辞劳苦，唰唰唰写了一封回信，信中以樊老三的口气向盖豪先生表示最真诚的感谢，并历数全国全省全县全村大好形势，欢迎他来地处沂蒙山区的草庄观光。

支书写信的事很快传开。草庄人心上的疑团尽管还在滚动，但他们已预感到冰释雪消。于是，人们格外关注每两天出现一次的那道绿光。一旦小赵来过，一些人就问贵祥："有景儿吗？"贵祥每次都答："有个屁景。"人们便带着遗憾走开，各干各的事情。

过了年照样无景儿，过了正月十五还是无景儿。到二月二这天，贵祥却突然接到县委统战部的电话，说盖豪先生从台湾过来，今天十二点前要到草庄。

贵祥没顾得上向村民发布消息，先报告了支书章互助。章互助说："快打扫村部预备酒菜！快去跟樊老三说一声！"吩咐完，章互助回家翻箱倒柜，捡最高级的衣裳往身上套。穿上那件四十五块钱的西装再回到村部，时间已是十一点，而贵祥早已搞到两只老母鸡，正高挽袖子磨刀霍霍。

章互助觉得，对尊贵的客人不能坐等，要到村头迎接，就抻抻西装走了出去。不料刚出村部，就见一辆小轿车开到了街口。车门打开，一个白头发老头钻了出来。老头回头道声谢，小轿车便吱吱转个圈儿开走了。老头站定，这望那望。老头穿风衣提皮箱，十分洋气。

章互助恭恭敬敬走上前问："你是盖豪先生吧？"

老头满脸皱纹堆成一朵衰菊："是的是的。"

"我是草庄村党支书，我代表全体村民热烈欢迎你，请你先到村部坐。"

老头没动脚步，打量着他问："你爹是谁？"

"章运年。"

"哦！"老头低喊一声，暗暗打了个激灵，脸上的残菊不复存在。"不去了。樊老三住在哪里？我找他去。"

"后街。我领你去。"

"不必了，我自己走吧。"

见老头急急离去，章互助站成了一段木头。

怏怏地回到村部，见贵祥正弄得火欢油叫，歪着头骂道："甭鼓捣了，鼓捣好了喂狗？"

贵祥不解，擦擦汗来问详情，章互助说了适才情景，让他去搞清楚这个老屌头到底是谁。贵祥喏喏而退，急忙去厨房将灶火扑灭。

没滋没味吃过午饭，章互助便坐在村部等贵祥。等到小赵送来报，他看完三张大的两张小的，脑子里却没留下半个铅字，光是老屌头的形象。正烦躁间,贵祥哎呀呀叫着回来了。

贵祥报告:"一些老人把那盖豪认出来了。你猜是谁?原来是刘大头的儿子刘为礼。"

"地主羔子?是那个地主羔子?"章互助跳起身目瞪口呆。他记起了爹死前讲过的一件事。当年他爹章运年带头闹土改,先敲死刘大头,又从县城刘记商号抓回他的儿子刘为礼,打算斩草除根,不料关在地窖里没关住,让他跑了。

章互助说:"怪不得老屑头刚才对我这么冷淡。"可是,他不明白老头为何要寄钱给樊老三,而且进村后直接找樊老三。再想一想,脑子里唰地一亮,一个答案跳了出来。

章互助又问贵祥:"刘为礼这会儿在干什么?"贵祥答:"吃过樊老三的饭,随樊老三一道去村后了。"章互助便抬脚迈出门去,攀着梯子,登上了村部的房顶。他的目光越过大片屋脊,落到了村后那些地瓜窖子上。

他看见,地主儿子刘为礼正与樊老三站在一个窖子旁边,矮矮小小像两根木橛儿。

此刻,这两根木橛儿并不知道草庄老贫协主任章运年的儿子正在远远地眺望他们。他们面对那个长着厚厚青苔的老窖口,正让四十多年前的时光倒流了回来。

樊老三看着这个窖口,仿佛自己还是十九岁,手中还握了一把锋利的铡刀。这铡刀是章运年给他的。章运年让他好好守住窖里那个小白脸子。北风号叫,雪花飞扬,他捂紧耳朵活动着双脚,履行一个民兵的职责。突然,窖子里传出话了:"三哥你行行好,放我一条命。"他装作听不见,依然挺立在窖口。窖子里又说:"三哥,我才十八,我没干过坏事呀。"听那可怜巴巴的声音,他不知为何叹了一口气。窖子里接着便传出哭声了。哭声呜呜咽咽,哭声凄凄惨惨。樊老三觉得自己越来越受不了这种哭声。他冲漆黑漆黑的夜空看了一会儿,把嘴唇一咬,对窖里的人说:"你跑吧。让人抓住,就说是趁我撒尿跑的。"话音刚落,窖里的人就爬出来,扑通一声,跪倒在他的面前……

樊老三一定神,眼前跪着的人已是白发苍苍。他慌忙拉起他,结结巴巴地道:"别这样。"

白发人说:"救命之恩呀。"

樊老三道:"甭说这事了,当初放你,是觉得你太年轻,太可怜,没想叫你报答。"

白发人说:"应该的,应该的。我问你,我跑了之后,章运年没追究你?"

"怎么没有?咳,不说这些了。几十年了,章运年早死了,咱们也都老了。走,回家吧。"

白发人便随樊老三往村里走,走几步还回望一下地瓜窖子,眼角始终有水。

回到樊老三那座覆有明晃晃瓷瓦的宅屋,便有些男女老少来看刘为礼。年纪大的执手相认,发出些老了老了的感慨。人们吃着刘为礼的烟和糖,问他在那边的情况。刘为礼说他在台湾先是当兵,后来与长官闹了别扭,一小差开到基隆,更名改姓做起了布匹生意。人们问他有无家眷,他说有,老婆是台湾人,两个闺女都已长大嫁人。人们听了,就默想那三个台湾女人会是什么样子。

正说着,忽听屋外空中有咻咻两声厉响,接着有个粗粗的男声吆喝:"开村民会了!开村民会了!谁不到罚款两块!"村民们听了这喇叭声,一齐起身走掉,只剩樊老三老两口还在那儿为刘为礼续茶。刘为礼说:"你们不去吗?"

樊老三说:"不去了,在家陪你说话。"

半个时辰后,屋外空气又有了振动。这次是贵祥,他指名道姓在喊樊老三两口子。樊老三与老婆只好走了。

这座宅屋只剩下刘为礼一人,孤孤寂寂。在这种孤寂中,刘为礼忽然有了一种感觉,这种感觉让他心惊肉跳。他一个人呆呆坐着,看地上那缕日光一点点往东歪,歪,直歪到东墙上呈砍刀模样。

等那把砍刀终于消失,他又见到了宅屋的主人。他小心翼翼问开村民会干啥,老两口吞吞吐吐不肯道明。

老女人去厨房里忙活,樊老三坐在墙根抽烟,话变得少了起来。客客气气吃完饭,宅屋中再没有村人前来。刘为礼只觉得身上一阵阵发冷,忍不住把风衣披上,且裹了又裹。

正坐着,忽听村后有轰的一声闷响。与响声俱来的,是灯摇屋晃。刘为礼慌慌地问这是做什么,樊老三起身道:"俺去看看。"

过一会儿,樊老三黄着脸回来了,一回来就抱住脑袋久久不语。经老女人再三追问,他才叹口气说:"那座地瓜窖子,让人炸平了。"樊老三停了停又说:"今下午村民会上,支书讲1947年来着。"

刘为礼感到脚下突然发空，仿佛自己又掉进了一座窖子。这窖子深而又深，吓人得很。

这一回，樊老三却救不了他了。

他思忖半天，便去打开皮箱，摸了些什么揣着，让樊老三带他去见章互助。樊老三抖抖索索说不敢去，刘为礼让他只负责带路，樊老三这才领着刘为礼迈进门外的黑暗中。

穿两条巷子，拐七八个墙角，樊老三指定一扇院门。刘为礼走上前去，怯怯地拍响了门板。

门吱扭打开，刘为礼看到了开门人脸上的惊讶。他叫一声章书记，章书记让他去了屋里。

屋里只有章互助一人，刘为礼将脸变作一朵衰菊，啜嚅着道："章书记，今天进村时，鄙人有眼不识泰山，有所冒犯，还请您海涵。"说话间，一扎百元大钞已经放在了桌上。

章互助眼睛一亮，随即说："刘先生你这是什么意思？咱们不来这个。你在台湾几十年，现在回来看看，草庄村党支部是欢迎你的。我的态度怎样，你今上午没看见？"

刘为礼额头上有汗流下，他边擦边道："是我不对，是我不对。"

章互助一笑："也甭讲对不对的。人跟人就这样，你敬我一尺，我敬你一丈。你说是不？"

刘为礼连连点头："是，是！"

章互助又笑。笑完抓起那钱，舔着指头数了一遍。刘为礼发现，章书记数钱数得十分笨拙。

章互助数完，抽两口烟问："这钱，你真的想给我？"

"真的真的。"

"好，我就收下了。"

见章互助将钱塞进抽屉，刘为礼如释重负。告别支书出得门来，他又有了四十五年前爬出那个地瓜窖子时的感觉。

回去，见樊老三还在闷闷地抽烟。他安慰老汉几句，觉得一股疲乏暗暗袭来，便去樊老三为他安排的床铺上睡了。

一觉醒来天光已亮。正欲起身，忽听门外空气又有两声厉响，接着是章互助的声音传来：

"兄弟爷们，兄弟爷们，我跟大伙说件事。大伙知道，咱庄刘为礼从台湾回来了，人家这些年没忘咱草庄，没忘兄弟爷们。昨晚上跟我说，要拿些见面钱给大伙，一家伙给了五千。这份心意，咱就领了吧。今早晨就分，按人头。全村一千一百三十六口，一人四块四。现在就到村部，找贵祥领……"

刘为礼腾地坐起身来，慌忙穿衣，走到了门外。

门外，樊老三正一边听喇叭，一边瞅着房顶上的瓷瓦发呆。

窖　缘

那是一个春气勃发的日子。刚下了场小雨，刚晴了天。地皮酥湿酥湿，经锄头一划，那藏了好久的三春阳气就畅畅地往外冒。它冒出后并不走远，就在那庄稼苗上萦萦绕绕，在锄地人的心上萦萦绕绕。

受了它的撩拨，锄地汉子们憋不住了，总觉要唱上两口才解心头之痒。你就听吧：

月亮一出照个楼的梢，

打了个哈欠抻一抻腰，

干妹子哟，

你可想煞我了。

歌声无遮无挡，全数灌进了三个女劳力的耳朵。三个女劳力不好意思紧跟男人，就与他们拉开一段距离。秃羊的老婆居中，穗子、小梗在左右，三人共同把着十几垄花生。扑哧哧，扑哧哧，三张锄头此抬彼落，结果把更多的春气解放出来了。

男人们又唱：

伸手抄起你个两条腿，

老汉子推车过仙桥，

干妹子哟，

你说好是不好？

穗子说："这些死男人。"

小梗说："这些死男人。"

秃羊老婆嘻嘻一笑："可不能骂男人，男人是好东西。"

小梗把锄头一扔:"俺不听你扒瞎,俺去解手。"

穗子说:"俺也去。"

二人一先一后,跑向了地头上的一个地瓜窖子。

春天里,头年秋天存的地瓜早已吃尽,地瓜窖子是空着的,每个窖口都没有遮盖。穗子、小梗下去,刚刚放空积存,只见窖口一暗,有个人腾地跳进来,粗声大嗓喊道:"爷们儿来了!"吓得两个大闺女慌忙提上裤子。看清是秃羊老婆,她们将她又抓又挠:"你死呀你死呀。"

秃羊老婆说:"别那么假正经啦。跟男人睡都睡了,还充那没开裆的小母鸡。"

穗子、小梗齐声叫骂:"放屁放屁。"

秃羊老婆说:"俺不信你们没事,穗子你跟黑牛没有?小梗你跟大杠没有?"

小梗跳起来了:"你胡诌。穗子,咱们绑她个'狗顶裤',叫她难受难受!"穗子响应道:"好呀!"二人扑上去,抽下秃羊老婆的腰带,将她双手缚在背后,接着把她摁倒,扯开大裆裤腰,将她的头强摁了进去。完成后,两个大闺女嘻嘻哈哈爬出了窖子。

秃羊老婆艰难地笑骂:"小浪货,快放开俺。"

穗子、小梗趴在窖口道:"嫂子,享享福吧。"

穗子、小梗回到地里接着干活,接着听男人们唱荤调子。这回听得认真,连一句话也不说了。

不知不觉,地头到了。男人们已经坐在那儿歇息抽烟。队长老萝卜问:"秃羊家的呢?"两个大闺女回头看看远处空竖着的锄杆,只是咻咻发笑。

"咋啦?"众男人都叫起来,"拉屎还没回来?把地瓜窖子拉满了吧?"

穗子说:"俺去看看。"与小梗咯咯笑着跑到了地的另一头。

"嫂子,舒坦吧?"穗子趴在窖口说。

"嫂子,歇够了吧?"小梗也趴在窖口说。

但窖子里没有声响。

"嫂子。"

"嫂子。"

窖子里只有嗡嗡的回声。

穗子就下去了。在脚蹬窖壁往下走时,她觉得窖里似乎有些异常,一股凉凉的、阴森森的气息迎面扑来,让她打了个寒噤。"嫂子,嫂子,嫂子你怎么不吭声呀。"她下到窖底,弯下腰去,突然在昏暗中看见了两样东西:一个白花花的大屁股,一条青溜溜的长蛇。穗子尖叫一声,转身就往窖口窜去。

秃羊老婆死了。几个男人到窖中将蛇砸死,将她抬到暖烘烘的阳光下,她一丝气也不再呼出,只把肿成大块蒸糕的脸静静地俯在一丛荠菜花下。

秃羊知道老婆死时,老婆已躺在家里。他从生产队的牲口棚里跳出去,一路跑一路娘们儿似的大嚎。进门,看清老婆的模样,便将秃头一下下往墙上撞,撞得黄泥巴簌簌往下掉落。他说我没老婆了呀,他说我可怎么过呀，惹得围观者唏嘘不已。

穗子的爹娘来了，小梗的爹娘也来了。两对老男女一齐咒骂闺女，说闺女该千死该万死，千死万死也赎不了她们的罪过。他们还向秃羊报告，闺女已被他们打得昏死了几次，都已悔恨万分再不想活了，只好由她们的弟弟妹妹严密看守。他们说完看看秃羊的反应，见那张脸上没出现原谅的意思，仍是没完没了地淌着那些黏的和不黏的液体，只好灰溜溜告退。

队长老萝卜来了。他说："人已经死了哭也没用，快快收拾收拾去县城火化，再不火化就发尸啦。"说完就去喊队里的拖拉机。等到拖拉机开来，秃羊却扑在老婆身上，坚决不让装车。

老萝卜说："你这样不行。"

秃羊说："我没有老婆了，我怎么过呀？"

老萝卜说："这样吧，算你老婆是因公死的，今后一年补你一千工分。"

"不要。"

"两千。"

"不要。"

"还不行，就三千！"

"三千也不要。"

"你要啥？"

"我要老婆。"

老萝卜抽几口烟，把烟杆儿从嘴中一拔，说："要老婆，这事也好办。"

众人皆拿眼瞧他。

老萝卜说:"羊,你看穗子、小梗谁合适,挑一个吧。"

人群中有人赞同:"对呀对呀,就该这样办。"

老萝卜对秃羊说:"装车吧?这回装车吧?"

秃羊顺从地放开老婆,让众人拽胳膊扯腿地把他老婆抬向了门外。

埋葬了秃羊老婆的第二天晚上,小梗、穗子与她们的爹娘被老萝卜叫到了队部。摇摇曳曳的煤油灯光下,一个秃脑瓜正在墙角里亮着。两家人往那儿瞅一眼,散散乱乱蹲到墙根。

老萝卜问:"叫你们来干啥,明白不?"

"明白。明白。"老的小的一一点头。

老萝卜问:"有意见没?"

"没有。没有。"老的小的一一摇头。

"都通情达理。这就好。"老萝卜扭头向秃羊说,"挑吧。你说要谁?"

那颗闪着光亮的圆物抬了起来。圆物上的两个小圆物射出了两束幽幽的光。这光先射向穗子,又射向小梗。射了片刻小梗,又去射穗子。

灯光下,两个大闺女的脸蛋都很俊俏。只是穗子胖些,小梗瘦些。

秃羊搔搔头皮,说:"穗子吧。"

老萝卜吁出一口长气:"哦,穗子。穗子你听见了吗?"

穗子说:"听见了。"

老萝卜又对穗子的爹娘说:"准备嫁闺女吧。"

老公母俩点点头:"行啊。"

小梗在一旁用复杂的目光瞅瞅穗子,与爹娘交头接耳一番。随即,小梗的爹张张口,宣布了他们的决定:"队长,孽是两个丫头做下的,这样,穗子家出人,俺家出嫁妆。俺给穗子置上八大件。"

穗子爹说:"不用你家出。俺嫁得起闺女就置得起嫁妆。"

小梗爹说:"甭争了,俺明天就去赶集。"

老萝卜受了感动,眼窝湿湿地说:"这样也行,穗子家出人,小梗家出嫁妆。"

秃羊也受了感动,咧着嘴,朝穗子笑笑,又朝小梗笑笑。

事情商议完毕,老萝卜说声"散伙",一干人就起身回家。这时,三月十五的月亮当空挂着,将村落照得一片澄明。

月光下,一个人仍蹲在队部的屋后。他长吁短叹。他暗暗咬着指头。当月亮行到中天,他走向前街,轻轻敲响了一扇窗户。

窗里的人说:"你怎么还来呀,俺是有主的人啦。"

窗外的人说:"那个主是什么熊主,你不觉得冤?"

"冤不冤的,谁叫俺作了孽呢。"

"你别跟他,我领你跑。"

"俺可不办那没良心的事。你快走吧。"

"我不走,你把窗户打开。"

"这可不行,俺是有主的人啦。你以后甭来了,再来俺就喊俺娘。"

那个人就低头耷脑,蔫蔫地走了。

·119·

转眼到了初秋。一个晴朗的中午，在村西那片地瓜窖子中间，一个少妇正在一个窖口边忙活。那是刚过新婚之夜的穗子。秃羊前几天给前妻上"百日坟"，上完坟又忙着娶穗子，昨天夜里搂着穗子睡过一回，突然想起快收地瓜了，应该把地瓜窖子清理一遍，今天就携新妻来了。

清理地瓜窖子，主要是把窖壁上那层旧土铲下来，这样再放上地瓜会保鲜、少生病。秃羊在窖下每铲下一堆土，就装到筐里，让站在窖口的穗子吊出去。

干着干着，他大声问窖外的新妻："穗子，你跟黑牛钻没钻过地瓜窖子？"

穗子说："没有。"

"真没有？"

"真没有。"

秃羊沉默片刻，喊道："穗子你下来。"

穗子就下去了。

接着，窖里传出穗子的娇声笑骂："死秃子死秃子，你干啥呀！"

窖　骂

这是个罕见的好日子：孙凤来家的大豁和捡同时结婚。

大豁好高兴好惬意。他站在贴着大红喜联的新房门口，咧着三瓣嘴自言自语："付又（初六）了，嘿嘿付又了。"因为兴奋，那三个唇瓣很红很开,在初升太阳的照耀下似一朵娇艳的新花。

村民们早已得知正月初六的预告,因而爬出被窝后没顾上办饭,就到孙凤来的门前看热闹。贴墙站着,耸肩袖手,不时从冻红的鼻管里拧出些亮亮的鼻涕来。他们对将要出现的场景已经预知:一个丫头从这儿坐车去南庄,另一个丫头从南庄坐车到这儿。另外,他们还想看看新郎官大豁如何表现。

人们耐不住清冷与寂寞,就伸长脖子将大豁喊到了院外。一个年轻汉子问他:"大豁,心里啥味儿?"

大豁笑笑,两瓣上唇戏幕般分开,让紫红牙龈与土黄牙齿自由亮相。但他不说话。他知道他说话的效果。

年轻汉子又问:"晚上跟媳妇说的头一句话,你知道不知道?"

大豁先是惊愕,似惊愕自己还有不懂的课程。接着摇头,接着向汉子注目,明明白白地乞他赐教。

年轻汉子说:"拿烟来。拿烟再教给你。"

大豁乖乖地掏出烟卷,给众人每人一支。

汉子点上烟美美地吸一口,直视着大豁求知若渴的眼睛,说出了答案:"飞(吹)灯!"

众人立马前仰后合,一齐笑着叫喊:"飞灯!飞灯!"

大豁红着脸跺一脚,喉咙里咕哝了几声,转身跑到院里去了。

出现了这一幕,人们觉得今日情景果然像预期的那般精彩,便热切盼望第二幕的开始。

第二幕的道具应是一辆二把子小推车。按惯常做法,还应有一些染成大红颜色的嫁妆，如橱啦柜啦椅子啦等等。但人们知道孙凤来早已和南庄的亲家达成协议，各自为儿子准备家具，就不再让各自的闺女带嫁妆平添累赘。

精简得不能再精简了的那辆小推车早已备好。它平日驮过石头驮过柴草驮过粪，而今日却切切实实打扮了起来。几根腊条在它身上弯弯直直，一幅大红床单严严地罩起，那车子就有了一个让人赏心悦目的彩篷。这彩篷是村人们最爱看的，老男老女看它，会勾起些回忆；少男少女看它，会增添些憧憬。

然而，道具早已摆好，演员却迟迟没有出场。日头已经退脱了初升时的羞红，人们的肠子因为空虚已在怪叫着互绞互盘。有的女人沉不住气，便钻到院中打听去了。

不大一会儿，一个胖女人出来说："哎呀有热闹看啦。那个捡呀，就是不上车子！"

这结果，在意料之中又在意料之外。人们知道南庄那个男人已经三十四五，而且傻得不知东西南北。捡才十九，长得俊眉俏眼。可是，捡怎敢不上车子呢，她就没想她是什么人吗？

这些见解，被人们用不同的嘴与不同的词汇表达出来，孙凤来的门前嘈嘈杂杂。

此刻，孙凤来家的东厢房里，捡正在讨价还价。她没洗脸没梳头没换衣裳，只管低着头问："你们说，俺爹娘到底是谁？"

她面前的老女人，咧咧没牙的嘴说："不是跟你说过吗，你娘就是俺，你爹就是你爹。"

蹲在墙角的孙凤来点点头,表示作证。

捡说:"俺不信,俺就是不信。"

一个面色红润的少妇开口了:"妹妹,爹娘还能是假的?甭胡思乱想了。咱俩人是一母同胞呀。"

捡抬眼看一看她的"姐",眼里有恨火喷出。她问:"一母同胞,为什么咱俩从小不一样?为什么你吃好的俺吃孬的?为什么你穿新的俺穿旧的?为什么你能上学俺不能上?为什么俺小名叫捡,人家说俺是地瓜窖里捡的?为什么不拿你给大豁换媳妇偏拿俺换?你说你说!"

姐张口结舌,无言以对。

捡又恨恨地道:"你们今天不说清楚,我死也不上车子!"

老公母俩对视一眼,想从对方眼中讨得解救方法,但二人从对方眼中看到的均是无奈,只好叹口气,双双低下头去。

这时,大豁闯进来兴奋地道:"挨(来)了!挨了!"听了这话,除了捡,屋里人都跑了出去。

随大豁的指尖瞅,果然瞅见南岭上有一辆彩篷小车。彩篷小车停在那儿,几个跟车人铁钉一样锲在旁边。

正看着,门外"哎呀呀"一串女声,有个穿绿缎子袄的年轻女人进了院子。那是媒人高秀贞。高秀贞挑着两道细眉问:"怎么还不发嫁?那边说了,就在南岭上等,等不到这边车子,那边就回去!"

大豁立马变了脸色,瞅着爹娘和姐姐咧嘴欲嚎。他娘哭丧着脸,慌忙拉过媒人小声叽咕了一番。

高秀贞果断地一拍手:"告诉她,全告诉她,看这个丫头敢怎样。"她将身子急扭几下,去了捡的屋里。

捡还在床边低头坐着。高秀贞往她面前一站问道:"捡,你是想知道你爹娘是谁?"

捡点点头。

高秀贞说:"其实谁也不知道,光知道你是人家扔的。"

捡抬起头,直盯着她的眼睛。

"你爹那年早起拾粪,听一个地瓜窖子里有动静,过去一看,有个小孩,还有一摊血。他就捡来了。那就是你。"

捡说:"没见大人?"

"谁那么傻,生了私孩子,还待在那里丢人现眼。你娘,谁也猜不透是哪一庄的。这样的人都刁,从不在自己庄上生孩子,到时候去外地撅腚一屙,再跑回自己庄上装没事人。"

捡的脸变得很白,让人想到腊月十五的一轮冷月。她对孙凤来老两口说:"我明白了,你们捡我,就是为了给大豁换媳妇。怪不得这些年把俺当猪养着。"

老两口不敢看她,眼睛躲躲闪闪。

捡咬着嘴唇又问:"那个地瓜窖子在哪?"

孙凤来吞吞吐吐道:"就是……孙世安家那口。"

"哦。"捡应了一声。

她缓缓站起身说:"好了,俺都知道了。俺上车。"随即洗脸,梳头,更衣。见她如此,高秀贞与孙凤来一家挤眉弄眼交流着喜悦。

村人们久等的一幕终于来了。大豁将一挂鞭炮啪啪炸响,新嫁娘穿着红袄红裤，平平静静自院里走出，平平静静上了车子。推车汉子将车把一端，稳稳当当往村外走去。

村人们觉得这一幕过于平淡。他们曾有过数十种关于上车场面的估计，任何一种估计都要比眼前发生的更加生动，所以他们目送彩篷小车出村时，心里都揣了遗憾。

他们没有料到，车子到了村外，捡却要求停下。

她下车后，让推车人说等一等，而后独自走向了路边的一个地瓜窖子。

媒人高秀贞急忙阻止，捡却对她一笑："没事。我去看看，立马回来。"高秀贞便放开了她。

来到那个窖口，捡移开松枝捆儿，将身体一蹲就下去了。

高秀贞急忙过去，站在窖口侧耳倾听。

她听见，捡在地瓜窖子里叫道：

"娘。"

"娘。"

"娘你个浪货！"

"娘你个畜生！"

……

"娘，你如今在哪里？"

"娘，你告诉我！"

"娘？"

"娘！"

……

这声音从窖口咕咕冒出,一点点淹青了高秀贞的脸。听到后来,她把脸一捂,软塌塌蹲在了地上。

窖中的叫声终于停止。窖口有两只手伸出,有一张挂满泪水的小脸冒出。

新嫁娘爬出来,擦擦脸上,拍拍身上,又上了那辆彩篷小车。

太阳已经升高,路上的旧雪与新霜开始消融。彩篷小车带一道鲜亮的辙印,迅速去了南岭的最高处。它在另一辆彩篷小车旁边稍做停顿,而后继续前进。

等待了许久的那辆车子,与它背向而行。

两袋烟的光景过去,喜庆的鞭炮,在南庄北庄同时炸响。

窖 殇

雪下疯了。已经两天两夜,还没有停的意思。没有风,雪片儿就盈盈地从天直降。在天上,星星点点都是灰的,落到一丈以内的高度,因了房屋树木的衬托,它才恢复本来的莹白。这些雪片儿落到地上,与无数先驱们汇合,塑出一个银样的世界,使这破破烂烂的山村现出一些浪漫情调。

草屋里也泅进了一些浪漫。那是门槛内翩翩飞进的雪和一屋子青莹莹的反光。不浪漫的是冷,是手上脚上猫咬般的感觉。

稀罕跺着脚对老婆说:"煮地瓜吃吧,吃上一肚子地瓜就不冷了。"

老婆正袖手欣赏墙角尿罐里的黄冰,听了稀罕的话,说:"家里地瓜吃光了。"

"去地瓜窖子里拿。"

老婆抬头瞧瞧门外:"你看这个天。"

"这个天咋啦?这个天也得吃。再不吃点热地瓜,人就冻干巴啦。"

老婆看来是被说服了。她懒洋洋站起身,从床上摸过一堆长长短短的布绺子,把棉袄捆出一道箍儿,再把两只裤脚儿扎上,再抓过一顶六角苇笠戴在头上。稀罕学他老婆的样子,也很快收拾停当。

稀罕自告奋勇,取过钩担挑起两个空筐,对老婆说:"走呀。"两口子就一前一后出了院门。

村街上的雪好厚好厚,蓝莹莹的白光刺得人眼珠子有些疼。不见个人影。连狗们猫们也不见。只有苇笠上飒飒的雪吟和脚下吱吱的雪叫陪伴着他们。

街上更冷。两口子只好把手袖着,稀罕肩上有钩担却无手扶持,那钩担与筐便以他的肩为支点翘翘坠坠,如一架灵敏的天平。稀罕为保持平衡,走时把腹或挺或收,挺滑稽的样子。老婆看见了禁不住哧哧发笑。稀罕听到后边老婆发笑,心想自己提议在这大雪天里去拿地瓜,老婆不但不生气还笑,实在难得,便产生一种幸福的感觉。他有意让这幸福感保持下去,便将腰腹动作加倍夸张,果然赚得了老婆更加响亮的笑声。

这么走着,村头到了。村头的雪更有气派,它填平了沟,填平了壑，让人连路都寻不见了。稀罕打量了一下，发现前边有一行深深的脚印摆在那儿。他兴奋地招呼老婆："来来来，就踩着它走。"率先践那前人的步痕。这样走，脚下果然踏实许多。这脚印显然是男人的，因步幅较大，后面女人踩着它走，不得不将两腿角度加大，于是就走得不像女人了。

这么走了百十步，稀罕忽然发觉情况不对：那一大片被雪覆掩得坟包似的地瓜窖子分明在前面，而脚印却偏离这个方向，冲着东南去了。那儿有许多草垛，麦穰的，花生秧的，一个个顶了厚厚的雪帽傻立着。在一个花生秧垛边，有一位穿黑袄的汉子正在扯草。他认出，那是二驴。二驴是来挑草喂牛的，他家里有一头很棒的黑色犍牛。

二驴发现了他们，就停住手大声说："操他娘这雪。"

稀罕也大声说："这雪，操他娘。"

有这么两句，两个汉子算是打过招呼，可以各干各的了。于是，稀罕脱开原来的辙轨，另开拓了一条道路，带领老婆直奔他们的地瓜窖子。

他们是用一捆山草盖地瓜窖子的，此刻那捆山草已经不见，见到的唯有一个蘑菇样的雪堆。稀罕把筐放下，拿钩担去雪堆上拨了几拨，方显出那捆山草的棕红。老婆也摸起一只筐，协助他推雪。很快，窖口外就干净了。稀罕把那捆山草移开，一个湿漉漉的窖子便出现了。此刻那白气往上涌，白雪往下落，交织成一方袖珍风景。往常两口子拿地瓜，都是稀罕承担下窖的任务，老婆负责在窖口往上提筐。现在，稀罕把身子一蹲，把两臂一撑，扑通跳了进去。

他跳进去，接着应该喊老婆递筐。可是这回女人没听见男人喊。她主动问道："给你筐吧？"窨内却不听回音。女人说："干啥的？"便探头一看。这一看，却看到了一个往后仰倒的稀罕。

女人急忙喊："稀罕你怎么啦？"

稀罕还是不应，也不动。

女人慌了，直起腰冲草垛那儿叫："二驴哥二驴哥，你快来！"

二驴听见了，扔下一抱花生秧就往这跑。跑到女人身边问什么事，女人跺着脚往窨里指，二驴弯腰一看，一句话没说便跳了下去。

女人大喘着弯腰去瞅。她见二驴跳进去，一下子把稀罕扛上肩头，举到了窨口。女人抓住男人的胳膊一拉，窨下的人再一拱，稀罕就躺在了窨口边上。

女人晃着他叫："稀罕！稀罕！"

稀罕脸青唇紫，紧闭着双眼一声不吭。

女人又叫："稀罕！稀罕！"

稀罕还是不动弹，一任漫天雪花往他脸上与身上飞落。

女人就哭了："稀罕，稀罕，稀罕你睁眼呀！"

在女人的哭声里，稀罕的腿动了一动，胳膊动了一动。而后，那眼就睁开了。

女人问："稀罕，你刚才怎么啦？"

稀罕转转眼珠，想坐却坐不起来，是女人扶起了他。

稀罕大喘几口气说："呃，憋死俺了，憋死俺了……咦，俺怎么出来了？"

女人这才想起窖中还有一个男人。她探头去看，却看到了趴着的二驴。她喊："二驴哥！二驴哥！"稀罕也看，也喊，二驴却一声不应。

女人说："俺下去看看。"

男人却一把拉住了她："不行，你下去也毁了。"

女人说："这可怎么办。快回村里喊人吧。"

男人急忙说："慢着。"他思忖片刻，说道："二驴怕是够呛了。他要真死了咋办？"

女人一惊："哟，那就有咱的事了呀。"

男人说："得想个办法。"

女人说："是得想个办法。"

雪还在疯下着。疯下着的雪里，稀罕的女人迟迟疑疑往村里走去。她走了一段停住，回头去瞅窖子那儿的男人。见男人将手一挥，再一挥，意在鼓励她，她就疯了似的往村里跑去了。

女人首先敲开村头第一个门，急喘着喊："了不得啦，快去看俺地瓜窖子里：俺跟稀罕去拿地瓜，你说奇怪不奇怪，二驴正躺在里头！"

那家男人急三火四跑了出去。女人又闯进了村中央的另一个门，带着一脸泪水喊："嫂子嫂子，你快去看二驴哥。俺跟稀罕去拿地瓜，你说奇怪不奇怪？二驴哥正躺在里头！"

二驴的女人立马黄了脸，把孩子一扔就跑向村外。

疯下着的雪里，稀罕的瓜窖边围了一堆人。村头最早跑来的男人不知何时已提来一盏灯笼，正用绳子慢慢吊下去。见那灯落到窖底还欢欢地燃着，便说："没事了，下吧。"

两个男人先后下去，将软塌塌的二驴托了上来。上边的人急忙去拉，稀罕也想帮忙，那手却大抖不止。

轮到另一个女人喊睡着的人了。可是无论怎么喊，那睡着的人依然不醒。那女人突然也睡过去了。

第三天上，雪终于停了。午后，一群人抬着一口棺材去了北岭。一个新坟筑起来，有个女人抱着孩子在雪里滚，滚得像雪人一般。稀罕的老婆陪雪人哭道："二驴哥呀，二驴哥呀。"

一个老汉喊道："甭哭了！那个贼仔不值得哭！大雪天往人家窖子里钻，不是找死？"

雪人还滚，滚了一会儿便不再滚了。

雪停之后，是一个化的过程。稀罕和老婆天天猫在家里不出去，看那屋上的雪一点点化成水，一点点在屋檐上凝成长长的冰钻。接着，再看某一根冰钻在某一时刻啪地掉在地上，摔成晶莹的一堆，再一点点化成水，在院子里悄悄汪着。

家里仍然没有地瓜，只好煮地瓜干吃。地瓜干比地瓜差远了，不甜，也不绵软。更重要的是它不如地瓜有火力，吃到肚里发冷。两口子灌一碗地瓜干汤，不一会儿就浑身打战，上下牙斗得"得得"有声。

抑制不住对地瓜的思念，稀罕说："去拿点地瓜吧。"老婆说："拿就拿。"两口子就一先一后出了院门。稀罕出门后想起一件事，又回去拿了件东西。那是一盏油灯。

地瓜窖上的积雪已化尽，湿淋淋的地上摇曳着一片水汽。稀罕将那捆山草移开，把油灯点燃，放在筐里垂了下去。油灯在窖口欢欢的，至窖底仍是欢欢的。

稀罕说:"这回没事。"

女人说:"这回没事。"

稀罕就下去了。谁知刚到窖底,他觉得口鼻像突然被谁捂住,捂得他眼前发黑。他奋力往窖口一蹿,手脚并用爬了上去,上去后张开大口喘个不止。

老婆问:"咋啦咋啦?"

稀罕青着脸说:"快走!"边说边逃离了窖子。撇下的钩担与筐,只好由老婆收拾。

从此,稀罕两口子再也不敢去拿地瓜。到了春天还不敢拿,到了夏天,那一窖地瓜全烂在了里头。

秋天,稀罕两口子决定不再用旧窖,到村西另刨了一个新的。存进地瓜,头一回去拿,稀罕又觉得有人捂住他的口鼻,还是拼尽全力才挣扎出来。

这一窖地瓜,又全废了。

第二年秋天,他们在村南重挖一个。然而在拿地瓜时,稀罕又有了那样的遭遇。

后来,稀罕两口子再也不刨窖子了。每年的漫漫冬春,他们都与地瓜无缘。因缺了地瓜的滋养,他们连儿女也生养不出,一天比一天憔悴,渐渐消瘦得像鬼。

窖 居

袅袅地，柔柔地，那股炊烟又起了。

它不在村中，在村前，在一个地瓜窖顶。它从一个石头垒成、三尺来高的烟囱中升起来，升到一定高度，便轻轻飘向了村子的上空。这像一种有意或无意的倡导。有意无意间，村中即有了百分之九十九的响应。九十九家炊烟齐举，氤氤氲氲，在小村上空形成一片薄云。夕阳一照，美丽得很。

只有一户人家没参与这份晚景的制造。那是一幢坐落在村中央的二层小楼。它那楼顶上没有烟囱，只有马赛克贴成的楼面，大块的窗户玻璃，在静静地反射着夕阳的光辉。

村民们知道，这一家没有烟囱也能弄出吃的。因为大伙不止一次地看见楼的主人骑着摩托，从县城里弄回一个炸弹模样的大铁罐子。

起初村民们不晓得那是做啥的，后来才知道它肚里有气，能用它烧火。"喊，神啦。"村民们感叹。感叹之余又悄悄讨论："不用咱那种锅灶，灶王爷蹲在哪里？就蹲在那个大铁罐子上？那能蹲得住吗？咳咳。"

看来灶王爷还是有本事的，似乎仍在他家安居乐业。这家人一天三时照样吃饭，而且吃得很好。

在夕阳落山，村里村外有几分朦胧的时候，一个三十来岁的女人提一个红漆食盒，从楼里走了出来。女人脸上虽有几条皱纹却白白胖胖,是那种先吃过苦后享过福的人特有的面相,女人走着,边走边跟遇见的人打着招呼。

"二叔,收工啦?"

"他嫂子,喂猪呀?"

被招呼的人"嗯"那么一声,笑那么一笑,也没有发展成交谈,依然走自己的路,干自己的活。只是在女人走远之后,才回过头含义复杂地瞅那么一眼。

女人走向村前,走向了最早升起炊烟的那个地瓜窖子。

来到窖口,女人将食盒放在地上,蹲下说:"他爷爷,给你饭。"

女人将食盒里的盘子端起,盘里是几块炸鱼、一块酱肉和两个馒头。女人期待着,期待着窖中人会出来接过去。然而,窖中却又传出那话:"不是说过了吗,俺这里不缺吃的!"

女人柔声道:"他爷爷,你还是留下吧。"

"不用,提回去吧。"

女人叹口气,只好将盘子放回食盒。她不敢将它留在窖口,她第一回那么做了,结果招致公公的一顿臭骂。公公说他还没死,怎么就来上供了?

女人提起食盒,冲窖口注视一眼,就回了暮霭沉沉的村子。

这边的窖子里,传出了勺子碰碗的清脆声响。

在沉沉暮霭中,这窖口显出了一方橘黄。那是储了一窖的灯光。沿一架半朽的木梯下去,你会发现"别有洞天"一词可以做一番新的解释。这里面当然有地瓜,它就码在窖子的最里端。老大的一堆,嫩红嫩红的，带着收获时没弄净的泥土，还带着流出的地瓜油所凝成的黑痂。地瓜堆这边，靠墙支着一张"床"，是用木棒捆起、用石头支住四角做成的，上面铺一张油渍渍发着光亮的芦席。席上有一个铺盖卷，铺盖卷中显然有一张狗皮，因为有两条没了骨肉的狗腿从里边探出。床前窄窄的一块空地上，摆了些坛坛罐罐。靠窨口的两个角落，一边放了些柴草，一边是锅灶与饭桌。锅台挺矮，用几块土坯支成，一个小双耳锅蹲在上头，盛了小半锅夹着地瓜块的糊粥。灶前的饭桌边，则是这窨子的居民了。

他在吃饭。他用他枯瘦的大手托着碗，先用筷子往嘴里拨地瓜块，拨光了，再专喝那粥。他喝得很慢，喝一口停一停，喝一口停一停。这样，碗就时时用一个大圆黑影儿罩住他的脸，造成类似月食的景象。当然那脸太不像月亮，粗糙，多皱，胡须花白，已是风烛残年的样子了。

但他在吃饭时并没意识到他的老。在一口口咽那地瓜喝那粥的时候，他恍惚觉得，面前的灯影里，还有另一个人坐着。那张脸真像满月，灯光照上去，还能反射回一些白皙皙的光亮来。那是妻子的脸。那张脸与他的脸相对，让他吃着吃着便忘了嚼动。"死眼。死眼。"听到这娇骂，他才清醒过来，笑一笑，再去啃那甜甜的地瓜。对了，桌子边还有一张脸，小小的，肉乎乎的。那是儿子。妻子嚼一口嚼烂的地瓜，努起嘴，儿子便扬脸张口迎了上去。待儿子咽下，她将一口地瓜又嚼好了。喏，这么唤一声，儿子又把小脸迎向了她……唉唉，那日子，那日子！

那日子就在这窖子里，在四十年前。那时他刚刚成亲，房屋突然失火烧掉，他和妻子只好住进了这地瓜窖子。那时他们多年轻呀，总觉得日子再苦也没啥。房子烧掉就烧掉吧，只要夫妻俩齐心拼命干，不愁盖不了新的。白天，他们双双下地干活，晚上便在这窖子里度他们的良宵。咳，那些个夜晚多有滋味呀……就在这窖子里，他们制造出了儿子，并把儿子从六斤半喂到二十八斤。那是用了三年用了整整三大堆地瓜呀。第三年的春天，他们依依不舍地告别这窖子，搬进了他们盖起的新房。新房宽宽敞敞，明明亮亮，可是他与妻子仍是十分怀念这个窖子。每次来拿地瓜，两口子心中都有一股激动。有好几回，两口子还一同下到窖子里，对他们的遗迹指点一番，再搂抱到一块儿欢乐一番……

唉，这些都过去了，都过去了。老人放下空碗，在灯光里垂下了他苍老的脑袋。他想他妻子早已不是自己的妻子了。她已过世二十多年，如果再投胎转世，这会儿又是一个做新媳妇的年纪。说不准，这会儿正躺在哪州哪县哪户人家的床上，在与另一个小伙子弄那好事。如此看来，人还是早死的好，如果三十来岁死，就会在一百年里比到老才死的人多享受一到两回青春。孩他娘真会算账，怪不得她那么狠心地早早扔下我走了。这个女人，这个女人呀……

另一件要命的事情，是儿子也不像自己的儿子了。他无论如何也想不到，在这地瓜窖子里养出的儿子，竟然在三十多岁上改行换道，做起了生意。他买了村里众人的花生米拉出去卖，再从外边买了化肥农药卖给大伙。三年下去，儿子就发了，非要拆了旧宅盖楼不可。盖楼呀,是盖这村里开天辟地第一座楼呀。钱是哪里来的?还不都是兄弟爷们儿的。这么住楼,你也能住得安心?他生气了,让儿子赶紧打消这个念头,可是说破嘴皮子他也不听。他只好说:"你盖了你住吧,俺是享不了那福的。"他把铺盖一抱,又钻进了这个地瓜窨子。他到这儿的第二天,儿子一家借了别人两间屋暂住,拆掉了三十五年前他爹娘用血汗筑起的房子。两个月后,在一阵响亮的鞭炮声中,儿子的楼房建成了。楼房高高的,在一片草屋之上十分扎眼。儿子儿媳来向他报喜,让他搬进楼房住,他一直闭着眼睛不吭声。他觉得满面带羞,他连看一眼那座楼的勇气都没有,更甭说到里边住了。儿子儿媳求不动他,只好走掉,他却一头钻进地瓜窨子,老泪涟涟哭了半天。

"不走了,就死在这里头吧。"老汉自言自语道。他把碗放到锅里,再舀进一点水,连锅带碗都刷了刷。然后,他用瓢舀出水来,端着,走向窨子深处,做他每日饭后必做的一件事情:用刷锅水饮树根。说来也怪:他在进窨住的第一天,就发现窨子里面地瓜堆的上方,有一条筷子粗的树根自泥土里伸出。那树根黄黄的,长长的,带了一绺线似的细须。他想这一定是地面上的哪棵树将根伸到了这儿。可是他到窨子外边看看,方圆几百步远却不见有一棵树。然而再到窨里看看,这无本之根却分明在活着,只是有些蔫蔫巴巴的。他想,既是条根,就必定需要水需要养分,于是就将刷碗水端来,举起,将那条根浸泡了一会儿。浸泡了几次,那根变了样子,圆润鲜亮,好看得很。他心中生喜,给了它一日三餐的待遇——每顿饭的刷锅水都让它喝一气。几个月下来,那条根竟如拇指一般粗,垂下有三尺多长了。

饮完树根，瞧着它抽两袋烟，老汉决定上床。他每天晚上都睡得很早，因为他觉得，自从搬进地窖中总是睡不够，也不知为什么。把铺盖展开，把狗皮褥子铺好，他就脱掉袄裤进了被窝。吹灭灯，躺下，忽然记起当年妻子向他讲的一个故事。妻子说：有个庄上有个傻子，傻得什么事也不懂。这一年他小舅子办喜事，他媳妇要先回娘家帮忙，让傻子等办喜事那天去喝喜酒。临走，女人嘱咐男人：去的时候，要拣好衣裳穿，摸一摸，哪件光滑穿哪件。傻子点头答应着。到了这天，傻子果然挑选衣裳了。可是打开箱子，摸摸这件，摸摸那件，都不如自己的身子光滑，他就光着身子去了。到了丈人村头，老婆正站在那儿。她是担心丈夫会办傻事，所以一早在那儿等着。抬头一看，嚄，丈夫来了，晃着个大光腚。气得她又吵又骂，急忙把他领到一个地瓜窖子里藏下，让他老老实实待着。傻子说：俺想吃饭。老婆说：你等着，过一阵子给你送。傻子就蹲在窖子里等。傻子有个小姨子，十八了，在家忙了一会儿要撒尿，可是院里人多不方便，就跑到村边地瓜窖子那儿撒。正巧，她蹲在了藏她姐夫的那一口上。傻子在里边见有水落下来，以为是来送吃的了，就喊：哎，多给干饭少给茶！多给干饭少给茶！……每讲到这儿，两口子便笑成一团，搂成一堆。妻子说："你看他多傻呀！"他附和道："是傻！是傻！"

可是，现在老人却喃喃地道："孩子他娘，他并不傻呀。世上最好的，还是光身子呀。"

这么咕哝几句，老人就睡了。睡着睡着他做了个梦：梦见自己成了一个光溜溜的地瓜，窖顶上的那条根，原来是条地瓜系子。

琴 声

自从读初二,在每个星期天下午往十里外的乡办中学走的途中,关明慧的脸上都是挂着眼泪。

眼泪是塞满她两耳的爹的话语挤压出来的。每次在她为自己准备一个星期的吃食时,爹都是站在一边说话往她的耳朵里塞。爹的话很简单,翻来覆去只有那么几句:"十年养八岁,越养越倒缩,你说你是怎么弄的!学习不粘弦,就趁早别浪费煎饼啦。你是李双双死了男人——没希望啦!"对于最后这句话,关明慧起初不明白,到学校转弯抹角问过教语文的秦老师,才知道是多年前人们看了一部电影才制造出的歇后语。明白了出处,关明慧就对扮演李双双和她男人喜旺的两个演员充满了仇恨。她想:我只是见不到他们,如果能见到的话我一定狠狠骂他们一通,因为是有了他们的表演才让父亲有了一句骂她的话的……在爹骂她的时候,娘在旁边一声不吭。看得出,娘对她的学习也没有信心了,也认为是李双双死了男人。在刚离开本村小学到乡中学读初一的时候,娘可不是这样子,她会在这个时候亲手为她收拾煎饼,亲手为她炒咸菜。娘为她炒咸菜是从不吝啬油的,她的意思是放少了油,闺女的大脑会发涩,会影响学习。现在看来她是失望了,因为每周一小坛用过量的油炒出的咸菜却没能让闺女的大脑灵活，反之却越来越见迟钝。这是闺女在一次次考试后所占的名次告诉她的。爹娘知道闺女在学校里经常考试，每次考后他们不问你考了多少分，只问你占多少名。名次，这要命的名次！关明慧也不知是怎么搞的，她在小学里的名次还是可以的，全班四十来人她能考到十五名以上。可是一到乡中学就不行了，第一回考试是第三十名，恰好是全班的中间数，以后便是一次不如一次，就像日头下山似的一个劲地往下溜，再也没有回升的迹象。第三十三，第三十五，第三十七，第三十九，到初二上学期的期终考试，她竟跌到第四十一名！

关明慧也不知道这是怎么回事。她觉得，就学习的用劲程度讲，她与上小学时比起来是有过之而无不及的。上课她是认真听的，自习她是认真习的，就是课间，她也是上过厕所便急忙回到教室趴到书本上。然而她学不好，该记的老记不住，不该做错的题老错。尤其是需要死记硬背的历史、地理她最头疼，只要一离开书本，她便再也弄不清楚哪个朝代有哪些狗屁人物狗屁事件，哪个国家有哪些狗屁城市狗屁特产。有一回老师向她提问："南北朝时精确计算圆周率的大数学家是谁？"她回答是王莽，让历史老师笑得直拍自己头顶，把一个秃头拍得成了糖葫芦的颜色……

关明慧当然着急。上学不就是想上出个名堂吗。还是在小学期间，爹娘就经常对她讲："小慧你好好学，只要能考上，不管是中学、大学，还是留洋，俺都供着你！"关明慧知道爹娘说的不是假话，他们都只上过小学，因为家庭困难没能继续念书，心里揣了一辈子的遗憾。

爹娘供孩子上学不光有决心，也是有能力的。爹十年前发现本地没有钉驴掌的匠人，钱都叫外乡一个老陈挣去了，便决定也干这行。那回老陈又来，他悄悄看了半天，便去外地买来了铁掌与专用切刀，在自己家的驴蹄子上做实验，终于摸索成功，从此周围十几个村子的驴掌全由他换。收入自然是丰厚的，家里的存款供她上学绝对没有问题。爹娘望女成凤心切，关明慧也不是不想成凤。她老早就想着自己能有一天像村里的几个大中专学生一样，通过考学离开这个山村，毕业之后到城里工作，在每次回家时引来全村人羡慕的目光。关明慧想，留洋咱不敢想，大学咱不敢想，咱就等初中毕业的时候考个"小中专"吧。考上"小中专"，也是能转户口分配工作的，虽然学历低难以进城，却也能在乡里干点差使高出老百姓一头。

想不到的是，她的学习成绩竟是这样的每况愈下。根据乡中学历年的升学概率，只要在班里居二十名以下，除非考试时出现奇迹，那么无论是考高中还是考"小中专"，都是李双双死了男人。

事到如今，关明慧也对自己的大脑产生了怀疑。她想：我的大脑肯定是脑细胞数量不足，不然就是脑细胞不够成熟。想到这里，那个大脑便隐隐作痛，似在为她的推测做着证明。她想：我生了这么个次品大脑，还想占高名次？还想考学？痴心妄想吧！

那么，如果上完初中考不上学，我还上个什么劲儿，还有必要上完吗？在初二下学期的第八、九两周里，关明慧每逢上课虽然还坐在教室里做听课状，但大脑一直进行着对这个问题的思考。那些数量不足并且不够成熟的脑细胞分成对立的两拨，一再进行激烈搏斗。最后有一拨占了上风，它们形成决议：不上了，回家吧，不再浪费煎饼啦。听从了它们的决议，关明慧想：我回家。我回家帮爹锄地，帮娘喂猪，过上几年找个婆家，想养一个小孩就养，想养两个就攒好罚款超生一个。怎样还不是一辈子，对不对？

决心下定，关明慧便暗暗收拾东西准备退学。把借同学的书还了，把自己的书与作业本拿回宿舍与铺盖卷儿放在一起。这是在星期五。她想：今晚就去跟班主任雷老师说这事，说了这事明天就可以走人了。

这是个春夏之交的晚上。校园里的杨树都已长齐了叶子。那叶子嫩得很，让正圆着的月亮一照，每一片都泛着光亮，就像女孩子的面颊。小南风悠悠地吹着，让整个校园都溢满了嫩杨叶的甜腥味儿。在一屋子女同学嘻嘻哈哈地去前面教室上自习课的时候，关明慧一个人走向了位于校园后部的那片教师宿舍。

教师宿舍有四排房子，后面三排是带院子成户的，前面一排则是一溜单身宿舍。雷老师住在第三排。关明慧要去那里时，必须途经单身教师宿舍的西头。就在走近这里的时候，她忽然听见了一种声音。

那是一种琴声。是什么琴，关明慧一时想不起来。她只记得，她在收音机里听过这种声音，在电视里听过这种声音。她停住脚步，想弄清这声音是从哪里发出来的。她稍做判断，便听出这声音来自单身宿舍的第二个门。那间屋原先是初二物理教师刘霞住的，她与县城的一个男收税员结了婚，便离开了这里，几个月来这房子一直没人住。那么现在是谁呢？

房门紧闭着，那琴声却穿过玻璃与门板继续向外飘散。关明慧听得出，那声音不是从收音机或者电视机里传出的，因为它纯粹得像一根发亮的蚕丝，没有一点点电声的尘粒粘在上面。真的，它是由屋里的人奏出来的。

那蚕丝就拴住了关明慧的脚步，继而拴住了她的心。她长到这么大，还从来没有亲耳聆听过这么美妙的琴声。她想多听一会儿，又怕让人看见，转脸瞅见几步开外有一株雪松，便隐身在树的影子里。

那蚕丝仍从门里边向外吐。它就那么轻轻的、悠悠的，恰似这一院子的月光。有一阵，它还像一缕风；有一阵，它还像一线水。而不管像什么，其中都带着一种味道，那味道让关明慧感到心里发疼，直想掉泪直想哭。关明慧想：我不能哭，它不就是一种琴的声音吗。虽这么想着，两腮上却有了泪虫爬动的感觉，再抬头去看天上，那本来清晰明亮的一轮月现在也已模糊起来，已经有了由泪水制造出来的五彩光斑了。

这琴声是谁拉出来的呢？关明慧知道，在这所乡办初级中学里，还没有一个老师能拉出这么动听的琴声。这儿原有两个音乐教师，一个男的会弹风琴，每次上音乐课就让学生把风琴抬到教室里，他身子一歪一歪地弹，让学生跟着他大声唱那些由他教会的歌曲。另一个女的，连风琴也不会弹，甚至连歌也不会唱，每逢上课就提一架收录机，将一盒盒港台歌星的带子放给学生听。现在这个会拉琴的老师，肯定是新来的了。

又听，那琴声中让人想哭的味道更浓了。关明慧想，这种味道应该叫作哀怨、凄凉。想到这两个词的时候关明慧有些吃惊：我平时作文特别吃力,搜肠刮肚也难找出个好词儿来,可是今天不假思索就有了,这是为什么?再听,她又想,这老师为什么老拉这种味道的曲子,他(或她)难道有什么伤心的事情?

想到这里,关明慧便很想看看拉琴人的样子。她长时间地站在那里,一心想等那房门打开的时候。

可是,那门一直没有打开,倒是那细亮如蚕丝的琴声绵绵不绝。终于,前面教室里的自习课散了,有几位老师向这边走来,关明慧只好走出雪松树的阴影,脚步匆匆地回了宿舍。进了宿舍的门才想起,她把要向班主任说的事忘记了。

这一夜关明慧始终没有睡好,耳边老是响着那缕琴声。

第二天起来,关明慧觉得退学的事已经不太重要,重要的是要去看看这位新来的会拉琴的老师是什么样子。上完操,上完早自习课,在去伙房打开水的时候,她故意绕到后面从那排宿舍门口走过去。但她的目的没有实现:那扇房门仍是紧紧关闭着,并且连琴声也没有了。

中午,关明慧故伎重演,这回看到的还是那样。

下午,是回家的时候了。这天是星期六,星期六是回家背煎饼的日子。关明慧怅然若失地回到家,一边忍受着爹的嘟哝,一边帮娘推磨、烙煎饼,第二天一过午她就要回学校。包好煎饼,她连咸菜也不炒了,从咸菜缸里摸出几块就带上走。爹娘不理解闺女为何走得这么早这么急,关明慧告诉他们,她要回去做作业。爹的脸上露出一丝欣慰:"嗯,看来小慧要使劲了。使使劲看,说不定还有希望。"

关明慧回到中学,同宿舍的三十多个同学只来了两三个。她把煎饼包和咸菜坛子放下，拿了一本书装作要找地方复习的样子，悄悄走向了校园后面。走过男生宿舍，走过一座仓库，她就听到了那琴声，同时也发现琴声的发源地正敞开着房门。她的心一下子急跳起来。她不知道自己的心为何要这么跳。她想：不就是看看拉琴人的样子嘛。她镇静一下，装模作样地将手中的书看一眼，再看一眼。就这样，她走上了单身宿舍前面用砖铺成的约一米半宽的通道。

只走几步，她就来到了那个门口。她当然要向屋里看，但转眼间那个门就走过去了。她只看见在屋里坐着的是个男人，那个男人拉的是"扛琴"。对了，"扛琴"是山里人对那种琴的土叫法，那种琴的洋名字叫小提琴。这是关明慧刚才摄入眼帘的全部视像。她想：我的脚也迈得太快了，我是应该看一看那人的脸的，看他是圆脸还是方脸，同时也从脸上看看他的岁数。

有了这个欲望，关明慧便决定再从那个门口走一趟，于是又折回身向西头走去。

这一回她有意识地将脚步放慢，并且在走过门口时将她的视力发挥到最大限度。然而这一回她还是没能如愿以偿，因为那个拉琴人的脸被他耷拉下来的长发遮住了半边。不过，就露出来歪在琴上的半边脸看来，那人大约三十岁，长得还是很英俊的。关明慧想，这就对了，因为那么美妙的曲子，一个丑男人怎么能拉得出来呢。就得他拉。就该他拉。另外，关明慧还发现了琴声带有那种让人伤心的味道的原因。原因何在？就因为那个男人是……是"忧郁"的。对了，就是"忧郁"的。这在那半边脸上清清楚楚地表现着。

发现了这些，关明慧忍不住激动起来。回头再看一眼那个房门，再听一听那琴声，她的心不由得又疼起来，两大包眼泪也不知不觉地蓄就，盈盈欲坠。她怕让人看见，便急急忙忙往前面走去，走到那座仓库跟前，往墙根一坐再不走了。在忧郁而伤感的琴声里，十五岁的关明慧整整坐了半个下午，直到校园里人多起来才回到宿舍。

这时，大部分同学都从家里回来了，三十多个女孩子叫喳喳的，宿舍里要多乱有多乱。在往日这个时候关明慧是最烦的，她会把眼睛瞪得老大，恶狠狠地盯这个一下，盯那个一下。可是今天她没有这种心情。她爬到自己那个距地 1.8 米高的上铺上躺下，闭上两眼，用耳朵继续去搜寻那琴声。她稍一用心，那琴声又听见了，它就像一缕游丝，似有还无，似无还有。关明慧一边听一边想，这个老师是从哪里来的呢？

符老师牵着她的五岁儿子来了。她是初二思想道德课教师，同时也是这个女生宿舍的辅导员，每次大家从家里回来时她都要过来看一看讲一讲。这回她进宿舍后，在当中窄窄的通道里走了个来回，忽然问身边几个女孩子："哎，知道不知道咱们学校又来了音乐老师？"女孩子们都说不知道，关明慧却在铺上腾地坐了起来。

符老师这时脸色像讲课时一样严肃："就住在单身宿舍，姓范，你们注意不要接近他。"

关明慧觉得这话奇怪，忍不住问道："为什么？"

符老师向门外看了一眼，小声说："他有作风问题。原来在县一中，跟女学生胡搞，教育局就给了他处分，让他到乡下来了。"

一屋女孩子都把小眼瞪圆小嘴噘圆，惊呼道："噢！"

符老师又说："不过，他不教初二，教初三。对于你们的危险性不是很大。但也不要放松警惕。"

又说了一些别的事情，符老师因为儿子老是嚷嚷着回家，便出门走了。

关明慧在铺上将自己的身体再度放平时是趴着的。她趴在那儿将脸埋进枕头，无论如何也不能接受符老师说的事情。他，那个忧郁的小提琴手，竟是一个坏人？跟女学生胡搞？哎呀，你身为老师，怎能跟女学生胡搞呢？你你你……你！关明慧这一夜又没睡好。

第二天，关明慧像往常一样吃饭、上课，没有再到校园后面去。可是晚饭后她去厕所，又听见了那琴声。那琴声太美妙了，太吸引人了，她又不由自主地往老师宿舍那边走了过去。

在仓库的墙角她停住了脚步。她告诉自己再不能往前走了。她就站在那里静静地听。琴声还是那么伤感，还是那么忧郁。她听着听着，一颗心还是忍不住要疼，两只眼睛还是忍不住发酸。

这时候，那条用砖铺成的通道上忽然有了许多走路的。走路的多是学生，而且女学生居多。关明慧想，平时是很少有学生从这儿走的，今天怎么啦？观察了一下便明白了，他们是来看那个范老师的。他们不管是从东往西，还是从西往东，在别的老师门前走过时目不斜视，唯独到了范老师的门口便一定向里张望。尤其是那些女孩子，三个一群两个一伙，先是慢慢地走，走，临近范老师的门前却停顿一下，然后像小鹿一般飞快地跑过，同时向屋里投去匆匆的一瞥。跑过去到一个地方站定,女孩子们便像刚刚历险逃出来一样,脸红红的,惊惊乍乍地交流各自的所见与印象。

关明慧发觉这些之后就有些愤怒:这是干啥呀?要看就大大方方的,何必像看老虎呀?他就是一只老虎,还能把你们吃啦?

想到这里,关明慧就为范老师抱了委屈。她想,我要是范老师,我就赶紧把房门关了,可不叫大家再这么看。这个念头刚冒出来,关明慧忽然发现,那琴声突然停了,接着门口出现了那个范老师。他一手提着琴,一手将长发捋了一把,朝门外看了一眼,然后就将房门关上了。

关明慧的心咚咚地跳起来。她突然非常非常激动。这种激动,因为自己的想法马上被范老师领悟并落实,更因为范老师向她看的那一眼。千真万确,他是朝我看的,真是朝我看的!难道他已知道是我让他关门的?

那个关着房门的屋子里,琴声停了。关明慧感到了一种难耐的孤寂。这时她想起了符老师说的事情。想起了那些,她又对屋里停止拉琴的人满怀了愤恨。你呀你呀,你是个什么人呢?俺可不再理你了。关明慧将身子一扭回去了。

第二天上课,第三节是音乐,那个姓阚的男老师又来了。就在他踩动风琴发出高低不同的呜呜声时,关明慧忽然听见从前面的初三(2)班教室里传来了一个男声的歌唱。他唱得那样好听、那样动人,尤其是在一句之后拉出长音的时候,竟一波一波像春风拂动的水一样,关明慧眼前甚至能幻化出一条优美的曲线。她猜到,这就是那个范老师了。范老师唱过一遍,再一句一句教学生。关明慧不听那大群的吼叫,专听范老师的独唱。她发现,与范老师相比,讲台上的阚老师就太差劲了。要不是有风琴给他帮衬,简直就是一头老牛在叫唤。有了这么个结论,关明慧索性再也不跟阚老师唱了,只是一门心思听前面范老师的。

到了傍晚,关明慧听见后面琴声又响起来,便又去了。她去的时候没忘了在手里拿上一本书。她对自己说,我这是要找个地方看书,我要到那儿复习功课,我可不是去听范老师拉琴的。然而到了仓库墙角,她却忍不住要听要看。她看见范老师的房门是关着的,琴声正从门内飘出来,就像她第一次听见时一模一样。她见旁边有一溜冬青树,树边有一道矮墙,便去那里坐下了。

往书本上瞥几眼,便将目光又投向了琴声的发源地。她看见,此时还有些同学企图去看范老师,来来回回地在那里走。可是因为门是关着的,门窗玻璃是糊了纸的,他们什么也看不见,只好带着遗憾走了。发觉了这点,关明慧心里生出一种快意。

天渐渐地黑了,这儿已经不再有人走动。一直聆听那琴声的,只有关明慧一个人。她想,我也该到教室里去了。可是,她这时很想范老师能开开门看一看她,看看他的这个唯一的听众。这么想着,她就迟迟没起身,就坐在那儿等。终于,琴声突然停下,房门也突然打开,那个范老师站在了门口。关明慧的心突然急跳起来。然而就在范老师往这里瞧时,她却腾地跳起来跑走了。

在以后的每个傍晚,关明慧都要到那里"复习"。在冬青树边的矮墙上坐着，看一会儿书，往范老师的房门瞅一眼。瞅一眼，再低头看一会儿书。

范老师肯定也发现了她。因为在很多时候他好像是专门拉琴给她听的。譬如，有时候他的琴先是不响，直到关明慧在那里坐下后才响。关明慧开始没太注意，后来几次都是这样，她便明白了：那个范老师虽然关着门，却是从玻璃缝里看见了她才开始拉的。悟出了这点，关明慧就十分感动。她想：我长到这么大，还从来没有谁专门拉琴给我听呢，况且还是这么高级的琴声！这一声一声，全都是向我说话呢。你听听他那些忧伤，你听听他那些苦恼！听着听着，关明慧便会无声地哭起来，泪珠子吧嗒吧嗒落在书本上。她想：这个范老师心里一定很苦很苦，很需要有个人安慰他一番。有几次，她甚至冲动地站起身要往屋里走，要自告奋勇当那个安慰者了，只是想起了符老师讲的话才让自己收住脚步。

经常是，范老师在拉上一会儿琴时，会将门打开，远远地向她看一眼。关明慧被他看过一两回，已经不再跑了，只是坐在那儿假装看书，用眼睛的余光去看范老师。后来胆子大了，她也会在范老师打开门向她看时，也向他瞅去。就这么远远地一对视，关明慧心里觉得特别特别地熨帖、特别特别地舒服。她很想和范老师离得近一些，再近一些，但这时符老师说的那件事情会又让她记起来，让她坐在那里一动不动。而范老师这时已经回到屋里，又将那琴向她拉响。一声一声，又把关明慧的心打动，又把她的眼泪催落。

也奇怪，有了这样的经历，关明慧的心竟开始变得灵脱了。再上课,老师的话似乎不再那么难懂,那些作业题似乎也不再那么难做了。到了又一次单元考试,一个奇迹出现了:她的名次没再往下降,而是往上回升,又升到第三十八名。而等到期末考试,她竟是第三十五名了!

虽然离前二十名还差得远,但毕竟是有了好的转机。放暑假回家把这些成绩跟爹娘一说,爹娘也都高兴,都勉励她开学以后好好学,争取在初三这一年"突"上去。关明慧答应着:"行呵爹,行呵娘。"

一个月的暑假是漫长的。关明慧在家除了帮爹娘干活,就是复习功课,一天天没有闲着的时候。但她感到,她在家缺少了一样东西,那就是范老师的琴声。她一个人待在自己住的西屋里时,经常是一遍遍地回想她怎样坐在校园里听范老师拉琴,回想范老师怎样在拉一会儿琴之后打开房门与她对视。而在这种回想过程中,范老师拉过的那些忧伤、哀怨的曲子会清清晰晰、无休无止地响在她的耳边。这样,关明慧便一天天地盼着暑假快快过完,盼着再到学校上课。

终于又开学了。关明慧回到乡中学,放下娘亲自为她准备的煎饼和油炒咸菜,便向后面的教师宿舍走去。

那个门还是关着。她想:我来了,范老师会从门内看见,会为我拉琴的。可是,她坐在那冬青旁边等了好半天,也没听见屋里传出琴声。她有些疑惑,鼓足勇气走到那个门前去瞅,却发现那个房门是锁着的。

怎么回事?已经开学了,范老师为什么还不回来?

关明慧忐忑不安地回到宿舍,魂不守舍地在铺上坐了一会儿,辅导员符老师又牵着儿子来了,她一进屋就说:"败类,真是败类!耻辱,教师队伍的奇耻大辱!"几个女孩子问她出了什么事,符老师气咻咻地讲:"那个范老师两天前被派出所抓走了。他到了这个学校还是恶习不改,又诱奸了初三的一个女孩子。那个女孩子怀了孕,让家里人发现了,问明是谁,就到派出所把他告了。现在那个女孩子已经做了人工流产手术,正在家里休养,以后还来不来上学没有定下……"

后来符老师和同学们又说了些什么,关明慧已经听不见了。她躺在那个高高的上铺上,感觉自己在高高地飞起来,飞起来,一直飞到冷而又冷的高空,接着再落下来,落下来,一直落到黑而又黑的水潭里……

第二天早晨,当所有的同学都去东边操场上跑步时,她一个人背着铺盖卷儿走出了学校的大门。到家后,爹娘问她为啥又回来了,她说放假前的名次弄错了,不是三十五名,而是五十三。爹娘一听都说:"那就回来对了。弄了个倒数第七,还上个什么劲儿?"

关明慧从此便在家里蹲着。她不想下地干活,也不想帮娘做家务,就那么一天天躺在自己的小屋里。爹骂,骂不起她;娘劝,也劝不起她。

后来,娘想出了办法:让闺女到外头散散心去。开春时村里有好多姑娘去胶东的海边雇给人家养扇贝,现在正巧有几个回来看家,决定让小慧跟她们去。娘说挣钱多少不要紧,要紧的是别让小慧在家里憋坏了。

关明慧这一回听话,就跟着她们走了。坐了大半天汽车,终于有大片的海出现在她的面前。

活儿是很累的,但关明慧很快学会了,并且干得不比别人差。三个女人一台戏,这么多的姑娘在一起干活更是热闹。大家嘻嘻哈哈打打闹闹,关明慧也投入其中,一条脆生生的嗓子笑起来喊起来都很出众。

只是在干完活吃过饭的时候,关明慧常常一个人走到远远的海滩上,久久地坐在那儿发呆。远处有夕阳和海鸟,近处有渔船和扇贝养具,与她组合起来形成一帧风景。

有几个年龄大的姑娘发现了她的行踪,便在她呆坐的时候走过去,问她想啥。

关明慧说:"我想生一个孩子,以后让他拉小提琴。"

几个大姑娘都很惊讶,口径一致地说:"哎呀呀,这小丫头才多大,有这心思实在古怪。"

选个姓金的进村委

这是个无月之夜。已是下半夜了,荆家沟家家户户都熄了灯,黑暗更浓更重地占据了每一条街巷、每一个院落。没有动静,仿佛一切生灵都睡熟了,就连狗叫也很难听到一声。

然而,后街金大头的家里却是另一种景象。在用破毯子挡严了窗户的屋里,在一盏15瓦电灯的暗淡光亮的照耀下,荆家沟金姓的二十二个成年人还聚集在那里一直没睡。跟往常族人聚会时一样,女人们都脱了鞋坐到床上,一大一小两张床在她们的屁股下"吱吱"地叫唤着;男人们或坐在饭桌边,或蹲在墙根抽烟,咳嗽声、吐痰声此起彼伏。

他们在焦灼地等候一个人。

"怎么还不回来?"一个男人说。

这话刚说出来,便有许多声音附和:"是呀,该回来了呀!"

众人这么说着,便一起去看坐在饭桌边的金大头。在荆家沟九户金姓人家中,这个长着一颗大脑袋、年近五十的汉子辈分不算最高,但事实上是大伙的首领。他的思想与言行,对金姓男女老少有不容置疑的影响力。在关系到金姓人整体利益的关键时刻,他就是众人的主心骨。

金大头听了这话没有做出反应，依旧低着他那颗长满花白头发的大脑袋闷闷抽烟。事实上，他没法解答众人在这不眠之夜已发出过无数遍的问话。他心里也在火烧火燎地想，日他奶奶的真怪，这个金路怎么还没露面？！

他扭头看一眼墙上的挂钟，已是两点十分。他知道，再过五六个钟头，那场关系到金姓人前途和命运的村委会选举就要开始了，而他们金姓人推举的候选人金路还没从广州回来！

"不是说坐飞机吗？坐飞机还这么慢？"又有人小声嘟哝。

金大头忍不住又看了一眼桌上放着的那张电报——上面明明白白写着：16日坐飞机回。阳历的16日是昨天，不，现在应该说是前天了。金大头向人打听得很清楚，从广州坐飞机到离荆家沟三百里远的省城，两个钟头就到。在省城再坐汽车回家，半天也就行了。所以前天中午金大头就派出了两个小伙子，骑车到十里外的公路边等，但等到半夜没见人就回来了。大家猜测说，大约是飞机落得晚了，金路要在省城住一宿再回来。昨天两个小伙子又去，金大头嘱咐他们，不见着金路再不要回来。可是上午没见他们回村，下午也没见他们回村。晚上金姓人全聚集在这里等，至今也没见他们的影子！

再不回来，明天的选举会上可怎么办呢！要知道，候选人不在场是要严重影响票数的。在那个时刻，很多选民可能会把"×"画到金路的头上。那样，他金大头几十年的努力和金姓人上百年的期盼就全完了！

想到这里,金大头心急如焚,面前的烟锅明灭频率进一步加快。

荆家沟金姓人的历史不堪回首。金大头深深埋怨他的曾祖父,埋怨他当年不该到这荆家沟财主家雇活,接着娶了一个段姓女人在这里安家。如果不是这样,他的后代现在会生活在三十里外的"老家"金家官庄,会挺直腰杆尽享大姓人家的威风,而不必在这荆家沟整年受气。金大头从能记事起,就饱尝了受欺凌的滋味。他走到院上,往往有一伙孩子冲他喊叫:"丁点儿铁,丁点儿铜,丁点儿姓金的是孬熊!"喊罢,还"呸、呸、呸"地向他吐唾沫。这种口头辱骂还是轻的,有时候他老老实实地待在那里,就会有一伙孩子蹿上来揍他一顿。他在这些时候也曾反抗过,但这种反抗只能招来更为严重的打骂。他也曾把几个金姓小兄弟召集起来试图报复,但因势单力孤,没有哪一次不被大姓孩子打得落花流水。

在他长大以后,更领教了金姓成人所受的欺侮。在荆家沟,荆家是第一大姓,占了全村总户数的六成。之后是段家,大约占一成;叶家,占一成半;谢家,占一成;而他们金家,六十年代里只有五户,连半成都占不上,只占全村总户数的百分之三。虽然金姓人沾了那位老长工的光,都是贫农成分,是光荣的人民公社社员,但在荆家沟就是抬不起头来。多少年来,村里大小干部没有一个能由姓金的当,他们只有在生产队出苦力的份儿。由于没有人在村里顶用,他们的一些基本权利便受到侵害。譬如说分自留地、划宅基地,如果哪块最差便注定会是金姓人的;上级调民工出去扒河,荆家沟派人时金姓有几个劳力去几个劳力;平时在队里干活,金姓人汗洒得比别人多,工分却

· 156 ·

挣得比别人少。更严重的是，那一年老书记荆士明看上了金大头的嫂子也就是金路的娘，几次去她家调戏。有一回瞅见她独自在家，一进门就掏出家伙撒尿，从院门撒到屋门，吓得女人捧起卤坛子要喝，那个狗东西才作罢。就是这样，金姓男人不敢放一个屁。久而久之，金姓青年连找媳妇都难了，那些外村姑娘一听要去荆家沟金家，都说姓金的就那么几条腿，要是跟着他们还不吃大亏？金大头就是费了好一番劲，先后吹了不下七回，才在二十八岁上娶来了一个豁嘴女人。"丁点儿铁，丁点儿铜，丁点儿姓金的是孬熊。"他一天比一天更加深切地明白了"丁点儿"的含义。

他愤懑极了。那年他受队长的指派去县城运化肥，瞅空儿去书店花六分钱买了一本《百家姓》，回家后越看越不服气：他们那姓算啥呢？天下几百个姓，第二十九个就是金姓呀！谢家稍好点，是第三十四；段家，是二百一十八；叶家，是二百五十七；荆家呢，那是占了最末尾最末尾的，在单姓中倒数第十！他们凭啥要对金姓翻白眼挺肚皮？他把这种见解向族人讲了，族人个个觉得荆姓颠倒乾坤天理难容。但这见解只能在金姓内部发表，他们是不敢说给大姓人听的，他们的待遇还是年年依旧。金大头还看过一本线装书，上面说了金木水火土的一些学问，这又引起了他的思考：书上说金能克木，那么一蓬荆条是连像样的木也算不上的，咱为什么就克不了他们呢！这意见金大头更不敢发表，连在内部都不敢，他怕那蓬荆条燃成熊熊怒火，把他们这一"丁点儿"金给烧化喽。

这都是金大头二十岁之前的思想活动。过了二十岁，他忽然明白这些思想全都是胡扯，连一点儿用也不中的。要改变金姓命运，只有拿出实际行动。

怎么行动呢？他们想到过迁徙。这一念头的起因是金大头的"百家姓座次说"在内部发表后却让外部人知道了，荆姓人皱着鼻子道："第二十九算个×！倒数第十的照样不尿他们！不愿在荆家沟住就走呀！去朝鲜吧，那里是姓金的当皇上，保准你们吃不了亏！"金姓人一听觉得有道理：树挪死人挪活嘛，咱非得在这一棵树上吊死？朝鲜是去不了的，金日成的光咱沾不上，可是回老家总可以吧？金姓人很快达成一致意见，决定回到金家官庄本姓人的温暖怀抱。金大头的爹和他的堂弟作为代表到了金家官庄，向那村的干部哭诉了金姓人在荆家沟的悲惨遭遇，听得同一血脉的人潸然泪下，当即答应他们速速迁回。不料，就在荆家沟金姓人欢欣鼓舞准备动手收拾家产的时候，金家官庄的干部却来告知：你们迁不成了，公社党委不同意。金姓人急了，一齐去四十里外的杨集公社向驻地领导哀求，可是去了几次都让人家赶了回来。领导说："天下是社会主义的天下，在哪里也是社会主义的天堂，你们这种无理要求是不能答复的！"搬迁没搞成，荆家沟的几大姓却都知道金姓有了二心，待他们越发冷酷。几个老辈人流着泪哀叹："完了，完了，咱姓金的这一回成了案板上的羊，人家爱铰毛就铰毛，爱摘蛋就摘蛋了！"

那年金大头二十四岁。他想：无论如何我不能由着人家铰毛摘蛋。老辈人泄气了，我这一辈不能泄，那样的话，金家就永无出头之日了。他将他这辈的五个男性分析了一番，觉得唯有自己上过高小，有文化，也有头脑,那么,今后能担负起金姓命运的别无他人,只有我了!想到这里金大头心情悲壮,在无人处大哭了一场。哭过,便认真地想怎么办。想来想去,想出了分两步走的办法:第一步施苦肉计,由他出面找干部痛骂老辈人打算搬迁的可耻行径,表示要在荆家沟老老实实地住下去,打消干部的疑忌;第二步,他要积极表现自己,争取能在某一天当上村干部。第一步他做了,干部说你们想住就住下去,反正不能把你们撵出去。第二步,金大头做了长远打算:两年入团,五年入党。因为只有入团入党最后才能当上干部。二十四岁的他写了入团申请书,毕恭毕敬递到团支书手里,然后就发疯一般表现自己。那一年全国上下大学毛主席著作,大做好人好事,金大头在全村青年中第一个完整地背诵了"老三篇",每天晚上都去给生产队里干不记工分的活儿。自家的地瓜干本来已经不多,可他还是扒了一篮子送给一个老党员。他的事迹让团支书发现了,在会上表扬了他,当年冬天让他入了团。初战告捷,金大头以后表现得更加起劲。第二年,"文化大革命"开始,村村闹着让当权派下台,这一下让金大头喜出望外,他也以金姓人为主拉起一帮红卫兵,专造大队书记荆士明的反,并指望着能进大队革命委员会。想不到,新成立的大队革委还是由大姓人组成,荆、段、叶、谢都有,唯独没有姓金的。更要命的是,过了不久,老干部荆士明重新站起来,成了荆家沟大队党组织"核心组"组长,领导"一打三反"运动,把他定为坏分子报到公社,他被公安拴到县里坐了半年的牢。这一下他元气大伤,再也无力与大姓人争斗了。

忍辱含垢整十年。十年后,广播喇叭里忽然说,村里要成立村委会，干部由村民来选，金大头那死了多年的心又活泛了起来。在终于等到荆家沟选村委的时候，他把金姓人预先召集在一起，要大伙选他。众人当然答应，随后一个老者就找前来组织选举的乡干部，推荐金大头为候选人。然而第二天的候选人名单上没有他。他找到乡干部问，乡干部告诉他，推举他的人太少了。金大头看看会场上坐着的一小撮金姓人，从头凉到了脚后跟。三年后村委又一次改选，他干脆装病，没去开会。

　　时间不长，一个晚辈的成长又点燃了他的希望。这个晚辈就是侄子金路。金路脑瓜儿好使，念书念得好，竟然考到县一中上学去了。要知道，这是荆家沟金姓人第一个高中生呢！金大头欣喜万分，勉励侄子好好学，考上大学吃皇粮，树旗杆，给金姓撑门立户。可是等了三年，金路却没能吃上皇粮，又回家捧起了地瓜干煎饼，让金大头十分失望。他想：爹和我两代都是孬熊，这第三代也没有能成才的啦。他这感叹刚刚发出，金路却一个人出门闯荡去了，没过两月就从广州寄回家五百块钱。这在荆家沟引起了很大轰动，接着就有好几个大姓小伙子到金路家找到他的地址，背着包南下找他。过年回家，金路穿得齐齐整整，走门串户讲南方的事情，说得许多人心动，过了年又有十几个年轻人跟着他上路。金大头心里说，行，这金路行，下辈人就指望他啦！春天种完花生，管这片五个村的宋片长来开会，说要改选荆家沟的村委，金大头下决心要把侄子推上去。他找到宋片长，痛说这些年来金姓人在荆家沟的遭遇，大讲金路有文化有本事，让片长一定把金路当作村委会候选人。宋片长听完后说，要根据条件通盘考虑。

金大头不知通盘考虑是怎么个弄法,直到五天前他听说,金路真是候选人之一了。金姓人额手称庆,说赶快让金路回来!算一算坐火车已来不及,金大头说,让他坐飞机,他自己掏不起钱咱们九户平摊!众人都说这办法好,当天金大头就去乡邮局发了电报。第二天,乡邮员也把金路的回电送来了。可是,为什么他至今还没到呢?

金大头看看墙上,他用粉笔写的"金路"两个大字赫然入目。这是他为了防止族人在会上投错票,特地将这两个字写在墙上,给大家上了一堂急用先学的识字课。这两个字,就连八十二岁的文岭叔也说已经记牢了,然而叫这名字的人却还没来!

这可怎么办呢?

一阵啜泣声从大床的床角传出。那是金路的娘。这个当年十分俊俏现在已是满脸核桃皮的老女人呜呜咽咽道:"还不回来,怕是路上出事了吧?"

这话,让金大头的心急剧下沉。坐飞机要从天上走,这本身就是很悬乎的事儿,自从昨天没见金路,他就暗暗往这方面担心。昨天晚上,他早早守在电视机前看新闻,想看有没有飞机出事的消息,可是两个主持人说这说那,直到说再见也没提飞机的事,才让他稍稍放了心。眼下金路娘又嘟哝出事,金大头想,会不会真在路上出事了呢?

一股更为严重的焦虑烧烤着他的心。他把烟袋狠狠地嗑了几下,往桌子腿上一叩说:"我到公路那里看看去!"

一个叫瓢子的青年愿跟他一块去,二人就出门走了。跌跌撞撞走完十里山路,到了与公路交接处,路边忽地站起来两个人影。那是又在这里等了一天一夜的大官和小壶。两个青年一见家里来人，说话都带了哭腔，说他们一直在这里瞪眼瞅着来往的客车，可是来来回回几十辆，就是不见金路下来，你说急不急死人！

金大头的心更加沉重，他像个病弱的老豹子似的颓然坐下，半卧在了路边。

几个人都不说话，还是抱着一线希望看路上。可是此刻路上的车很少很少，多是些赶夜路拉货的。客车只见到几辆，大约是跑很远地方的，到了这个路口一刻也不停。

等，等，一直等到东边天发白。

再等，再等，一直等到日头出来。

看看那颗又圆又红的东西，金大头的大头上冷汗津津。他抹一把头皮说："不能再等了，再等就耽误开会啦，快回去！"

他跟瓢子就爬上大官和小壶的自行车后腔，四个人颠颠地往回赶了。

一进村子，就听村支书荆洪安在大喇叭里催人去开会。他用女人般的嗓门说："选举马上要开始了，马上要开始了。"金大头他们急急来到村部大院，眼前果然是黑压压的一片人。金姓人早在一个角落里坐成一堆，此时见他们回来，都抬起手像小孩见了娘似的急切招呼。金大头走过去，金姓人从他脸上看出了两天来等候的最后结果，所有的嘴巴一齐发声："怎么办呢？这可怎么办呢？"

金大头没法回答他们，便掏出烟袋蹲下抽烟，一边抽，一边注意着会场上的动静。

干部们还没露面，预备给干部们坐的一排桌子空无一人。但大喇叭里也没有了支书的女人嗓门。金大头知道，此时干部们正在屋里开小会，开完小会就出来开大会了。

他再看看院里的人群。有一部分人还是像以前几次选举一样自发地分片坐着：有一片是姓段的，有一片是姓叶的，有一片是姓谢的。而占绝对多数的荆姓人则散散漫漫，坐得到处都是，显示着他们的强大与倨傲。再看看身边的金姓，实在是"丁点儿"。领着这么一小撮与其他几大姓抗争，真是难呀。

想到这里，金大头用嫉妒与仇恨的目光向会场上扫射了一圈。

村委办公室的门开了，宋片长、乡里来的两个干部以及村支书等人都扛着严肃的脸盘走出来，到桌子前端端正正坐下。这时，金大头又向大院外边看一眼，严重的焦灼感弥漫在他的心间。他顾不上多想，就在荆洪安敲敲话筒宣布选举大会现在开始的时候，他腾地站起身喊："等等再开！"

干部与全体选民都为这话吃惊。荆洪安看一眼金大头，厉声喝道："你要干什么？你知道破坏选举是犯法的吗？"金大头却没发怵，他依然用高声说："俺不想犯法！俺只想叫您等等再开会！"

这时金姓人也都站起来，七嘴八舌地叫唤："等等吧！等等吧！"

宋片长拉过话筒问话了："你们为什么叫等等？"

金大头说："等等金路，他快回来啦！"

荆洪安"哧"地一笑："他在广州，怎么能赶回来？"

金大头说："他说他坐飞机！他早就拍来电报了！"说着，将手里的纸片一扬。

金姓之外的选民都惊讶地咧嘴:"坐飞机回来?真是把选举当成事了呀!"这么惊叹着,不少人还抬头向天上看去,看是否有金路乘坐的飞机来临。

宋片长又问:"他坐哪天的飞机?飞哪个机场?"

金大头说:"16号的,坐到省城!"

宋片长看看表:"16号?今天已经是18号了,他要来早就来啦!"

金大头说:"片长,还是等等吧,等等吧!"

他的身后,二十三名金姓选民也一迭声地恳求。

台上,宋片长和其他人小声嘀咕几句,然后抓着话筒说:"老金,你们的要求不能答应,选举日期一旦决定,是不能随便更改的!"

金大头急了,红头涨脑地道:"你不改,俺姓金的不是吃大亏啦?"

宋片长说:"吃什么亏?不就是少一个人投票吗?"

金大头:"少一个人也是吃大亏!"

大姓选民们听了这话哄堂大笑,都说可见是人少了,少一个人就当成大事!说笑间带了居高临下的嘲讽。

宋片长将脸拉了一下,说:"老金,你不能太狭隘了,要懂得顾全大局!选举按原计划进行!老荆,开始吧!"

支书荆洪安立马抓过话筒宣布:"大会进行第一项,由宋片长做动员讲话!"

事已至此,金大头与金姓选民只好沮丧地坐下。宋片长是怎么动员的,他们一句也没听进去。他们做的,是不时地向院门外看,然后是面面相觑、声声叹息。

荆洪安宣读候选人名单,他们听见了。听见六个人中果然有金路,这让他们稍稍有些振奋。金大头急忙小声叮嘱:"六个选五个,听见了吗?等票发下来可别填错了呵!"二十三个金姓脑袋点得像地震中的鸭梨。

就在要发选票的时候,大院外面突然有一阵"呜呜"声由远而近,转眼间有一个公安人员骑着摩托车蹿了进来。金大头认出那是乡派出所的小左。只见小左停住车,脚步匆匆地去台上向宋片长和荆洪安小声说起什么。这二人听了两句,便紧张地向金姓人这边看,再听几句又朝这边看。

金大头看到这种眼神立马想到,小左一定是带来了与金路有关的消息。他站身向那边跑去,边跑边问:"金路怎么啦?金路怎么啦?"他的身后,金姓人全都呼呼噜噜地跟着。

荆洪安等他们跑到跟前,喘一口粗气说:"金路死了。"

金路的爹娘"哇"的一声哭倒在地。金大头顾不得搀扶他们,急忙追问小左:"你快说说,到底是怎么回事。"

小左便站在那里讲,刚才他在乡派出所接了县公安局的电话,说是省城附近的平川县在稻田里发现一具男尸,经检验是高空坠亡。专家分析,这人在外地是偷偷爬到飞机的起落架上面躲起来,想这样坐不花钱的飞机,到了高空就冻僵了,在飞机降低高度将要落地时掉了下来。翻出他带的身份证看,这人是你们村的金路。

金路的爹娘听罢哭得死去活来,金姓人个个泪眼汪汪。

165

只有金大头站在那里没哭。他咬着嘴唇在心里说：金路呀金路，我实指望你能成个人物，原来你也是个孬熊哇！

小左这时说："谁是他的家属？快跟我去平川县处理后事吧！"

金路爹流着泪对金大头说："他叔，咱还不快走？"

金大头却铁青着脸大喝道："忙什么？"

他转过身问："宋片长，这村委选举咋办？"宋片长思忖片刻回答："继续进行。不过，金路已经死了，要重新推举一名候选人。"

金大头立马说："不！还按原来的选！"

荆洪安道："那怎么行？"

金大头高声道："怎么不行？谁说那死的就是金路？要是别人揣了他的身份证呢？看一个人的死活，是活见人、死见尸。这两样咱们都没见到，你怎能说他是死是活？说不准这事，金路就还能当候选人！"

金姓人这时已经明白了他们首领的思路，都流着泪悲愤地高叫："还叫他当！还叫他当！"

宋片长看看眼前情景，对台上的几个人说："咱们议议吧。"说完，他们就走进了办公室。

这边，村民们早已围到了金姓人旁边，议论，叹息，有许多妇女还掉了眼泪。

干部们很快又走了出来。荆洪安宣布，选举照常进行，候选人名单不变。听了这话，金大头连忙扯起还坐在地上哭泣的哥嫂，说："快准备投票！"二位老人止住哭，蹒蹒跚跚走回原来坐的地方。

发票。写票。会场上变得一片安静。

投票。计票。会场上亮起一片期待的眼睛。

结果出来了。荆洪安宣布了当选的五人名单,其中得票最多的是金路。

金姓人爆发出一片哭声。

金大头擦擦眼泪,招呼身后的金姓人全都站起来,他高声喊道:"乡领导,宋片长,全村的兄弟爷们!姓金的给你们磕头啦!"

二十四名金姓选民一齐跪倒,庄重叩首。

受此大礼的人们十有八九红了眼圈,有些妇女掩面而泣。

荆家沟新一届村委从产生的那天起就是四缺一。不过他们每次开会的时候,都是摆着五个座位。每当议起一件村务事,村主任荆二祥在听取了其他三人的意见后,都要说一声:"不知金路有什么意见?"

这时,几个村委成员便向那个空空的座位看去。他们会想到,假设自己坐在那个位子上会表示怎样的态度。大家把在那个位子上形成的态度表述出来,村主任最后拍板做出决议。

从此,荆家沟的金姓人活得比以前轻松多了。金姓男人到外村走亲戚,或是金姓媳妇回娘家,都一脸喜气地向人炫耀:"俺姓金的如今不受气了,俺在村委里有人!"

"谁?"

"金路!"

第三辑

被遗弃的小鱼

和"丧家的狼"约好之后,韩林霞便决定回家弄钱。

韩林霞到位于县城南面的火车站打听过,去广州的硬座车票是一百一十八元,加上吃饭,有一百四五十元就够了。她想,反正到了那儿就好说了,狼哥会管我的。我手头还有三十块,我回家再弄到一百二就可以了。

可是,该怎么"弄"呢?

韩林霞骑着自行车一出五中大门就想这事。她先是打算向爹明着要,就说三天后的高考要交钱。但这办法不一定能成,因为哥哥两年前考过,爹知道这个时候已经不需要再交钱了。她又想,就说自己的生活费被人偷走了。这也不行,她忘了自己手头掌握的生活费只有几十块钱这个事实。然后又想,就说自己以前借了同学的钱,现在快离校了该还账了。可是这个主意更臭,爹听说她债台高筑,不扁她一顿才怪呢。

点子一个接一个,可都像这公路上的汽车一样,迎面而来又呼啸而去,没有一个是属于她的。

"我靠!"韩林霞抬起一只胳膊,蹭一下脸上的汗水,学狼哥的口气狠狠骂了一句。

不管怎样，反正我要去广州。反正我要去见他。这个念头是坚定不移的，是不可更改的，是神圣无比的，是不容亵渎的。

韩林霞此时又一次感受到了目的与手段之间的巨大差距。在她二十岁的生命中，曾有许多许多的目的像太阳或月亮一样照耀在她的前方，而她缺少的就是手段。手段是古人想象的登天之梯，是今人瞩目的宇宙飞船。现在，一百二十块钱就是登天梯的一百二十级蹬木，就是宇宙飞船的一百二十级助推火箭。有了这钱，"biu"——就去了。

"biu"——一辆摩托从她身边掠过，又突然慢了下来。骑车的小伙子回头骂道："怎么走的？找死呀？"

韩林霞这才发现，自己光顾考虑手段问题，自行车快要滚到公路中间去了。照这样走下去，她不用去广州了，说不定要做轮下之鬼了。

"我靠！"韩林霞暗自骂上一句，赶紧去了路边。

看着前边已经走远的摩托，心里叹道：唉，我要有一辆摩托就好啦。有一辆摩托，就有了去广州的手段了。我骑上它，把辫子解开，让长发轻舞飞扬，向着南方一个劲地飞奔。我飞呀，飞呀，飞到广州，突然出现在那头狼的身边。

浪漫。浪漫得一塌糊涂。

然而，再把摩托当作目的来想，韩林霞的愁苦与烦躁又来了：你到哪里去弄一辆摩托？你的胡思乱想到此为止吧。

她抬手狠狠地拍了一下车把，身下自行车的各个零件同时发出一声破响。

韩林霞没想到,她走完三十里路的行程回到家时,爹和哥哥正在为了摩托吵架。

她站在院门外扶车停住,又一次见到了哥哥路线的凶相:他两手抔着杨柳小腰,挓挲着一头褪了色的黄毛,脖子一抻一抻地向着爹吼:"我真是倒了十八辈子血霉,摊了你这个庄户鳖当爹!要什么没什么,这是人过的日子吗?"

他爹韩祥开光着黑黝黝的上身,倚靠着院中那棵大杨树半蹲半坐,是一副死猪不怕开水烫的架势:"我就是个庄户鳖,你怎么着?有本事,当年你别投你娘的胎,找城里娘们呀!"

路线啐一口唾沫:"呸!我要是生在城里,还用受这份狗日的罪!城里人都已经有小汽车了你知道不知道?我要一辆摩托你还不给!"

韩祥开说:"要小汽车?大汽车更好!可你自己去挣呀!光蹲在家里讹人算什么本事?"

这话是路线最不爱听的。他毕业后出门打工好几回,可是吃不下苦,每回都超不过一个月,除了带回一头染黄了的头发别无长物。他这时将脚一跺说:"闲屁少放,快拿钱来!"

韩祥开说:"路线我告诉你吧:今天我是要钱没有,要命一条!"

路线火冒三丈,蹿上前去掐住爹的脖子说:"好你个老鳖!你不给?不给我就要你的命!"

韩林霞再也看不下去了,急忙喊道:"哥!"喊罢将车一扔,跑了进来。

路线扭头看见妹妹回来,那手便松了下来。韩祥开见到闺女,像受委屈的孩子见到娘一样仰脸大哭起来:"小线你可回来了!你再不回来爹就没命了呀!嗳咳咳咳……"

韩林霞向哥哥瞪起眼道:"你想怎么着?待爹这个样子,要做畜生吗?"

路线歪着头和嘴说:"做不成人了,我还能做什么?"

韩林霞扑上去连掐带拧:"我叫你做畜生!我叫你做畜生!"

路线让妹妹掐得疼了,只好跑向了街上。到了院门外,又回头喊道:"你个老鳖,你快考虑考虑给我答复!"喊罢,黄毛一耸一耸地走远了。

韩祥开看一眼儿子的背影,回头又向闺女哭:"小线,你娘真刁哇!她早早死了多么清静,还用挨这个讹,受这个罪?"

听爹说这话,韩林霞眼泪马上也下来了。她伸手把爹扯起来,一边擦泪一边说:"你别提俺娘行不行?别提她行不行?"

去了屋里,韩祥开倚在床腿边抽搭了好大一会儿,才总算从怨愤的情绪中走出来。他抹一把灌满条条皱纹的眼泪,看着韩林霞问道:"快考试了,怎么有空回来?"

韩林霞的脸红了红,急忙说出早已在路上编好的瞎话:"老师叫回来说一声,考试期间一律不让家长去陪。"

韩祥开摇摇头说:"不陪就不陪。陪也不中用。你哥考的时候我去陪了,可到头来陪了个啥呢?狗屁不是。"

韩林霞将头埋下去,再不敢抬起头看爹。

韩祥开又说:"小线你可要好好考。供应你十三年了,就看这一下子了。"

韩林霞将头埋得更深,一声也不敢吭。

她听见,爹说完这句就不再说了,接着就传来钥匙轻轻脆脆的响声。她歪起头偷眼一瞅,见爹弓着腰去了桌子那儿开锁。

韩林霞的心像一只刚孵好的小鸡,砰砰砰啄击着她的左胸:她在路上一直琢磨着怎样打开这个抽屉,现在爹把它打开了。

爹一手扶着抽屉,另一手伸进去摸索着。一张十元的被他摸出来,放到了桌面上;又一张摸出来放到桌面上,也是十元的;再摸一次,当然还是十元的。

爹将抽屉锁好,拿起那三张钱,再郑重其事地蘸着唾沫数了一遍,然后向闺女递了过来:"喃,再给你三十。你考试那几天想吃啥吃啥,补补脑子。"

韩林霞迟疑一下,接了过去。她看看爹那粗糙不堪的手,看看自己手里的钱,眼泪忍不住又流了出来。

爹重新在床腿边蹲下,看着闺女说:"小线你甭哭。你只管好好考。如果考上了,爹就是砸锅卖铁,就是把我这把老骨头砸成膏药油子卖,也得叫你去上大学!"

韩林霞再不敢听这种话,她觉得如果再接着听下去自己非发疯不可。她把钱揣起来,装模作样地去锅屋里看了一下,回来说道:"爹,我想吃一顿饺子再走,你去园里割一把韭菜行吧?"

韩祥开说:"行,我也是半年没吃饺子了。我去割韭菜,你在家和面。"说罢,拿上镰刀和篮子就走了。

听爹的脚步声消失在街上,韩林霞急忙跑去关好院门并且上了门闩。她急促地喘息着,胸脯起起伏伏像远古时期的造山运动。她心里说:反正我要去广州,反正我要去见丧家的狼!爹,对不起了,你闺女只好也当畜生啦!

这么说着,人便来到堂屋,站到了桌子前边。她记得,这个桌子的抽屉帮儿与桌面板之间有一个窄窄的缝隙,她小时候曾多次伸进去手摸钢镚儿买这买那。她一边急喘着,一边将没锁的那个抽屉抽了下来。

然而伸过手去,那缝儿却容不下她的手了。她想使劲儿往里塞,手却被紧紧地卡住。无奈中往外一抽,乖乖,手背竟出现了几道血痕。

怎么办?怎么办?韩林霞在桌子前万分焦躁地转起了圈子。

反正我要去广州!反正我要见他!

她瞥见饭桌上的筷子,一下子有了主意。她摸起一双,伸进那道缝隙,很快就夹出了一张五十元的票子。

再夹,是一张十元的。

然而,再夹就没有了。任凭她用筷子搜遍整个抽屉,除了一份欠账单,再没夹出一张真正的钱来。

这就是说,算上爹刚刚给的,加上在学校剩下的,她只能弄到这一百二十块了。

一百二就一百二,能买上车票就好办了。她将桌子弄成原样,然后写了一张纸条放在上面:爹,我走了。请你别生气,我以后会加倍偿还你的。不孝女小线。

接着，韩林霞推车出了院子，发疯一样向县城窜去。

当韩林霞在火车上坐定，看着武灵县城慢慢被抛在车后时，她想起一句话来：扼住命运的喉咙。

这是贝多芬的名言，从小学到中学，许多老师都经常在课堂上引用。老师的用意很明白：你要好好学习，顽强拼搏，最后高考中榜，成为一名光荣的大学生。

韩林霞不是不想实践这一名言，但命运那玩意儿太难对付了。莫说扼住它的喉咙，就是薅下它的一根毛都十分艰难。

这个感觉，韩林霞是从考高中时突然清晰的。那时她在乡中学念书，成绩在班里是中等偏上，老师说她这成绩考高中正在"水沿儿"上。她明白这话的意思，就是说可能考上，也可能考不上。她不服气，心想：我就是要考上，我就是要扼住命运的喉咙。几场考试，她把吃奶的力气都用上了，然而张榜之后却是名落孙山。她哭哭啼啼回到家里，不吃不喝整整三天。爹蹲在家里一个劲地叹气，叹气之余便劝闺女吃饭，劝她再去复习。她想，就得再去复习，不然自己只能在家下地干活了，于是就接受了爹的规劝起来吃饭。暑假中，爹往学校里跑了许多趟，好不容易才争得了一个复习的名额，让韩林霞又走进了课堂。这一年中，她拼死拼活地复习，总算考上了一所二流中学——武灵县第五中学。

如果说，考上五中是薅下了命运的一根毛，那她再说薅第二根就没能如愿。这五中虽然也在县城，可与省重点中学一中就没法比了，人家一中每年能送三四百个本科生，可是五中每年只能送几十个。不过，即使这少少的几十个，也让学生有了希望有了奔头。韩林霞心想：有整整三年的时间呢，我就不信我成不了那几十个中的一个！从此，韩林霞心里只有"学习"二字，上课认真听讲，下课认真复习，就连睡梦里也还念叨那些公式定理。那时她哥还在一中读高三，她遇到不明白的问题常常跑去找他请教。哥哥在她面前是很自负的，对妹妹的提问表现得很不耐烦，口口声声训她笨，说她长了个猪脑壳子。想不到，没长猪脑壳子的哥哥后来却没考上大学，回家后整天向爹发泄无名之火。爹让儿子复习儿子不干，只好一边忍受着他的胡作非为，一边把希望寄托在闺女身上。爹说："小线，你哥白瞎了，爹就指望你了，你一定要给你爹、给你死去的娘争气！"韩林霞理解爹的苦衷，也想把这口气给爹娘争回来，无奈她再怎么用功，成绩总是上不去。她所在的班级有七十多个学生，她历次考试的分数都在三十名到四十名之间波动。但韩林霞并不甘心，最后一个学期开学时她想：我再拼上半年，到考试的时候来一个超常发挥，说不定真能踏进大学的门槛儿。

让韩林霞万万想不到的是，过了"五一"，学校宣布了一个决定：只留下一部分同学参加高考复习，高中毕业会考成绩在本班级居三十名以下者一律离校。那些成绩差的老老实实走了，成绩中等的便连哭带叫，缠着老师还想继续复习。韩林霞便是他们当中的一个，她曾当面质问过班主任老师为何要剥夺她参加高考的权利。班主任却说："怪学校吗？怪你们自己。留下的这三十名能考个八九个就不错了，还有你们的好事？别耽误工夫了，快回家蹲着去吧！"缠磨了几天没有结果,大家只好走了。

但是韩林霞没走。她想,就这么连高考都不参加早早回去,也太窝囊了,实在不好向父亲交代。算一算离高考只有两个来月,她决定干脆住在学校里不走,等到高考结束再回去。张榜的时候再撒个谎,就说自己没有考上,这也算是一个完整的过程。她的谎言也不用担心有人戳穿,因为韩家疃整个村子只有她一个在这里上学。于是,她依旧藏在女生宿舍里,啃着从家里带来的煎饼咸菜混日子。吃完了一包,再硬着头皮回家拿来一包。这期间,班主任发现了她,疾言厉色地让她回去,她便流着泪讲了她的打算,让老师放她一马。班主任听了,说了句"你呀……"便摇头走掉,不再管她。

然而,女生宿舍却不是好待的。几个女同学上课走后的那份冷清,让她实在难以忍受。同学的几本小说看完了,几本刊物也翻过不知多少遍了,接下来便是守着这几张双层的架子床发呆。她想:我不能再这样待下去,再待下去我非得精神病不可。于是,这天上午她看见外面阳光明亮,决定到街上溜达溜达。

五中位于武灵县城东部,到中心繁华地带要走二十来分钟。到了那里,韩林霞串过几家商店,越串越感到自己是在接受精神摧残:你看,有那么那么多的好东西摆在那里,咱囊中羞涩,竟不能带走一件。所以,她串了一会儿就不愿串了,就站在一家商店门口呆看街景。

就在这时,一块"梦游网吧"的招牌闯进她的眼帘。她知道网吧是个充满浪漫与诱惑的地方,但从没见过里面是什么样子。此时一股冲动激荡在她的心头,她连想也没想就走过去了。

走进去才知道，那网吧很小很小，总共有七八台电脑，此时多半闲着。年轻的网吧老板用十二分的热情接待了她，领她到一台电脑前坐下。她问怎么收费，老板说不贵，一小时两块。韩林霞心想还不贵呢，一小时就花掉我一天的生活费。但她想想身上还有五块钱，今天既然来了，怎么说也要见识一下网上世界，遂点点头摸起了鼠标。

韩林霞在学校里上过电脑课，学过 Windows 95 的页面操作，也学过五笔和拼音两种打字方法，但真正的上机时间一共不超过四个小时。现在，面对着从未见过的网络页面，她既兴奋又畏惧，红着脸对老板说："怎么弄呀？你快教教我！"

老板就手把手地教她怎样浏览文章，怎样查找资料，怎样聊天，怎样申请电子信箱。

大体上弄懂了，老板离开了，韩林霞便一头扎进了聊天室。她从刊物上读过因聊天而发生的许多故事，也曾经在心里无数次琢磨过"聊天"这个字眼儿。她知道，在武灵县农村是没有"聊天"这一说法的，两个人或更多的人凑到一起只是说话，拉呱儿。聊天大概是城里人才有的行为，聊——天，动宾结构，宾语是"天"。农村人聊得了天吗？他们知道天上有啥？他们只知道在地里踩坷垃，只知道从土里刨食儿吃。所以说，农村人不配聊天，只配拉呱儿。现在城里人不但在现实生活中聊天，还在虚拟的网络上聊天，那更是天外有天啦。

因为聊天的不同寻常，所以韩林霞上网的第一个行动便是去聊天。

她去的是一个叫作"情深深雨蒙蒙"的聊天室，五十多人在线，正聊得热火朝天。看看他们的名字都是稀奇古怪，自己却是网站给她随机命名的"过客30984",便决定换一个名字。叫什么呢?想起自己不能参加高考却在这里厮混,便满心酸楚地给自己起名为"被遗弃的小鱼"。刚把这名字换上,眼前突然跳出一个小方框,里面是这么一行字:

丧家的狼对被遗弃的小鱼说:HI,老婆你来啦?

仿佛一头狼突然向她扑来,她猛地向后一躲,手捂着胸脯傻呆呆地看着。

片刻后,屏幕上又跳出一行字来:

放心,狼是不吃鱼的,哈哈~~~~~~

韩林霞这时已经镇定了许多,心想:你就是吃鱼又怎样?反正你在网上又看不见我。于是她就摸过键盘,用拼音输入法吃力地打出了一个句子:

狼不吃鱼,难道就不怕鱼把狼吃了?

接下来,她与网上那人就开始了一来一往的对话:

我靠,遇上厉害老婆了。

谁是你老婆?母狼才是你老婆。

母狼已经叫俺休了。

到底谁休谁呀,不然,你为什么叫丧家的狼?

5555~~~~~~你别提俺的伤心事好不好?

……

二人就这么聊了下去。此后,丧家的狼渐渐改掉嬉皮笑脸的架势,不再"老婆老婆"地乱叫,而是用伤感的语言讲起了他的故事。原来这人是个山东老乡，家在鲁西南，三年前到广州做了一名流浪歌手，今年二十四岁。他有一个女朋友，相处了一年多，最近却突然傍上了一个大款，让他悲痛欲绝。

在韩林霞的经历中，还从来没有一个男生向她这样诉说遭遇，倾吐心事。她感动了，感动得一颗心既软且酸。在他诉说的过程中，她感慨万端，长吁短叹，不时给他一句安慰。后来，她不知不觉也敞开自己的心扉，流着泪水向他讲了自己的情况。这时，丧家的狼便像看到她一样，说：可怜的小妹，让我帮你擦一把眼泪吧。看到这话，韩林霞的泪水汹涌而出，屏幕在她眼里整个地就模糊了。

同病相怜，惺惺相惜。二人就这么一直聊，一直聊。后来，丧家的狼突然说：对不起，我该下线准备赶场了。明天上午十点还在这里见。韩林霞抬头看看墙上的表，已经是下午五点了。这就是说，她今天在这网吧里整整待了七个小时！

看着丧家的狼已经打出了"拜拜"，韩林霞只好起身离开了电脑。她看一眼老板，立即让十四块钱的上网费愁坏了。因为她身上虽然有二十五块钱，但只有五块装在外面的明兜里，另外的二十却藏在裤头上的暗兜里。无论怎样，她也不好意思在这里脱了裤子去取呀！

老板看到她这神态，走过来问她："你身上带了多少钱？"

韩林霞说："五块。"说着就从明兜里掏出那张票子给了他。

老板抖着那张钱变脸道："才五块熊钱，你为什么不早一点下机？"

韩林霞回答不上来，只把脸涨得通红通红。

老板问:"你带什么证件了没有?"

韩林霞把学生证掏给了他。

老板看了看,说:"把证押在这里,明天你再过来补上!"

韩林霞只好点点头,做贼一般逃离了网吧。

第二天她曾想,可不敢再去"梦游网吧"了,我手里的钱哪经得住这么挥霍。昨天我玩了一回,就够俺爹挣多日的了。然而,她无论如何也不愿和丧家的狼失约。她忘不了他说的那些话,忘不了与他聊天时的奇妙感觉。于是,时间刚过九点,韩林霞还是从包里摸出最后的二十块钱蹿出了宿舍。到了网吧,补上昨天欠的七块钱,她便上机进入"情深深雨蒙蒙"。想不到,她刚刚把网名打出,丧家的狼立即出现了。他告诉韩林霞,他已经在这里等了她半个小时。韩林霞说:是吗?你太让我感动了!

这一聊,又是半天。

韩林霞看看表,知道钱花得差不多了。虽然与丧家的狼的对话已经到了缠缠绵绵的地步,但她还是果断地提出下线。丧家的狼说:好,今天先到这里,明天我还等你。韩林霞说:你等不到了。丧家的狼说:为什么?韩林霞说:我没有钱了,咱们永别了。丧家的狼说:不,千万别说这话。你宿舍里有电话吧,我明天打电话给你!

五中学生的宿舍有电话,要用201卡来打。可是电话安上一年多了,韩林霞却没买过一张卡,也没收到过任何一个电话。想不到,就在她已经不是真正的五中学生的时候,这电话却派上了用场。那天上午,韩林霞守在电话机旁,激动得全身一阵阵发抖。等到十点整,电话果然响起。韩林霞差不多要昏厥过去了,抓起电话后久久没有答话。等丧家的狼在电话里"喂"了几声,她才气喘吁吁地说:"我是小鱼,幸福的小鱼……"

韩林霞的形容是准确的。她此刻觉得,那个男声,就像一泓清泉似的汩汩流出,汇成小溪,汇成河流,让她这条小鱼有了存身之地。她一口一口地畅饮着甘泉,一动一动地摆动着鳍尾,忘却一切忧愁与烦恼,欢欢势势地游走在水流之中……那天,丧家的狼跟她说了多少话呀,他讲广州,讲歌厅,讲他的见闻,讲他的唱歌经历。他说,他现在只是一个四处流浪的普通歌手,他的理想是,等到唱火了,唱红了,成为一个名歌厅的嘉宾歌手或驻厅歌手。到那时,他就心满意足了。韩林霞便说:祝你心想事成,祝你的理想早日实现。丧家的狼便说:谢谢谢谢!小鱼妹妹,我献给你一支歌吧!说罢便唱了起来:轻轻挥手间白云已走远,带走我的思念岁岁又年年。青山立两旁白云为伴,拨动我的心弦一遍又一遍。遇上你是我的缘,芙蓉出水我也难遮面。跟着你是我的愿,邀来日月星辰为我变。爱上你是我的恋,风风雨雨我们手相牵。跟着你是我的愿,天涯海角相伴到永远……

除了在广播、电视以及同学的"随身听"里,韩林霞还是第一次听到这么美妙动人又充满磁性的歌声。更重要的是,这歌是唱给她一个人听的。所以,歌唱完了,韩林霞抱着听筒抽泣不止。她哽咽着说:"狼哥,小鱼死也值了……"

从这天起,在长长的一个多月里,除了隔几天回家拿上一次煎饼,韩林霞每天上午十点都能接到丧家的狼打来的电话。其实,这时候那位流浪歌手已经不再自称丧家的狼了,他说自从和小鱼妹妹有了交往,等于又找到了家,已经是一头幸福的狼了。韩林霞感动地问:"狼哥,你把我当成了家?你感到幸福?"狼哥说:"是的是的,电话一通我就有了回家的感觉,全身上下都充满了幸福!小鱼妹妹,你觉得幸福吗?"韩林霞说:"还用说吗,狼哥?小鱼幸福死了,小鱼是世界上最最幸福的人!"

享受着这绝顶的幸福,韩林霞度过了一天又一天。

然而,这天上午她和狼哥刚刚通完话,几个女生回到宿舍进行的讨论让她感到了恐慌。听她们说,高考时间快到了,老师在课堂上公开提醒女同学要改变一下生理周期,以免除考试时的额外负担,具体办法是吃避孕药。女生们回来都说这办法太对了,太英明了,但没有一个好意思上街买的。推来推去,最后她们只好用抓阄的办法选定了一个叫魏明娜的女生,让她就是死也要把避孕药买回来。魏明娜只好噘着嘴红着脸去了。等她把药买回,大家便像抢着吃巧克力一样抢着吃了起来。看着她们的作为,再算一算日期,韩林霞意识到她在学校住的日子没有多少了。于是,她就在第二天接到电话时,哭哭啼啼地说:"狼哥,这回咱们真要永别了……"

狼哥很吃惊,问她遇到了什么麻烦,韩林霞便把她即将回家的事情说了。她说,回到她的韩家疃,她不但不能上网,不能打电话,就连信也难以接到。因为邮递员送来的信都是送到村主任家里,而村主任的老婆不把每一封信拆开看过是不会转交给收信人的。狼哥说:"我靠!这是什么鬼地方?"他沉吟片刻,又说:"小鱼妹妹,你到广州来吧。"

一缕祥光在韩林霞眼前突然闪现，让她惊喜莫名。她说："去广州？你叫我去？"

狼哥说："是呵。你到这里来，我陪你好好玩上几天，然后帮你找一份工作，好吗？"

韩林霞说："太好了狼哥！你真是个大好人狼哥！我真不知道怎么感谢你狼哥！"

狼哥笑道："要感谢好办啦，见了面你使劲亲我就是啦！"

韩林霞说："我是想亲你！是想亲你！"

然而说过这句，她心里突现一片黯然，便忧心忡忡地问："狼哥，我是个丑八怪，等到见了面你不嫌弃我？"

狼哥说："哦耶，开什么玩笑！歌里不是唱过吗，青春少年样样红。来吧，你坐火车过来，到站后给我打电话，我马上接你。你记一下，我的手机号码是……"

记着这个号码的纸条就装在她裤头上的暗兜里，她已经借上厕所的机会掏出来看过好几遍了。其实这个十一位数的号码她已背得滚瓜烂熟，但她还是不相信自己的记忆力，上一回厕所就掏出来看一遍。这个号码太重要了，广州这一千多万人口的大城市，只有这个手机号才是接纳她进入的密码。

又一次从厕所里出来，韩林霞突然想到，要是这纸条丢了怎么办？要是我的记忆出了差错怎么办？她越想越紧张，不由得大汗淋漓。过了一会儿,她想:我多记几个地方吧,只有多记几个地方才能保险。于是她从包里找出圆珠笔,在左手掌心里写下了这个号码。写完后想,记在这里,要是洗手洗掉了怎么办?不行不行。她又撸起左边的短袖,用牙齿咬住,在胳膊的肱二头肌上写下了这个号码。写完后想,写在这里,要是叫袖子磨掉了怎么办?她端详了一下身体,又在没有衣服磨蹭的小腿上写了一遍。正写着,坐在对面的一个大妈说:"姑娘,做这么多小抄,要去考试吗?"韩林霞羞羞地回答:"是,是去考试。"

再看看那几处号码,韩林霞忽然想:我记得对吗?是这十一个数字吗?唉哟,要是记错了可不得了!于是,她又起身跑到厕所,再掏出那张纸条核实。

核实无误,韩林霞才松了一口气。

当她把纸条装回暗兜时,手指头碰到了另一个小塑料包。那是十来个药片,避孕药片,临走时偷的。女同学当时上课去了,一瓶共同服用的药片就放在桌子上。她好奇地拿过来看了看,看清了它的用途和服用方法,脑子里突然蹦出一个词来:未雨绸缪。她想,到了广州,见了亲爱的狼哥,恐怕要免不了发生那种事情。反正只要狼哥想要,我是不会有丝毫犹豫的。想一想狼哥那么好,我不给他还给谁?既然打算给,那就不能不考虑到预防的问题。避孕药本来是离她十分遥远的物品,没想到眼前就有,得来全不费工夫。于是,她就颤抖着两手拿过药瓶,倒出一些,藏进了裤头上的暗兜……

望着窗外飞驰而过的南方景物,韩林霞想,广州快要到了,狼哥也快见着了,这药要不要吃呢?想来想去,还是主动一点,早吃下为好。她看过刊物上登的爱情故事,有的文章这样描写:"情感的闸门一旦打开,理智的堤坝马上就被冲垮。"要是真被冲垮了,丧失理智了,落下后果可怎么办?我才刚满二十,可不能把这事当儿戏!

韩林霞掏出那个小小的塑料纸包包,从中拿出了一粒药片。她把那个包包重新藏好,再回到座位上时,就端起水杯将那个药片吃下了。吃下后,她红着脸,低着头,好半天不敢看人,仿佛吞下了一个天大的秘密。

火车走了整整三十个小时,于第二天午后进入广州。韩林霞抑制住激烈的心跳,不错眼珠地看着车窗外的楼房、街道与行人。看见人影幢幢,她想:哪一个是狼哥呢?哪一个是狼哥呢?你快来接一接你的小鱼!

火车停下,韩林霞背着包,随着人流踉踉跄跄地走出车站。闪到一边站下,看着广场上密集的人群,听着那一片嘈杂的声音,她觉得一阵恶心,头也有些发晕,急忙闭眼捂嘴蹲下身去。过了一阵,感觉好一点了,她才按照狼哥预先教给她的,在附近转来转去找公用电话。

找到一个,她拿起话筒,抬起左胳膊,照着肱二头肌上的鲜明记载一下下摁了键。

话筒里几声"嘟嘟"响过,接着便是她十分熟悉的声音:"哪位?"

韩林霞情不自禁地双脚同时跳了一下,喊道:"狼哥,我是小鱼呀!"

狼哥说:"哦,小鱼妹妹你到站啦?我这就去接你,你等着呵!"

韩林霞问:"我在哪里等呀?"

狼哥说:"你到出站口的左侧站着,不要乱跑,听见了没有?告诉我,你穿了什么颜色的衣服?"

韩林霞说:"红褂子,黑裤子!对了,我再把茶缸子拿在手里好不好?"

狼哥说:"好好好,就这样吧!你等着,不见不散啊!"

韩林霞放下电话,付了钱,急忙提起包往出站口跑。跑到那儿,她突然产生了疑问:狼哥让我在左侧等,是哪一个左侧呢?是出门时的左侧,还是进门时的左侧呢?

看着宽宽的出站口和蜂拥而出的人群,韩林霞想,我要是站错了怎么办?她想回去再打电话问一下,又怕狼哥马上就来见不到她。她想,反正就是这个门口,不是这边就是那边,狼哥找到这里不会看不见的。于是,她就按照出站时的方位标准,走到了左边。

她没忘了自己与狼哥约定的标识,急忙从包里摸出了大茶缸子。那个茶缸从她念初中时就伴随着她,已经掉了多处瓷,黑白斑驳。她一手拿着这个茶缸,另一手紧紧地抓住肩上的帆布包带子,极像一个乡下来的小保姆。

等。万分激动地等。心急火燎地等。广州那不同于北方的湿热空气熏蒸着她,让她全身的每一个汗腺都开始了工作,不大一会儿衣裤便湿透了。

韩林霞一边频频抬起胳膊去蹭脸上的汗水,一边伸长脖子打量着每一个来出站口的人。她盼望着从人流中突然走出一个帅哥,兴冲冲地奔她而来，把她接走。

然而没有。过了老大一会儿还是没有。韩林霞看看手腕上戴的电子表，她等了已经有二十分钟。她想，广州大着呢，狼哥肯定还在路上，便继续站在那里等。

出站口恰似海滩，不停地接纳着涨涨落落的人潮。转眼间，接站的人聚成一片。等到出站的人流涌来，一阵喧哗与骚动，转眼间又走得无影无踪。韩林霞在心里惊叹：怎么有这么多人来广州啊！

看着来来去去的各色人等，她想：这些人都是干什么来了？回家？探亲？出差？开会？谈生意？找工作？……她猜来猜去，觉得有一条应该肯定：像她这样来会网友的，恐怕是凤毛麟角。

网上相遇，电话传情，悄然南下，广州相见，下面还有代表着未知经历的一长串省略号。这种在报刊上才能读过的故事，我竟然成了主人公啦。这雄伟壮丽的广州火车站，今天就要见证一个浪漫故事的开端啦！

想到这里，韩林霞那只拿茶缸的手又微微发抖。

然而狼哥还没来到。看看表，时间已经过去四十分钟了。

这时，韩林霞觉得膀胱发胀，尿意渐渐强烈。但她不敢走开，生怕一旦走开，狼哥就找不到了，只好努力地憋住。

等到一个小时，狼哥还没有露面，韩林霞的忍耐力却已经到了极限。她把腰弓起，把腿紧紧夹住，唯恐一放松就尿在了裤子里。她红着脸拦住一个警察，问明白厕所的位置，便急急跑向了那儿。

等放空积存跑回来，又等了半个小时，狼哥还是没见。她想：毁了毁了，肯定是在我上厕所的时候错过了。这可怎么办？这可怎么办？

但她又想起，狼哥交代过不见不散的，他不会因为那几分钟没找到她就离开这里。他肯定是还没来到。说不定是路上堵车了，耽误了。她再等，她不信会等不来他。

又等了一会儿，还是没见狼哥露面。看看表，她打过电话已经两个多小时了。韩林霞这时便对她的狼哥有了疑问：广州再大，也不至于两个小时赶不来呀。就是遇上堵车，也不可能老堵在半道上呀！

她决定再去打一次电话。反正不管狼哥在哪里，一打电话就找到了。

她便去了公用电话那儿。

电话通了。然而响过两三声之后，里面却传出了一个女声："对不起，您拨打的电话已关机。"

韩林霞一下子蒙了。狼哥为什么关机？

她等了几分钟再拨，那个女声还是说关机。

她拿着话筒，眼泪都要急出来了。

管公用电话的胖大婶问她怎么了，她便把电话里听到的告诉了她。胖大婶拉着长腔说："这还不明白啦？人家不愿接你的电话啦！"

韩林霞的眼泪滚滚而出。不愿接电话？狼哥他不愿接我的电话？为什么？为什么？

她不甘心，又打，但狼哥的手机还是关着。

虽然下午四点的太阳明晃晃地挂在广州的天空，韩林霞却感到天昏地暗。

狼哥说好来接我的，为什么又不来了，而且不接我的电话？

她站在广场边上，用泪眼看着熙熙攘攘的人群，盼望有人能帮她解答这个问题。但她呆呆地看了半天，却没有一个人前来帮她。

没办法，只好自己解答了。韩林霞找了个树荫蹲下，开始考虑问题出在哪里。

想了一会儿，她突然想到了一个答案：狼哥不是没来，他已经来过了。他来到出站口看过她，却又悄悄地弃她而去。

狼哥为什么这样做？只能是因为她丑，不是狼哥想象中的样子。

是这样的，肯定是这样的。除此之外，再没有别的答案了。

想清楚了，搞明白了，韩林霞便抱头痛哭起来。泪水和着自卑的成分，灌进她的嘴里，让她觉得格外苦涩。

在县五中学习的三年中，自卑一直是韩林霞最主要的心理特征。出身于贫穷农家让她自卑，学习成绩不好让她自卑，而相貌的丑陋，更是她自卑的一条重要原因。

她确实长得丑。她眉眼模糊，皮肤粗黑，而且又矮又胖。因为她的丑，班里的几个坏男生甚至还给她起了个绰号"四面撤退"。她原先并不知道这个绰号，后来一次班里搞课外活动，班长提议大家做成语比赛游戏，其中一条难度最大，是成语对仗。譬如甲说"千军万马"，乙就可对上"三妻四妾"或"五花八门"。对来对去，有一个同学说出"十面埋伏"，另一个男生便脱口而出："四面撤退！"这一来，全班同学都看着韩林霞笑。韩林霞说："搞错了吧？没有四面撤退这个成语呀！"想不到同学们笑得更甚。下课后一个女同学告诉她："这是在骂你呢!"她这时才搞明白,原来那些男同学形容一个女生身段好相貌却差,有这么一个顺口溜:"后面看想犯罪,侧面看想撤退,正面看想自卫。"这就是说,她韩林霞丑得是从哪个方面来看也吸引不住男生的。得知了绰号的来历,韩林霞在宿舍里哭了整整一个晚上,连晚自习也没参加。

此时,韩林霞一边浸淹在深深的自卑感之中,一边恨起了自己:你呀你呀,你也太没有自知之明了!你明明知道自己会让男生四面撤退,那你还跑到广州自找无趣干啥?你难道就没料到狼哥见了你也会撤退?

可是,我已经说过我是丑八怪了嘛,而且狼哥并没有在乎,执意让我过来。现在看来,尽管他有过思想准备,我的丑还是超出了他的想象,让他实在无法接受。所以,他撤退了,他跑了,他躲起来不见我了。

可是,我在广州举目无亲,这可怎么办呢?

最要命的,是我身上已经没有钱了。我从家里偷出那点钱,买过车票只剩下了两块,多亏路上光吃从家中带来的煎饼,没把它花掉。原来想,只要来到广州见到狼哥,什么都有了,可就没想到会见不到他!

韩林霞哭得更凶了。

她一边哭一边想,来广州的计划是狼哥提出来的,他这样把我撇在车站实在是太缺德。不行,我得找他去。

她便开始回忆狼哥与她的历次通话,希望从记忆中挖掘出寻找狼哥的线索。但是，狼哥说的话虽然不少，把他的经历也讲了很多，但没有一处是十分具体的，譬如说住处，譬如说唱歌的地方。他交代清楚的只有一个手机号码。

韩林霞想，反正他是唱歌的，我就到歌厅找他。我一边讨饭一边找，一个歌厅一个歌厅地搜索。

可是，这广州多大呀，有多少歌厅呀，你能找得过来吗？再说，你长得丑儿吧唧，穿得土儿吧唧，又没钱买票，人家能让你进去吗？即使万幸能够找到，人家就是不愿认你，你能有什么办法？

结果是什么办法也没有。结果是只能蹲在广场上哭，哭。

后来，一个警察走过来问："小姑娘，你怎么啦？"

韩林霞看他一眼，呜呜地哭道："我……我见不到狼哥了……"

警察说："什么狼哥狗哥的，走，跟我到所里说去。"

韩林霞跟他来到位于广场另一边的派出所，把事情一讲，几个警察听了哈哈大笑："又是网恋！三天两头就遇上一宗，真是邪门儿了！"

询问她的那个警察便问她家是哪里，父亲是谁。

韩林霞急忙说："你们别告诉我父亲。你们借给我路费，让我自己走好吧？我回去一定还给你们！"

警察说："不行，我们要为你负责。快说！"

韩林霞只好说了。

警察记下，接着便拨电话。他几经查询，终于拨通了山东省武灵县桃林乡派出所的电话。听警察用带着浓重广州口音的普通话向对方讲述她的"案情"，韩林霞直想去墙上把自己撞死。

两天后，在广州一家求助站住着的韩林霞见到了爹。她发现，爹的脸更黄更瘦，头发和胡须有一半在两天中变白了。

韩祥开见到闺女，往地上一蹲，张开大口就哭。哭声惊动了全救助站，大家纷纷跑来围观。

韩林霞让他哭得无地自容。在得到离开救助站的允许后，她拼尽全身力气，将爹从地上拽起，拖到了街上。

到了火车站，韩祥开还是擦眼抹泪。但他没忘了掏钱让韩林霞买票。韩林霞接过钱，去售票大厅排了半天队，最终却只买了一张。

回来便和爹坐在一起候车。爹不说话，只是长吁短叹。韩林霞也不说话，只是一边掐指甲一边看着门外。

开始检票了，人们纷纷起身往大厅东头挤去。韩林霞让爹走在前头。临近检票口，她将手里的票塞给爹，说道："爹，上了车看看车票后面。"

韩祥开对闺女的话没有介意。等到验过票，回头看见没有闺女跟着，便急忙大喊："小线！小线！"

然而，他的眼前只有无数张陌生的人脸在挤，在晃。

他想起闺女的话，便举起车票看，看到背面的两行字时，他哇的一声又哭了起来。

一个半月之后，韩祥开在家中收到了闺女汇来的三百元钱，汇单上的地址是广州市郊一家工厂。

路遥何日还乡

第一次听说这话,是在十八年前。

那是我爷爷去世的第三个年头。过年时,我父亲兄弟五个聚到一起商量,要为爷爷树碑。

我们赵家树碑很方便,因为我的一个堂叔就会刻碑。堂叔叫赵洪运,和我父亲拥有同一个爷爷,我爷爷是老大,他的父亲是老三。那天,洪运叔当然也到了议事现场,他用他那双特别粗糙的大手点烟、端酒,还做一些简单的手势参与议论。

我是爷爷的长孙,父辈们让我参与议事,并起草碑文。我把碑文写出之后,念了一遍,父辈们未置可否,都让我给洪运叔看。洪运叔把碑文拿到手,一字一字指点着念道:"道、远、几、时、通、达,路、遥、何、日、还、乡……"

我觉得奇怪:我写的碑文不是这样的啊,他为何念出了诗一般的句子?

正这么想着,他忽然停住,又从头指点着念:"生、老、病、死、苦,生、老、病、死、苦……"

我更感诧异,心想,碑文怎么又成了"五字文"啦?

洪运叔念完对我说:"德发,这碑文字数不合适,再加一个吧。"

我问:"为什么要加?"洪运叔说:"大黄道、小黄道都不合。"

经他一番解释我才知道,原来写碑文还有字数方面的讲究,要合黄道。大黄道是用"道远几时通达,路遥何日还乡"这十二个字去套,轮回循环,最后一字落在带"走之底"的字上才妥;小黄道用"生老病死苦"这五个字,同样轮回循环,最后一字落到"生"上才中。我写的碑文,如果再加一个字,那么大黄道、小黄道都合。于是,我就加上了一个。

都怪我早年辍学,读书太少,当年并不明白其中深意。直到我年过半百,为创作长篇小说《乾道坤道》读了一些道教文化的资料,才知道"道远几时通达,路遥何日还乡"这十二个字在中华传统文化中是多么重要。古人认为,子、丑、寅、卯、辰、巳、午、未、申、酉、戌、亥这十二地支是分黄道黑道的,一青龙黄,二明堂黄,三天刑黑,四朱雀黑,五金匮黄,六天德黄,七白虎黑,八玉堂黄,九天牢黑,十玄武黑,十一司命黄,十二勾陈黑。为了便于记忆和查对,古人想出了一个办法,用"道远几时通达,路遥何日还乡"这十二个字对应地支,凡与带"走之底"的字对应的就是黄道。这"十二字黄道法"应用广泛,查日子、撰碑帖,道士们写表文,都会用到。我们知道,道士或者算命先生经常"掐指一算",他们掐指的时候,心中多是念叨着这十二个字的。

不过,我在念叨这些字的时候,心中却别有况味。"道远几时通达,路遥何日还乡?"我想,这不仅仅是安排几个"走之底"的文字游戏，其实是传达了祖先们的怅惘与哀愁——他们在苦苦寻找吉祥前途的时候，却是黄黑参半，凶吉难卜，一不小心就会误入歧途，栽跟头跌跤，甚至是落入地狱万劫不复。道远路遥，乡关何处？谁来到这世上没有体会？

那天议完事吃饭，洪运叔喝高了。他红着脸向我们保证，一定要把碑刻好，一定误不了清明这天用。后来一遍遍地说，如果刻不好，怎么能对得起俺大爷。说着说着，他弓腰抱头哭了起来。

洪运叔的爱哭是出了名的。他五岁的时候，我三爷爷得了急病去世，撇下他和母亲，日子过得艰难，从此养成了爱哭的习惯。洪运叔大我十岁，我能记事的时候他已经是小伙子了，可我常常见到他哭。他的哭，不分人前人后，有时候在大庭广众之下，受了点小刺激，就抽抽搭搭哭得像个娘们儿。他那时年轻，有一张小白脸儿，满脸泪水的样子颇像古典小说中形容的"梨花带雨"。

不过，洪运叔的脑子非常好使。因为家境困难，他只上过一年夜校，但他后来能读书会看报，还写得一手好字。过年的时候，有好多人家竟然请他写春联。因为他的聪明，本村姓郑的一位姑娘爱上了他，声称赵洪运就是穷得去要饭，她也跟着刷瓢，她父母只好点头答应。他们结婚是在1968年，搞的是革命化婚礼，不准拜天地拜高堂。我在现场看见，洪运叔和新婚妻子在司仪的指挥下向毛主席像三鞠躬之后，他转身看着我三奶奶叫了一声娘，眼泪哗哗地淌了满脸。大伙都明白，赵洪运哭的是，他们孤儿寡母终于熬出来了。于是，在场观众大多红了眼圈，我三奶奶老泪纵横痛哭失声。

洪运叔的脑子在结婚十八年后更是大放灵光。那时已经搞了"大包干",庄户人在分到手的土地上干得正欢,洪运叔却做出了关乎他下半生的重大决定。他发现,庄户人有了钱,孝心空前高涨,有越来越多的人给老祖立碑,每年的清明节前,村后大路上都有许多到沭河西岸拉碑的驴车。于是,他在一个夏日里骑上自行车,去了河西马家庄的碑厂。

据说洪运叔学手艺的过程一波三折。他到了那里,向马石匠讲了拜师愿望,可是人家照旧叮叮当当地錾字,连眼皮也不抬。洪运叔在他身边尴尴尬尬地站了一会儿,发现马石匠光着的脊背上满是汗珠子,就摘下自己的苇笠,两手架着为他扇风。扇了半天,马石匠还是不理他,洪运叔就悄悄地哭了。等到苇笠把他的泪珠子扇到马石匠的身上,马石匠回头看看他,问道:"你爹死了?"洪运叔点点头:"嗯。"马石匠问:"给没给他树碑?"洪运叔说:"没有。"马石匠抬手一指:"屋里有纸有笔,给你爹写个碑文去。"洪运叔就看了几眼成品碑上的文字,到屋里找到纸笔,写了"显考赵公讳清堂老大人之墓"一行字。他拿出来给马石匠看,马石匠劈头盖脸骂了他一通:"什么熊字,瘦瘦巴巴跟蚂蚁爪子似的,丢尽了你爹的脸,还'显考',显个屁呀?"洪运叔让他骂得泪如雨下,骑上车子就跑了。回到家,他哭了半夜,第二天去县城买来字帖,认认真真练了起来。除了秋收大忙,他去地里干过一些农活,其他时间全在家中练字。练到腊月,他带上自己写的一些碑文,带上烟酒,又去了河西。马石匠看看他的字,点头道:"过完年来吧。"此言一出,洪运叔马上又掉了眼泪。

这个过程，洪运叔并没向人透露过，是他家我婶子向人家讲的。婶子一直崇拜丈夫，连他的爱哭也持欣赏态度。她曾经对我说："你叔一个大男人，眼泪说来就来，那也是本事！德发你哭给我看看？"我承认，我遇上再麻烦的事也很难哭得出来，只好向婶子表达对洪运叔的敬佩，说古时候有好多拜师的著名故事，像"慧可断臂""程门立雪"等等，洪运叔的"泪洒师背"，也可以与那些故事相比了。大婶说："那可不。德发你会写文章，你一定要把你叔的故事写出来！"

洪运叔学艺过程中的又一次流泪，是我亲眼见到的。那一天是周末，我从县城回家，在父母那儿坐了一会儿，又去看望爷爷。刚刚坐下，洪运叔就来了。他的两片嘴唇像被人扯紧了的橡皮，紧紧绷着，微微颤抖。我爷爷指着他说："你看你看，又要喊（喊，在此读 xian，鲁南方言里是哭的意思）。都四十的人了，眼泪还这么现成！"爷爷这么一说，洪运叔的眼泪来得更快，哗的一下就下来了。他一边抹泪一边道："大爷，我闯了祸了……"

原来，洪运叔被马石匠收作徒弟之后，学了整整一个春天。他按照师傅的教诲，"视石如纸，视刀如笔"，每天都在石头上练习刻字，有时候还练到深夜。师傅见他的刻字功夫差不多了，前天南乡来了一个人定做墓碑，师父就让他接活儿。洪运叔听到师傅的吩咐很高兴，因为别人学刻碑都要半年时间，他只学了三个月就被安排正式接活儿。他向订墓者问清楚亡者与后代的姓名，遵循大黄道写好碑文，征得人家同意，人家一走他就干了起来。干到昨天下午，眼看全部碑文快要刻完，他不小心失了手，把孝子的名字刻坏了。那人叫刘贵田，他一錾下去，把里面的"十"字崩掉，让那名字成了"刘贵口"。他不敢对师傅讲，只说家里有急事，骑上车就跑回来了。

说完这些，洪运叔哭道："这可怎么办呢？我真该死，真该死……"

我劝洪运叔别哭，问他，如果马石匠出现这种失误，他会怎么处理。洪运叔说，要找拖拉机把碑拉到费县，请卖碑料的用机器磨平，拉回来重刻。这样，要花上几百块钱，他一是出不起这钱，二是丢不起这人。说到这里，他还是眼泪汪汪。

我爷爷"吧嗒、吧嗒"抽了几口烟，看着洪运叔说道："咱自己把碑磨平行不行？"

洪运叔惊讶地看着我爷爷说："自己磨？过去没有机器的时候，就是用人工磨的，可是那样太费劲呀。"

我爷爷说："费劲怕什么？咱们有的是力气。德发，你叫你爹你几个叔快来！"

我三个爷爷，生养的儿子加起来整整十个，除了两个在外工作的，其他八个全在村里。我跑遍半个村庄，向他们一一传达爷爷的命令，他们堂兄弟八个很快到齐。我爷爷说了洪运叔的事情，讲了自己的筹划，八兄弟无一人提出异议。

那天的行动我没参加，因为爷爷让我回县城，保证第二天准时上班。我那时在县委机关当着小干部，在爷爷看来那份工作非常神圣，他常用"忠孝不能两全"这话教育我，让我一门心思干好公家的事情，家里的事可以少管或者不管。

过了几天，弟弟到县城办事，向我讲述了磨碑的经过。

那天下午，爷爷带子侄辈和孙辈共十三人，或骑自行车或坐驴车往二十里外的沭河进发。到了河西岸，大伙停下，只让我四叔和洪运叔赶着一辆驴车去了马家庄。洪运叔向马石匠坦白了自己的失误，马石匠说："我早就看见了，我猜你不可能一走了之。"洪运叔流着泪说："我要是那样，还是个人吗？"他接着讲，想把石碑拉走磨平。马石匠说："自己磨平也行，为什么要拉走，就在厂里磨不好吗？"洪运叔说："不好，在这里磨太丢人了。"马石匠笑了笑，就帮他们将坏碑和另一块尚未镌刻的碑一起装上了驴车。

两块碑拉到沭河边的时候已是晚上。我爷爷提着一盏保险灯，指挥后辈将那块被洪运叔刻坏的碑放在地上，将另一块无字碑绑上木头，拴上绳子，扯着它在坏碑上来回拉动。为了增加摩擦力，他还不时从河里打水泼到两碑之间。赵家两代汉子分成两组，轮流上阵，不停地磨，磨……磨到天亮，那块坏碑上所有的字都被磨掉，变得像镜面一样光滑。这时，洪运叔一边哭，一边和我四叔赶着驴车把两块碑石运走。其他人则往河滩上一躺，呼呼大睡……

听完弟弟的讲述，一个想象出来的画面在我眼前挥之不去：沭水泱泱，春风悠悠，爷爷他们披星戴月磨碑霍霍。我很激动，也很遗憾。激动的是，爷爷带领后辈一夜间完成那样的壮举，救了我洪运叔；遗憾的是，我没参加这次行动，没能让自己的微薄之力融入赵氏家族的集体能量之中。

所以，洪运叔那天说，刻不好碑，就对不起我爷爷，这话应该是发自他的内心。

洪运叔哭个不止,我的几个叔也让他的哭声勾起了对我爷爷的思念,个个神情悲戚。我爹说:"洪运弟,树碑的事就这么定了,你别喊了,回去吧。"说罢,我爹示意我去送他,我便把洪运叔扶起来,走出了屋子。

路上,洪运叔又向我讲起当年我爷爷帮他的那些事情,讲了一件又一件,脸上的泪始终不干,惹得街上闲人纷纷注目。

洪运叔的刻碑作坊在村后大路边,两间屋子,墙上有四个楷体大字"洪运碑厂"。门口半亩左右的空地上,横七竖八放了一些碑石,还停着一辆七八成新的摩托车。洪运叔走近门口叫道:"德配!"德配是他的独生儿子,那年刚满二十。洪运叔叫过好几声,德配弟才从屋里走出来。那时候城里男孩子流行"郭富城"头,中分的那一种,德配也赶了这个时髦。他抬手捋弄着头发,冲我们笑了笑,小白脸上的表情很不自然。洪运叔走到一块碑前看看,皱眉道:"你一上午才刻了五个字,光玩?"德配说:"刻多了,手脖子发酸。"洪运叔瞪眼道:"我一天刻一块碑,手脖子也没发酸!你还不接着干?"德配说:"明天吧,我今天得去一趟县城。"说罢,他走向摩托车,潇洒地抬腿迈上去,扭头冲屋里说:"郑玲,走吧!"他的话音刚落,只见红光一闪,一个穿大红羽绒服的女孩从屋里跑出来向他奔去。还没等我看清楚,德配就发动车子,带着女孩蹿到了大路上。洪运叔跺着脚指着他们喊:"又去作死!又去作死!"不过,他的叫骂反而给摩托车加了速,眨眼间,两个年轻人就绝尘而去。

洪运叔往碑石上一坐，又哭了起来："老天爷呀，我上辈子造了什么孽，养了这么一个不要脸的东西！"

我问他，那女孩是谁家的闺女。他说，是郑全义家的。我听了十分惊讶，因为郑全义与洪运叔的岳父是没出五服的堂兄弟，郑玲应该叫我婶子姐姐，德配应该叫郑玲小姨的。我说："他俩如果在谈恋爱，真是不合适。"洪运叔说："谁不说呢！你想，他俩要是成了亲，我跟我儿不就成了连襟了吗？咳，丢死人了，丢死人了！"

我问，德配和郑玲是什么时候好上的。洪运叔说，已经有半年多了。德配去年整天嚷嚷着要买摩托，而且要那种进口的"雅马哈"。他起先不答应，怕不安全，但经不住德配整天缠磨，就答应了。哪知道，德配有了这辆全村最好的交通工具，却没有多少需要外出办理的业务，就经常骑上它在村里串，遇见漂亮女孩就要带人家进城。那个郑玲，坐着摩托车进了一次县城就跟德配黏糊起来，一有空就找他玩，让爹娘打骂过多次也不改。

我知道，近年来的农村可谓"礼崩乐坏"，原来被严格禁止的一些事情，如未婚同居、同姓男女结亲之类的事情越来越多，大家已经见怪不怪。但像德配和郑玲这种关系，有点乱伦的意思了，让人真是不好接受。

洪运叔长叹一声说："咳，德配成了臭狗屎，我在庄里怎么有脸见人？你婶子更惨，她连娘家都不敢回了……"

我见他难过，就转移话题，问他给我爷爷刻碑用什么样的石料。他说，早就留好了。说罢，他把我带到门边，揭开一块草苫子，指着下面的碑石让我看。我一看便知，那是上等的"费县青"，磨好的碑面上闪耀着淡淡的青色，显得典雅而肃穆。我连声说好，问这样一块碑石值多少钱。洪运叔摆着手说，甭说钱的事，甭说钱的事。

他走进屋里，拿着一卷黄黄的纸钱走出来说："德发，趁你在这里，咱们拜拜碑吧。"我知道，他们石匠每刻一块新碑，动手之前都要烧纸磕头，一方面祈求神灵保佑，一方面也是向墓碑主人表达敬意。所以，等到洪运叔把纸钱点着，向着碑石虔诚礼拜时，我也在他身后跪下磕了头。

办完这事，洪运叔让我进屋坐坐。他这地方我来过多次，这次进去发现，屋里基本上还是老样子，迎门一张八仙桌，上面放了文房四宝；靠北墙放了半截碑石，上面放了茶具；南墙的窗下，则支着一张床。唯一的变化，是正面墙上贴了一整张宣纸，上面用正楷写了四个大字"德配天地"。

我知道，洪运叔读过一些书，给儿子起名为"德配"，意思是让他时刻记得，人生在世，应该像庄子说的那样，德配天地。他现在把这四个字写在这里，大概是为了警示儿子吧。

洪运叔见我看那字幅，摇头道："咳，本想让他德配天地，现在是德配狗屎了！德发，你有空劝劝你兄弟，我是没有办法了。"我点头道："好吧。"

这天晚上，我正和父亲喝茶说话，只听院门一响，接着是一声故意显示自己存在的咳嗽声。我起身到门口看看，来人也正好走到了屋檐下面——是德配。我说："德配弟来啦？"德配话音里带着不悦：

"来了。我爹说你找我,我知道你找我干啥。"我笑着说:"哦,你知道?"德配将两眼一瞪:"不就是劝我别跟郑玲好吗?大哥我跟你说,甭看你在县里当官,你的话在我这里屁用不中!我就是要跟郑玲好,谁也劝不了我!"说罢,他扬长而去,还把院门摔出一声重响。

我回头对父亲说:"你看这孩子,他怎么这样!"

我父亲摇头道:"真没想到,咱家出了这么一块货!你爷爷活着的时候说过,咱赵家没有这号种,都是叫电视电的!"

我知道,自从电视机出现在农村,它带来的现代理念,它展示的城里人的生活方式,在很大程度上改造了农民尤其是青年农民,正面效果有,负面效果也有。这也是中国几千年未有之大变局之一。

清明节是为我爷爷立碑的时间。父亲在电话里和我说,他们先去拉碑,让我和二叔回村后直接去林地等着。我和在县供销社工作的二叔一起早早坐车,七点钟就到了位于村东的赵家林地。然而等了半个多小时,却一直不见我爹他们过来。正要回村看看,两辆扎着红彩带的拖拉机载着我爹他们来了。拖拉机停下,众人把盖了大红布的墓碑以及碑座抬到我爷爷坟前。

这当空,我发现洪运叔的脸上有几条红道道,眼角带着泪水。我想,泪水在他脸上不是稀罕物,但那红道道是怎么回事。问过我五叔,才知道去拉碑的时候出了乱子:我爹兄弟五个本来凑了一千块钱,准备给洪运叔的,可是洪运叔说,大爷待我恩深义重,给他刻碑就当作报恩,钱是决不能收的。可是德配不干,往他大爷爷的碑上一坐说,不给钱,谁也别想把碑拉走。洪运叔气坏了,上去就打儿子,可是儿子却把他一拳捅出老远,让他碰到别的碑石上把脸划伤了。我的几个叔都气坏了,一齐上去痛打德配,打得他嗷嗷叫唤。打完了,我爹把一千块钱摔给他,然后把碑装车运走。

我二叔听说了这事,恨恨地说:"应该把那块货拉到这里,当着祖宗的面再把他狠揍一顿!"

大家开始树碑。先把碑座安好,再和好水泥浇在碑座的石窝里,七八个人合力把碑抬起,小心翼翼栽上去。

我退后几步,打量一下这碑,发现洪运叔真是下了功夫:最上面"祖德流芳"四个大字是阳文、颜楷,雄浑凝重;碑文则用阴文、汉隶,庄严肃穆。碑的两边分别刻有"梅、兰、竹、菊"四种花草,碑的下面则是荷叶莲花。可以说,这块碑,体现了洪运叔刻碑技艺的登峰造极。

洪运叔拿出锤子錾子,在碑前用作香炉的石头上凿窝。这是一项风俗,叫作"攒(錾)富",都由石匠在现场完成,完成之后要得赏钱的。洪运叔做这件事的时候,一直泪流不断。我猜,他肯定是想起了我爷爷在沭河滩上率众磨碑的那一幕。

等他凿完,我爹说:"洪运弟,知道你不会要赏钱,就不给你了。"

洪运叔抽抽搭搭地说:"大哥,你要再提钱的事,俺就在俺大爷的碑上一头撞死!"

我爹不再多说,指挥大家燃放鞭炮,而后给我爷爷上香,上供,烧纸,磕头。

此后一段时间,我因为单位的事多没有回村。想不到,有一天下午我正上班，洪运叔突然闯进办公室眼泪汪汪道："德发，你有钱快借给我一点，你兄弟住院了！"我问怎么回事，洪运叔说，德配带着郑玲去赶集，路上摔倒了，两人都受了伤，让救护车拉到了县医院，他得到消息后刚从家里赶来。我急忙去银行取了两千块钱，和洪运叔去了医院。

到急诊室向医生打听一下，一个小时前他们果然收治了两个摔伤的年轻人，男的磕破了脑袋，已经包好；女的嘴唇撕裂，正在做缝合手术。我们跑去外科手术室，发现德配的额头上蒙了一块雪白的纱布，呆呆地坐在那里。问他郑玲在哪里，他抬手向手术室的一扇门指了指。洪运叔含泪责问德配怎么会把人家摔伤了，德配不讲，只让他爹到住院处交钱。洪运叔下楼后，我问德配到底是怎么回事，他坏笑了一下："叫感情逼的呗。"他告诉我，以前每次带郑玲出去玩，二人在车上都会忍不住亲嘴。这一回他俩在路上又亲，他把头扭回去，刚刚够到郑玲的嘴唇，没料到车子撞上了一块石头。我拍拍他的肩膀说："兄弟，感情再怎么逼，那些高难度动作还是不做为好。"德配吧嗒一下嘴说："可我忍不住啊！"

洪运叔交上钱回来，我们等了半个小时，郑玲被护士从手术室里推了出来。她嘴上蒙了纱布，看到我们，泪水立刻流到了耳边。

郑玲在医院住了七天，花掉三千块钱。这期间，她的家人谁也没过来看望，只有德配一个人在那里陪护。出院那天，我正准备过去看看，德配却到了我的办公室，说郑玲已经走了。我问郑玲去了哪里。德配说，她自己说，可能去南方打工，也可能去九华山当尼姑，反正是不想回家了。

后来我听说，郑玲从此失踪，一直没和家里联系过。几年下去，村里有个在外打工的人回来说，他去九华山进香的时候看见一个尼姑像郑玲，嘴唇上有一道伤疤。我想，如果那真是郑玲，不知她起了个什么样的法名，在佛前做过多少次忏悔。

德配却没有多少悔意。他照常骑着"雅马哈"四处游逛，能坐下来刻碑的时间极少。这年冬天，他用摩托车驮回一个姓崔的女孩，对父母说，他又有老婆了。那个小崔也开放得很，当天晚上就睡到了德配屋里。洪运叔和我婶子气得通宵未眠，天明时共商一计：为了赶小崔走，吃饭的时候不给她摆碗筷。想不到，这个计策第一次实行，就被两个年轻人彻底粉碎：人家并肩一坐，共用一副碗筷，你喝一口，我喝一口；我夹菜给你吃，你夹菜给我吃，脸不红心不跳，其乐融融。我婶子出来对邻居说：没见过小崔这样的，拿脸当腚使！

见小崔住下不走，洪运叔拐弯抹角问出了小崔的地址，就坐车去了二百里之外她的家中。一讲这边的情况，小崔父母万分惊讶，说光知道闺女在外头打工，好几个月不回家，没想到她办出这事儿！洪运叔让他们快去把闺女领走，老两口急急遑遑地跟着他过来。可是小崔却对父母说，她找到真正的爱情了，不可能离开这里。父母见闺女这般顽固，扑上去痛打，德配却抄起刻碑用的锤錾要和他们拼命，吓得他们狼狈逃窜。

小崔和德配同居半年，眼看肚子变大，洪运叔只好让他们去乡里登记，给他们举行了婚礼。那顿喜酒我没能去吃，因为我已调到日照，离家较远,那天也恰巧有事抽不出身来。

听说,小崔几个月后生下一个女孩。洪运叔老两口也接受了这个起名为雯雯的孙女,高高兴兴地当起了爷爷奶奶。几年后我有一次回村,亲眼见到洪运叔把孙女举到面前,用胡子把她扎出一串串笑声。我还发现,碑厂的门口有一块石板,上面凿出了一双小手。我问这是谁的手,洪运叔说,是雯雯的。他让孙女把手放上去,他拿笔画出轮廓,然后一锤一錾凿了出来。他说,孙女的一双小手在这里,他休息的时候一边抽烟一边看,心里要多甜有多甜。

德配有了老婆孩子,似乎也有点浪子回头的意思。他偶尔骑着摩托外出游逛一回,多数时间都是坐在那里刻碑。听洪运叔讲,德配干活到底是不扎实,干上一小会儿就说手脖子发酸,必须到屋里喝茶抽烟。

后来,德配又一次骑车外出,带回来一个铁皮小箱子,里面装了一件和吹风机模样相似的东西。他对父亲说,以后刻碑,再不用一锤一錾出力流汗了。原来那是花三百块钱买的电磨,可以用它刻字。洪运叔不信,德配就表演给他看。只听电磨吱吱响过,石尘飞起处,文字的笔画被刀片迅速地切割出来。洪运叔看了感叹不已,说自古以来刻碑离不开锤錾,没想到今天换了这种家伙。德配将电磨操作熟练后,用它正式刻碑,效率果然提高了许多。但他懒惰,干一会儿歇一会儿,洪运叔就把电磨拿过去自己学着用。他脑袋灵活,很快掌握了操作要领。他原来一天只能刻一块碑,现在能刻两三块,喜得他经常抚摸着电磨说:"真是个好东西,真是个好东西。"

过了几年，德配又买回了更好的东西：电脑刻绘机和喷砂枪。这样一来，碑文就不用洪运叔写了，德配把它输入电脑，确定了字体与规格，会直接在一种专用贴片上刻出文字轮廓。把贴片敷到碑面上，抠掉笔画用喷砂枪打，随高压气流喷出的金刚砂转眼间就在石头上打出阴文的凹沟。打遍所有的字，把保护膜揭掉，一块墓碑就刻成了。

洪运叔虽然脑瓜灵活，却没能学会电脑，因为他一看屏幕就发晕。这样，电脑刻绘都是由德配操作，洪运叔只负责碑文撰稿和喷砂。写碑文他大多放在晚上，白天都是戴一个灰不溜秋的大口罩，手拿喷砂枪，趴在机器上埋头干活。我有一次回家时去看望他，问他用机器刻碑的感觉如何，他说，快是快，可是电脑里只有几种字体，刻出来的碑文就那几种模样，太单调了，哪像过去我用毛笔写，可以像书法家那样，来点个人风格，来点变化。我说，这就是高科技对传统工艺的伤害啊。

不管怎样，洪运碑厂的效率大大提高，挣钱比以前多得多了。很快，洪运叔买了一辆农用三轮车，让德配开着去费县拉料石，不再让人家来送。原来刻好了碑，都是订碑的人家找车来拉，现在则让德配开车去送。这样一来，收入进一步增加。

德配头脑灵活，还推出了墓碑的新制式。前些年洪运叔做的碑，模样差不多，都是一个长方形石块，只按高低宽窄分成几种规格。有人想给老祖要一块更好的碑，在洪运叔那里一般通不过。譬如说要个戴帽的，那么洪运叔就要仔细询问一番，死者或者他的子孙是不是有功名。这个功名，放在今天解释，应该是县级处以上干部，或者有高级职称，如果达不到这些级别，他决不会给人家做。还有人想在碑上雕龙刻凤，洪运叔更是严词拒绝，说那是皇上皇后才能享受的待遇，平民百姓万万用不得。然而，德配不听他爹那一套，说那些老规矩该进历史的垃圾堆了，现在是商业社会，谁刻得起就给谁刻。他从费县直接拉来一些碑帽和刻有龙凤图案的碑石，以及碑框、抱鼓石之类，在自家碑厂树起一个华贵标本，标价五千，谁来了就向谁热情推荐。有人见那碑确实好看，做孝子贤孙的念头空前强烈，就欣然同意签了订单。洪运叔知道自己无力阻止这些事情，只好躲到屋里，一门心思用喷砂枪刻碑去了。

三年前的清明节，我按惯例回家上坟。刚走到村后，就见洪运碑厂那儿聚集了许多人闹闹嚷嚷。我停车下去看看，原来德配正和一群人在吵。他脸红脖子粗，老是重复一句话："没改！就是没改！"与他对吵的几个人指着旁边的一块碑说："你就是改了，你就是改了！"我发现，其中一人是我的初中同学韩永先，就把他扯到一边问怎么回事。韩永先也认出了我，恨恨地说："你这个兄弟啊，真是够呛！"他嘴喷白沫，愤怒地讲了德配骗他的事情：他上个月到这里定做了一块碑，打算清明节给父亲立，今天一早德配开车把碑送去，拿到钱就走了。可是他发现，这碑有些蹊跷，上面除了刻好的碑文，还能影影绰绰看出另外一些字。原来那是一块坏碑，用胶和了石面子糊平，重新刻的，他就立马把碑拉来，要讨个说法。

我听了韩永先的诉说，去看那碑，发现上面果然是字后有字。我遏制不住满腔怒火，对德配说："你办这种事也太损了！还不快赔人家钱,向人家道歉!"

德配却梗着脖子说:"我没改,凭什么赔他钱?这块碑,他们想要就拉走,不想要就放在这里!"

韩家人被他的态度彻底激怒了,一个个咬牙瞪眼跺脚痛骂。

这时,洪运叔从屋里走了出来。他手拿一卷钱,泪流满面,走到韩永先面前把钱往他手里一塞说:"对不起,实在对不起……"说罢,他往那块坏碑前"扑通"一跪,高喊一声:"奇耻大辱啊!"接着就将头往碑上重重地磕,每一下都磕出好大的声响:"咚、咚、咚、咚……"我急忙上前拉他,他往我身上一歪,眼睛紧闭手脚抽搐。我喊他几声,见他没有任何反应,急忙叫过德配,把他抬到我的车上,向县城飞奔而去。路上,我眼看着洪运叔脑门那儿迅速鼓起一个紫黑色的大包。

到了医院,洪运叔还是没有苏醒。医生看了看,开了单子让他做多项检查。做CT的时候,我和德配在走廊里等待,问他那块碑到底是怎么回事,他低头搓手,向我说了实话。原来,两个月前莲花官庄有兄弟俩来订碑,他极力推荐那种豪华型的,兄弟俩当时都答应了,并且交了五百块钱订金。碑刻好以后,兄弟俩却过来说,这碑他们不要了,因为两个人的媳妇坚决不同意订豪华碑,说她们的公公是个窝囊庄户人,一辈子连个小队长都没当过,凭啥花那么多钱立那种戴帽的碑。妯娌俩火气很大,不但不准树豪华型的,连经济型的也不准了,兄弟俩无奈,只好过来退碑。德配觉得这碑废了太可惜,就去买来云石胶,和上石粉,把那些字抹平了重刻,没想到,叫老韩家人认了出来。

我问德配:"在这碑上做手脚,你爹知道吗?"

他说:"怎么能让他知道?那几天他正好下地种花生,不在碑厂,我自己搞的。"

洪运叔的诊断结果出来了,是严重脑震荡,需要住院治疗。我对德配说:"常言道,害人如害己,你这回信了吧?"

德配吧嗒两下嘴说:"也怪我爹——把钱退掉就行了,他撞碑干啥呢?"

我说:"我理解他。在他眼里,诚信与名声是比生命还重要的东西,他怎么能容忍你对客户的欺诈和对死者的侮辱?"

德配不吭声了。

我回日照之后,多次打电话向我弟弟问洪运叔的情况,得知他在县医院住下后,一直昏迷不醒。伺候他的是我婶子,德配只是偶尔过去看望一趟。那个小崔,只带着孩子去过一次。半个月过后,洪运叔还是不醒,德配说,成植物人了,再住下去白撂钱了,就把他拉了回去。好在我三婶能用心服侍,通过插在洪运叔鼻腔的一根管子,天天往他胃里灌营养汤,另外天天给他接屎接尿,擦洗身体。

此后一段时间里,德配办了一件大事:把碑厂和家搬到了县城。他在城西公路边租了一块地,建起几间房子,挂出了"德配石刻厂"的牌子。他还在城里买了一套房子,把爹娘和老婆孩子都拉到那里居住。他向人说,到县城住,事业发展空间大,另外,给他爹看病方便,孩子上学方便。有人说,德配是坏了名声,没脸在村里住了。也有人对他的做法给予积极评价,说他是良心发现,懂得尽孝了——他爹一辈子没住过楼房,现在就是躺在那里做植物人也是幸福的。

洪运叔做了幸福的植物人之后,我到县城看过他。德配买的房子在一个新建的小区里,三室一厅,一百四十平方米,我去时只有婶子在家。我到洪运叔床前叫过一声,发现他眼角有泪,然而我再喊他,他却没有任何反应。婶子告诉我,洪运叔虽然成了植物人,可他还是爱哭,一天到晚泪水不断。

我默默地看着洪运叔,不知不觉也湿了眼窝。

洪运叔在县城躺了半年,终于有一天停止了流泪,也停止了呼吸。德配将他在县城殡仪馆火化成灰,送回村里,埋进了赵家老林。我去送殡时,发现德配连一个泪珠子也没掉。几个堂兄弟在一起议论这事,有一位说,他经过认真回忆,就没记得德配哭过。另一位说,那是因为洪运叔太爱哭,把两辈人的泪水都用完了。

再后来,我听说德配在县城发达了。他购置了大型数控刻碑机,不光做死人的生意,也做活人的生意。县城里的一些单位,这几年贪大求洋,竞相在门口放一块巨石,刻上单位名称或者豪言壮语,有的还要弄来大块的泰山石以辟邪,这些工程他都能承办。他还上了石雕项目,雇来许多工匠,雕刻出众多的人物和饰物。我回老家时都要经过"德配石刻厂",见那个大院里不光陈列着墓碑、牌坊、狮子、石塔之类,还有好多个孔子、好多个维纳斯女神、好多个观音菩萨,林林总总站成一片。

去年夏天,我陪一帮外地朋友在日照海边游览,遇见一群泳装美女正在沙滩上摆出各种很性感的造型照相。照着照着,一位只穿泳裤、严重发福的中年男人跑上去与她们合影,并且十分夸张地打出"V"形手势。

摄影师摁快门时大声喊:"口袋里有什么?"

美女和中年男人齐声应道:"钱!"

我发现,有些人拍照时说"钱"而不说"茄子",脸上的笑容会更加灿烂。

不过,我觉得那个中年男人面熟。仔细一看,哎哟,这不是我的德配弟吗?

我喊他两声,他发现了我,急忙拽着大肚子底下的小裤头跑了过来。我问他怎么和这群美女搞到了一起。他嘿嘿笑着说,县里成立了模特协会,他提供赞助,当上了顾问,今天和模特们来海边拍写真照。

说话间,一位身材匀称、肌肉发达的老男人走了过来。我一看,原来是县文化馆的老符。德配介绍说,他是县模特协会的会长。符会长不自然地笑着和我握手,说,退休了,再找点事儿干干。我知道这人以前搞舞蹈,绯闻一直不断。现在退休了,又找这事儿干,可谓宝刀不老。

得知我和德配的关系,老符一个劲地向我夸奖德配:"赵总是个非常有文化有品位的企业家,是个有造诣有成就的石雕艺术家,有了赵总的鼎力相助,咱们家乡的模特事业才开始起步,并走向辉煌。"我冷笑道:"你们俩是珠联璧合了。"

刚说完这话,那边一个高个子小美女不知有什么事,连声喊叫:

"会长、赵总,你们来呀!"我让他俩快忙,转身领着朋友走了。

那年冬天,家乡几个族老到日照找到我,商量续修《赵氏族谱》的事情。族之有谱,犹国之有史也。赵家那位老祖宗明朝初年从江苏东海县过来,在沭河东岸停下脚步,筑屋垦荒,娶妻生子,五百年后他的子孙遍布鲁南几十个村庄,把这个繁衍过程完整地记载下来很有意义。我与他们仔细商量了撰稿、筹资、印刷、发谱等具体事宜。我们商定,这一次修谱实行重大改革:不再沿用千百年来家谱上只有男性的传统,让女性也上。不只记录赵家男子配偶的姓名,也记录每一位女性后代。已婚者还要注明嫁往何处,丈夫是谁。关于族谱印刷及出谱庆典的费用,我们决定让赵氏家族每人出两元钱,多者不限,尤其是欢迎有财力者踊跃捐献。这笔钱的收集,每村安排两个人负责。

我弟弟和一个堂弟负责收集我们村赵姓人的钱。我回家过年时,问起收钱的情况,弟弟说:"遇到麻烦了,德配就是不交。"我问怎么回事,弟弟说:"本来觉得德配有钱,捐个一千两千的不成问题,没想到把这意思跟他一说,他嗤之以鼻,说已经到了二十一世纪了,还搞这些封建时代的老把戏干啥。他不但不捐献,连每人应交的两块钱也不交。他说,他的名字,上谱不上谱无所谓,因为他现在已经上了《中国企业家大辞典》《中国艺术家大辞典》《世界杰出华人大辞典》,还有希望上新修的县志,一部小小的《赵氏族谱》算什么?"

我听了弟弟的转述,苦笑加长叹,唯此而已。

今年,是洪运叔去世三周年。清明回家上坟,我见他的坟前光秃秃的,就对弟弟说:"德配是刻碑的,就不能为他爹树一块?"弟弟说：“听说德配已经刻好了，嫌清明节太忙，打算上三年坟的时候树。”

五月十六是洪运叔的忌日，我那天请假回了老家。到林地里看看，见赵家人到得很少，尤其是青壮年，只有五六个而已。我知道，多数青壮年都外出打工去了。我忧虑地说道："等一会儿树碑，这几个人抬不动呵。"弟弟说："没问题，德配厂里有人，还不带来几个？"

果然，德配坐着奥迪轿车过来时，带来了一辆汽车、一台吊车和好几位精壮汉子。

老少三个女性从轿车上下来，直奔洪运叔的坟前，那是洪运婶子、她的儿媳妇小崔和孙女雯雯。婶子和小崔到了坟前放声大哭，正上初中的雯雯也跪在那里擦眼抹泪。

赵家的女人们自然围上去劝慰。让人不解的是，我婶子和雯雯很快止住哭泣站了起来，小崔却哭倒在坟前，谁也拉不起来。我想，身为儿媳，这样痛哭，心里肯定有事儿。

我四婶到我跟前小声说："大侄，小崔这么能喊，你知道为什么不？"

我摇摇头，说不知道。

四婶说："听说，德配整天玩摩托，把她气得够呛。"

我说："德配有小汽车了，还玩摩托干啥？"

四婶说："我也不明白。这个小崔也真是，男人玩个摩托，就值得你这样喊？"

我突然明白，摩托，乃模特也。

那边，德配正一手扗腰，一手指挥，让工人们用吊车把墓碑的组件——卸下，在坟前快速组装。不到半个小时，一座在我家乡十分罕见的豪华墓碑就树了起来。它用上等的费县青石做成，又高又大。它上有石帽，下有莲花座，两边的框上刻着两条龙，都是脚踩祥云张牙舞爪。

我再去看碑文，却发现了一个问题：它不合黄道。

我的心"咯噔"一跳。因为我记得，洪运叔当年讲过，如果碑文不合黄道，墓主的阴魂会流落野外，找不到回家的路。

"道远几时通达，路遥何日还乡？"

我想，洪运叔的魂灵如果看到儿子为他立的碑，一定会反复念叨着这两句话，在荒野中大泪滂沱、奔走哭号的。

摇滚七夕

疯了,全都疯了。梁锟看着狂欢的人群在心里说。

台上的歌手在疯喊,台下的歌迷在疯跳。这是一个气场。这是一个气旋。谁说台风"梅花"还在东海?它已经来到了黄海之滨的日照市,来到了奥林匹克水上公园的太阳广场!

rua——,rua——,用钢铁构件背水而建的"唐舞台"上,一个染了红头发的歌手光着上身,正一下下用话筒的尖尾戳向自己的裆部,整个身体随之一下下猛烈蜷曲。由于超常用力,他的腹背凸起大片的肌肉疙瘩。他的歌唱没有词儿,只有"rua"这一个音节。他的声音,像是从他用花裤子包紧的裆部迸发出来,经历了大肠小肠十二指肠以及食道和气管的挤压,又经过不知谁用石块砌在他喉咙里的狭窄通道的磨砺,粗糙不堪,类似兽吼。加上架子鼓的重重敲击,加上舞台两边像黑房子一样大小的音箱助纣为虐,梁锟耳膜的承受力到了极限,仿佛再增加一个分贝就会訇然洞穿。他多亏临来之前恶补了一下摇滚乐知识,知道这是"死亡金属"流派的主要唱法"黑嗓",不然会被彻底吓傻。

人群的上方,是密匝匝的一片"死亡之角"。乐迷们捏住拇指、中指、无名指，只伸出食指和尾指，随着音乐节奏猛烈耸动。这个手势也可以视为猫头，据说是为了纪念摇滚巨星猫王。但不管怎样，人类与生俱来的死亡冲动与生命激情通过这个手势和"黑嗓"唱法挥洒得淋漓尽致。

梁锟想：向死而生，向死而乐，这大概是摇滚乐让某些人疯狂的深层原因。

乐迷们一边耸动手上的猫头，一边摇晃自己的人头。在这两层头的上方，还有许多旗子在大幅度挥舞，分别显示着"日照骨头""日照暴动""蘑菇""红领巾"等字样。其中"日照骨头"是一面白旗，上面似乎印着杰克逊的画像，但仔细看看，却是一个头骨。场外，不知是谁还放起了焰火，一声声爆炸，一阵阵硝烟，让"唐舞台"像当年"安史之乱"中的某个场景了。

梁锟的乡党桑彤彤早已被这如火如荼的气氛彻底点燃，她举起一只猫头，挤在人群里高声呐喊、剧烈跳动，大红圆领衫里的双乳，像被摇滚乐手安上了遥控装置的两只魔球，一上一下跳个不止。梁锟想，我和她认识之后，在长达一年的时间里从没见过她如此疯狂。当然，身为小学教师，是要讲点儿师道尊严的，再说，那个位于关中平原最西部的小县城也不是可以疯狂撒野的地方。梁锟在QQ上和桑彤彤聊天时，桑彤彤就多次抱怨生在这个内地小县城太郁闷、太憋屈。在梁锟看来，大学毕业后能考上小学教师，而且被分到县城重点小学，每月领一千六百元的工资，对于一个农家子弟来说也够幸福的了。可是桑彤彤却不这么想，她说，父母都是孩子王，我再当孩子王，天天教小屁孩唱"小燕子,穿花衣"之类,这样的人生实在让人无语。

这个暑假,桑彤彤果然"无语"。放假后梁锟一直在乡下帮父母干活,把那些尼古丁达到最佳含量的烟叶掰下卖钱。他白天钻烟地,晚上必定用手机到育才小学教师QQ群里逛一逛,想看看同事尤其是桑彤彤在干什么。那些同事,有的在家闲着,有的出门旅游,有的学开车,桑彤彤却一直没有露面。平时,桑彤彤在QQ群里是十分活跃的,不是推荐她喜欢的流行歌曲,就是发表对校方、对社会的不满言论。而这个暑假,她竟然销声匿迹了。桑彤彤有博客,梁锟经常去看,发现最后一篇博文还是放假前贴出的。桑彤彤也开了微博,梁锟当然是她的粉丝,但假日里没见她发过一条。他曾给桑彤彤发短信,问她在忙什么,她只回了两个字:喘气。梁锟忍着笑问:喘气还成了活儿啦?桑彤彤回复:对,简直要憋死姑奶奶了!

前天晚上,他突然发现桑彤彤在QQ群发了一条帖子:

2011海洋迷笛音乐节今日开幕,崔健与歌迷唱响山东日照!

偶稀饭老崔,偶稀饭摇滚!谁与偶一起去日照请报名,偶马上去买明天的火车票!

你问我要去向何方,我指着大海的方向!

梁锟看见,有的同事跟帖说,老崔在音乐节上就露一次面,现在早已离开日照了。桑彤彤说,他走了,还有几十支国内外的乐队先后登台呢。有同事说,离日照那么远,赶不上了。桑彤彤说,明天下午坐火车出发，能赶上最后两场。还有同事说，台风"梅花"正沿着我国东部沿海一路北上，日照也会遭遇台风吧。桑彤彤说，去感受一下台风，也是今生有幸啊。我以为，人的生命中不能没有一场台风！

梁锟马上跟帖，说他要去。见梁锟响应，桑彤彤立即发给他一个红唇。虽然这个吻是虚拟的，但梁锟还是激动不已。不过，随即有三个同事也要去，也一一得到了红唇。

其实，梁锟并不喜欢老崔，也不喜欢摇滚，他只喜欢想去看老崔和摇滚的桑彤彤。自从参加育才小学的招聘考试，他认识了在宝鸡师范学院音乐系毕业的这个小乡党，从此每一夜的睡梦中都闪动着她那双美丽的猫眼。一年来，他向桑彤彤频频示爱，发短信，发邮件，在QQ群里向她献殷勤，甚至直接打电话约她吃饭，可是桑彤彤对他不理不睬。梁锟追不到桑彤彤，却也没听说别人得逞的消息，便拜托同事马燕燕了解桑彤彤的真实想法。马燕燕告诉他，不用了解，她早知道彤彤不甘心在这地方过一辈子。梁锟想，还有什么不甘心的呢？现在大学生就业难于上青天，能考上教师，有个固定工作，就是今生最大的造化。梁锟也曾想过，道不同不相为谋，他干脆放弃桑彤彤另找别人吧，可是他一见桑彤彤那双圆圆的猫眼，心里就忽忽悠悠激动不已，就继续追了下去。他知道，如果这次不陪她去日照，肯定会前功尽弃。

然而，他在家里讲了自己的决定，父母却大摇其头。母亲说："俄的娃呀，人家桑彤彤是城里人，瞧不上咱的，俄看你就死了心吧。"梁锟说："这次如果追不到，去看看大海也好。"父亲说："那个大海有什么好看的，俄没看过大海，照样娶了你娘，生了你和你姐两个娃。"梁锟气结，不再跟他们讲话，第二天一早就回到了县城。他发短信问桑彤彤到哪里集合，桑彤彤说，下午三点在宝鸡火车站候车厅门口。他坐长途汽车早早去了，却只等到了桑彤彤一个人。他问别人怎么没来，桑彤彤的猫眼里闪动着蔑视的光芒："哼，一个个都是抱窝鸡，昨晚在QQ群里叫唤几声去、去，今天一早都变卦啦。"梁锟心脏狂跳着问："你是说，就剩下咱们两个？"桑彤彤说："你要是后悔，现在也可以撒丫子回家。"梁锟说："让我也当抱窝鸡呀？要抱窝也得到海边去！"桑彤彤将两只猫眼异常明亮地眨了几眨："好啊，走吧！"在跟着桑彤彤进站的那一刻，梁锟全身酥软，腿都抖得走不成直线了。他心里说：天助我也，天助我也。要知道，明天是七夕，中国的情人节呵！

红毛歌手唱完一段，恢复人声，大喘着向下面吼道："死亡之墙！快筑起你们的死亡之墙——"

梁锟借助舞台右侧的大屏幕看见，那位歌手的鼻翼上有一枚金光闪闪的鼻钉。

人群立即骚动起来，并急剧向外膨胀，梁锟连忙拉住桑彤彤的手以防挤散。转眼间，几千位乐迷勾肩搭背，成为一道道人墙。桑彤彤左手搭在一位男孩肩上，右手搭在梁锟肩上。不过，梁锟之外再无他人靠近，他只能是人墙的最后一块砖石了。

乐迷们将腰深深弯下去，将脑袋深深低下去，向着舞台，向着舞台后的大片海水，有节奏地甩动起来。那些长长短短、颜色各异的头发,甩出了一片恍惚一片怪异。几十道人墙,仿佛是台风从大海中吹出的一道道狂涛。

红毛歌手高喊:"台风来了!死亡来了!台风,台风!死亡,死亡!"接着再用"黑嗓"嚎叫:rua——,rua——

梁锟却无法让自己像桑彤彤和其他乐迷那样投入那样疯狂。他将脑袋甩过十来下之后,觉得自己的行为滑稽而荒谬,就停了下来,扭过头冷眼旁观。他见桑彤彤得意忘形,将一头褐色碎发甩得像扫地机上的圆形扫帚,便忍俊不禁。桑彤彤觉出了梁锟肩背的笑颤,将他一推:"笑什么笑,滚一边去!"

于是,梁锟就脱离"死亡之墙",去一边站着作壁上观了。他发现,在场地四周作壁上观的有上千人,以中老年人居多。梁锟想,看来,自己已经老了,融不进眼前这个年轻群体了。不过他又想到,自己无法放开,其实是父母教训的结果。他小时候,如果遇上让人高兴的事情忘乎所以,父母马上会板起脸呵斥:欢什么欢?狗欢没好天!久而久之,他就时刻忘不了把尾巴夹紧,整天提醒自己要老老实实做人……

红毛歌手终于吼完,指着下面大叫:"你们牛×!"

乐迷们受到表扬,将"死亡之墙"拆散,一边重新集结,一边狂喊:"牛×!牛×!"

歌手去台侧摸出一瓶啤酒,仰着脸一气灌到肚里,将酒瓶向台侧的水中一抛,回头说:"今天是他妈的七夕,这会儿牛郎哥正和织女妹妹在天上发骚干好事呢!向他们学习!向他们致敬!我要沐浴着他们二位漫天抛洒的爱液,献给现场所有的姑娘们一支情歌!"

台下欢呼雀跃。有人向空中挥洒饮料,还将饮料瓶高高抛起,引发了一阵阵骚动与尖叫。

音乐再度响起,台上的几位乐手一边奏乐一边大幅度甩头,架子鼓手发疯地敲打着面前的众多响器。红发歌手在舞台上蹦跶一圈,再度开唱。他还是用"黑嗓",歌词一句也听不清,但他通过吼唱发散出的荷尔蒙气息却弥漫了全场。

梁锟站在那里呆若木鸡。他万万想不到,牛郎织女这个千古流传的动人故事,七夕这个浪漫至极的主题,竟然被摇滚歌手这样演绎。昨天,毕业于中文专业的他在火车上预谋了一夜,准备以七夕做文章来打动桑彤彤的芳心,今天一早躺在上铺念起了秦观的《鹊桥仙》:"纤云弄巧,飞星传恨,银汉迢迢暗度。金风玉露一相逢,便胜却人间无数……"躺在中铺的桑彤彤显然是懂了,开口唱起邓丽欣的《七夕》:"问织女怎会热爱牛郎,泪隔几光年,悠长似饿狼……"听着桑彤彤的歌声,梁锟大着胆子,向下铺伸出了一只手。桑彤彤握住他的手继续唱:"这七巧佳节,渡鹊桥一趟,天规那管免,还是慌……"梁锟紧紧握住桑彤彤的手,趴在铺上泪水涌流……下了火车转坐汽车,刚刚上路,桑彤彤就眨动着她的猫眼对梁锟说:"谢谢你能陪我到海边听摇滚,过七夕。"说罢,将脑袋靠上了他的肩头。在桑彤彤的枕骨触及梁锟左肩锁骨的一刹那,梁锟觉得台风"梅花"整个地转移到了他的胸腔:香风狂飙,电闪雷鸣,成就感急剧膨胀,幸福感快速飞旋……

梁锟现在想，海洋迷笛音乐节就是为我和桑彤彤搭建的鹊桥，太阳广场南侧的帐篷就是我俩欢聚的天堂。到达日照之后，他本来想找一家旅馆的，出租车司机却告诉他，太阳广场有帐篷出租。桑彤彤说："好，咱们就住帐篷，住帐篷多浪漫呀。"来到这里果然发现，在绿茵如毯的草坪上有几百顶花花绿绿的帐篷，出租帐篷的大叔说，每顶每天五十元。梁锟看一眼桑彤彤，壮了壮胆子，只掏出五十元给人家，桑彤彤却没有任何反对的表示。梁锟心花怒放，一进那顶蓝色帐篷就把桑彤彤搂在了怀里。桑彤彤响应了他，倒在地铺上与他拥抱、热吻，而后与梁锟并排躺着，唱起了崔健的那首《花房姑娘》："我独自走过你身旁，并没有话要对你讲。我不敢抬头看着你的，噢……脸庞……你问我要去向何方，我指着大海的方向……"梁锟不会唱这支歌，只是躺在那里一边聆听，一边偷看桑彤彤的两座乳峰伴随着她的歌声起起伏伏。等到桑彤彤唱完，梁锟说："彤彤，你就是……你就是我的花房姑娘。"桑彤彤侧过身来将梁锟搂住，说："这话我爱听。"梁锟热血沸腾，正要跃到桑彤彤身上趁热打铁，却有响亮的打击乐突然传来。桑彤彤将他一推："时间到了，听摇滚去。"梁锟只好悻悻起身，陪她走出帐篷。

……红毛歌手献给姑娘们的歌还在唱着，乐迷们不知被谁带领，突然分成左右两群，相互冲撞起来。一下，再一下，或用肩膀，或用屁股。每撞一下，都伴随着男孩女孩们的尖叫。梁锟想，这样的冲撞很危险，会伤人的，急忙去看桑彤彤在不在其中。可是，桑彤彤已经找不到了。他想起，在"死亡之墙"解散的时候他就看不到桑彤彤了。他大声喊：彤彤！彤彤！可是他的声音湮没在海啸一样的狂欢声中，不起任何作用。他正万分焦急，人群突然停止碰撞，都看着舞台上嗷嗷大叫。原来，一位西方男人赤裸裸地蹿到了台上，展示着全身的雪白和一处棕黄，向台下嚷嚷着什么。不过，有两位警察很快跳上台去，用一块布单把他的私处遮住，赶紧带他下去。

红毛歌手终于结束演唱，向全场做了几个飞吻之后，和他的乐手同伴走向后台。

香港的一支乐队登场了。主唱高鼻鼓额，化了浓妆，长发拖到腰间。梁锟以为那是个女的，却听到他用男声说话。他用粤语普通话讲，他之所以来日照，是因为一只熊。说着，他将手指向了舞台左侧。梁锟这才注意到，那里有一幅招贴画，上面一只黑熊戴一副潜水镜，右爪做出"爱"的手势，正在蓝色的大海里畅游。长发歌手说：这届迷笛音乐节把主题定为"爱熊行动"，抵制活熊取胆及熊胆制品，我们一千个响应，一万个响应！我爱月亮熊！拯救月亮熊！他高举双臂喊过几声，然后将长发一甩，亮起了他那纯粹的男嗓。

他唱了三首退下，其他乐队相继登场。

等到唐朝乐队上来，歌迷们齐声呐喊："梦回唐朝！梦回唐朝！"

又瘦又高的主唱果然唱起了他们原创的那首著名歌曲：

菊花古剑和酒，被咖啡泡入喧嚣的亭院，异族在日坛膜拜古人月亮，开元盛世令人神往。风吹不散长恨，花染不透乡愁，雪映不出山河，月圆不了古梦。沿着掌纹烙着宿命，今宵酒醒无梦，

沿着宿命走入迷思，梦里回到唐朝……

梁锟让这首歌深深感动。他想，有文化内涵，有历史厚度，有生命激情，这才是真正的中国摇滚。

受感动的不只是他，还有全场所有的乐迷。他们跟着歌手一起高歌，一起吼叫，许多人还打出了"我爱你"的手势。

梁锟发现，人群中有两块纸牌高高举起，上面分别写着一个手机号码，举牌的都是女孩。他忽然明白，这就是摇滚音乐会上常见的"果儿"——乐意为摇滚歌手献身的女粉丝。他在网上资料中看过，没承想能在这里亲眼见到。

歌手唱完一曲，嘶哑着喉咙指着举牌女孩说："号码记下啦，统统记下啦！我爱你们！"说罢向她们连打飞吻。全场又是一阵尖叫。

梁锟想，今夜，歌手与"果儿"会度过一个怎样迷狂的七夕啊。

正这么想着，那位主唱突然跳下舞台，跨上横在乐迷前面的铁制围栏，把话筒塞进嘴里，背对着人海四肢大开仰面倒下。梁锟知道，这叫"跳水"。果然，一大片乐迷的手组成水花接住了他，并把他向别处传递。台上，几位乐手疯狂奏乐，下面，男女乐迷与歌手疯狂地"零接触"。梁锟看见，有一些女乐迷等到歌手到了头顶，热烈地跳着高去亲吻他的身体。

歌手在乐迷手上转了一圈，主动落地，跑回台上，拔下嘴上的话筒继续演唱。下面的围栏上，则有一个又一个的男女歌迷学他玩起了"跳水"。梁锟担心，如果有人仰倒，下面没人去接，岂不是很危险。

·229·

但他看到的是，每当一个跳下，都会自然而然地漂浮在人海之上，尽管人海一直在喧嚣，在沸腾。

有一个女孩在围栏上高高站起。梁锟惊讶地发现，那人竟然是桑彤彤。俄的神呀，这个小乡党真够野的！心里刚闪过几个惊叹号，桑彤彤就像惊叹号一样漂浮在人海之上了。梁锟怕她吃亏，踮起脚来一直瞅着她，眼见她飘到了人海中间，又打了一个旋儿去了右侧。梁锟急忙跑过去，在人丛中挤来挤去，终于找到刚刚落地的桑彤彤，拉着她的手腕走到了人群外面。

他问："怎么样，伤着了没有？"

桑彤彤依然兴奋异常："没有，真他妈的过瘾！"

梁锟看了看表说："都九点多了，咱们还没吃晚饭呢，快到那边吃点吧。"

桑彤彤回头看着沸腾的人海，依依不舍。梁锟说："吃了饭再来玩好不好？"桑彤彤这才跟着他往餐饮区走去。

走出一百来米，到了太阳广场的人工河畔，见一群年轻男女正扯着写有"日照骨头"的旗帜站在那里，前面有一个光头青年以"唐舞台"为背景，在接受电视台记者的采访。

光头青年挥舞着拳头，向摄像机镜头大声道："什么是日照骨头？日照，是我们生长的地方！骨头，就是坚硬的骄傲的年轻的心！我们热爱带着咸味的潮湿的空气！我们热爱每天涌起又退去的海水！我们热爱酒瓶碰响时敞开了嗓门的那一声'哈！'……燃烧起来吧！我们的小宇宙！沸腾起来吧！我们的热血！你看，通红的血光映亮了我们僵硬麻木伪善的脸。我们相信还有能够依仗的信仰，让活的盎然的该死的傻×消失！我们相信还有能够迸发的力量，让我们逆着时间的风暴所向披靡！我们更相信，我们身边有坚硬的我们，让我们立在尘世之巅坚定不移！我是骨头！我们是日照骨头！"

听到这里，桑彤彤向他一竖拇指："牛×！"

电视台记者将镜头对准了她，她"咯咯"笑着跑走了。

二人来到餐饮区，见这里坐满了歌迷，大家吃烧烤，喝啤酒，闹闹嚷嚷。梁锟好不容易挤上去，买了两个盒饭和两瓶啤酒，找到空位坐下，却见桑彤彤站在那里揉着肩膀，嘴里"咝咝"地吸气。梁锟问她怎么了，她扯起圆领衫的短袖让他看，原来肩膀上出现了一块青紫。梁锟说："人群冲撞得那么猛，我就担心你会受伤。你看，果然。"桑彤彤拍了拍左胯："这儿还有呢。"梁锟说："快让我看看。"桑彤彤娇嗔地瞪他一眼："这儿能随便看吗？"梁锟遗憾地摇摇头："唉，看你再敢疯，让人撞得骨折你就老实了。"桑彤彤顿着下巴说："就疯，就疯，人生难得几回疯嘛！"

吃完盒饭，把两瓶啤酒也喝掉，梁锟建议回帐篷休息一会儿，桑彤彤却不答应。她说，这个音乐节有三个舞台，咱们只看了唐，还有宋和元没看呢。说罢向人打听另外两个舞台在哪里。问明白之后，拉上梁锟就走。

"宋舞台"在目标塔那边。梁锟在网上看到，太阳广场是日照奥林匹克水上公园的一部分，这个有9.2平方公里之阔的水上公园也是世界帆船比赛基地，许多全国和世界性的赛事都在此地举行。目标塔，是为在海上比赛的船员们提供方向坐标的。2007年1月，一个叫翟墨的人从这里出发，用两年半的时间完成了自驾帆船环球航海一周的壮举，成为"单人无动力帆船环球航海中国第一人"。梁锟一边走一边向桑彤彤讲这件事。桑彤彤说："可惜四年前我不知道，如果知道的话，我一定陪着翟墨去航海。"梁锟笑道："有你陪同，翟墨肯定半途而废。"桑彤彤点点头，捂嘴而笑。

目标塔离"唐舞台"有几百米远，让蓝莹莹的饰灯勾画出船帆一样的轮廓。塔下，果然有一座舞台和大片歌迷。他俩走过去，见舞台上有一支女子乐队正在演出。桑彤彤兴奋地说："我认出来了，这是中国著名的女子朋克乐队巫女，我在网上看过她们的视频！"梁锟看着舞台上五位女子的打扮并不太出位，演唱风格也不像"金属"之类那么闹腾，就说："她们不像巫女啊，倒像几个淑女。"

一会儿，巫女结束演唱。一个大胡子男人带着几个乐手上台，全场人立即鼓掌欢呼。

大胡子走到麦克风前面，平平淡淡地说了几句开场白，就弹着吉他唱了起来：

我们今生有缘在路上
只要我们彼此永不忘
朋友啊让我们一起牢牢铭记呀
别在乎那一些忧和伤……

他一开口，桑彤彤就跟着唱。多数歌迷也唱，舞台下面和声一片。

梁锟却不会唱，他站在那里惭愧地想："我真是个乐盲啊。"

唱罢一曲，大胡子又唱起了一首《幸福里》。梁锟听见他用歌声叙说：有个楼盘叫幸福里，四万多一平米。我每天赚钱很努力，花钱也很小心，可是要住进这幸福里，需要三个多世纪，我买不起呀……

听着他的歌唱，梁锟想起了他的房子问题。他工作的那个县城有个楼盘叫幸福花园，每平方米只要四千，是北京幸福里的十分之一，可是他也买不起。光是首付的十万块钱，他就不知到哪里讨弄去。听着听着，梁锟心里酸楚难耐。

头两首歌，大胡子是坐着唱的，拨弄着怀里的吉他像在向朋友说着心里话，聊着家常。唱罢《幸福里》，大胡子站了起来。他把麦克风调高，默立片刻，而后说："我要把下面这支歌，献给7月23日在温州铁路上遇难的同胞，愿他们在天堂里安息！"说罢，他高举右手向天上一指。

歌迷们齐刷刷举起右手，指着头上阴云笼罩的夜空。

梁锟想起两周前发生的那个大事故，心中不免疼痛，也高高地举起了手。

大胡子收回手，弹起了前奏。那种力度，差一点就要让琴弦断掉。当他嘶哑着嗓子唱出第一句时，所表达出的愤怒与悲怆立刻感染了全场，歌迷们无不动容，如林的手臂齐刷刷指向天空。

梁锟想，原来摇滚歌手并不只是玩世不恭、放浪形骸，他们也有人文关怀，也有社会责任感。他听着大胡子的歌声，仿佛觉得在乌云之上，那些遇难者的灵魂眷恋着亲人、惦记着未竟的事业或者学业，在俯瞰大地，长歌当哭……

他手指天空，泪流满面。旁边的桑彤彤也是如此。

大胡子唱到最后，简直是在咆哮在怒吼。把最后一句唱完，他将吉他高高举起，在舞台边沿"啪"的一声摔得粉碎，而后转身离场。

舞台下一片哭喊。有一些人则拥挤到台下，抢捡那些吉他碎片，警察急忙上前驱散了他们。

又一支来自德国的乐队登台演唱。日耳曼民族的面孔，爵士乐的风格，让现场的悲壮气氛有所缓和。

他们唱完之后，舞台后面的大屏幕上出现了蓝底白字：

摇滚七夕！

摇滚台风！

据气象部门预报，台风"梅花"明天傍晚到达日照。明天的演出提前在上午11点至下午3点举行，请广大观众届时入场。祝各位朋友七夕幸福！

晚安！

梁锟抓住桑彤彤的手用力一握，在她耳边说："摇滚七夕。"

桑彤彤将他的手捏弄一下，向他暧昧地眨眨眼："摇滚台风。"

二人手牵着手，随着大群乐迷向太阳公园的出口方向走去。

来到"唐舞台"，这边也是人去台空。梁锟说："快十二点了，咱们回帐篷吧。"桑彤彤说:"好。"

往帐篷区走时,梁锟心跳气喘,脚步发飘,似乎自己已经被台风吹到高空,正走在连接成桥的无数喜鹊翅膀之上,成为真正的"鹊桥仙"了。

走了一段,却见一辆大卡车从另一条路上缓缓开出,且播放着震耳欲聋的摇滚乐。再往它后部看去,原来那是个小型舞台,上面站满了随着音乐扭动身体的年轻人。

桑彤彤问旁边一位乐迷,这辆车是干什么的。那人说,这是"元舞台",也是一辆电音车,每天晚上在这里的演出结束后,都要开到万平口海边举行派对,让乐手和歌迷们通宵狂欢。

桑彤彤瞪大眼睛道:"是吗?我们也去!"梁锟说:"通宵狂欢太累了,咱们还是别去了。"桑彤彤却像没听到一样,扔下梁锟跑向了电音车。

梁锟看一眼离他不远的帐篷,很不情愿地随她而去。

到了那儿,车上的人纷纷伸手,将他俩拽了上去。随后还有好多乐迷跑来,但车上已经站满,无立足之地了。

电音车开出太阳广场,驶向海边。路上,梁锟看着这个城市的夜景,忍不住感叹:"俄的神啊,这么漂亮!"桑彤彤说:"就是漂亮啊,不然,联合国怎么会给日照颁发人居奖?"她沉默片刻,又说:"不走了,就留在这儿了。"梁锟说:"梁园虽好,不是久留之地。咱们还有工作呢。"桑彤彤皱起鼻子指着他说:"哼!真不愧是农民子弟!"

梁锟刚要辩解,旁边一个女孩指着前方嚷嚷:"看,潮汐塔!"他转脸一瞧,只见前面有一座横跨水上公园的弓形大桥,大桥的东南方有一个圆锥样的建筑,上面矗立着像玻璃柱子似的小塔,有蓝红两种灯光闪烁。女孩向她的男伴讲,这座塔的颜色,会随着海潮的起起落落而改变。今天是七夕,傍晚的时候落潮,现在是半夜,又到高潮了。

她那光着上身的男伴扬起双臂喊道:"我要高潮!给我高潮!"

一车人大笑不止。

电音车驶过一片树林,停在了海边。远处,大海黑森森一片,无边无际;近处,海浪带着啸声向岸边扑来,被路灯照出一片璀璨。

歌迷们随着电音车上摇滚乐的暴烈节奏,开始在沙滩上狂欢。有的乱扭乱跳,有的歇斯底里大喊,有的在沙滩上翻起了跟斗。有两个男的,紧紧抱在一起狂吻;那个讲解潮汐塔的女孩,被他的男伴搂在沙滩上滚来滚去。

桑彤彤扯着梁锟面对面跳起了迪斯科。梁锟跳得拘谨而笨拙,桑彤彤却舞姿奔放激情飞扬。她那小蛮腰,前后左右剧烈摆动,让梁锟看得眼神发直血脉偾张。他大声说:"回帐篷好不好?"桑彤彤摇头道:"不好!"听她这么说,梁锟只好咽一口唾沫,陪她继续跳下去。

沙滩上的人越来越多,不知都是从哪里来的。大家又跳又叫,电音车前面一片喧嚣。

梁锟正和桑彤彤跳着,一个红头发男人跳到桑彤彤的身后,用屁股撞了她一下。桑彤彤回头一看,惊叫道:"啊?是你?"梁锟认出,那是今晚"唐舞台"上第一支乐队的主唱。

红毛歌手向桑彤彤单独眨一下右眼,扇动着戴了金质鼻钉的鼻翼,又用髋部去撞桑彤彤。桑彤彤不但不生气,还带着一脸兴奋与他对撞起来。

梁锟火冒三丈,拽着桑彤彤就走。到了人群外面,桑彤彤气恼地问:"你干什么?你干什么?"梁锟说:"咱们回去!"桑彤彤说:"要回你自己回,我不!"她想挣脱梁锟的钳制,然而梁锟就是不放。桑彤彤恼了,质问梁锟:"你干吗这样?我来这里一趟,就是要玩个痛快!"梁锟说:"我不愿看见你和别人骚情。"桑彤彤说:"这是什么话?我又不是你的婆姨,你有什么资格管我?"梁锟听她这么说,只好松开手,任她像滑溜溜的海鱼一样从人缝里钻了回去。

梁锟喘着粗气离开人群,坐到了沙滩上。他想,桑彤彤说得对,她不是我的婆姨,我没有资格管她,我只是随她来看迷笛音乐节的同事加乡党而已。

可是,既然这样,她为什么在路上要枕着我的肩膀,来日照之后又同意我只租一顶帐篷,而且还在帐篷里与我亲热了一番?

他忽然明白,桑彤彤这次来日照,其实就是要让她的生命中来上一场台风。而台风的形成需要热量和动能,她一开始也曾把我当作能源,可我这个天性保守的农民子弟满足不了她,她就遵循内心的呼唤,扑向了更加强悍的目标。

唉,摇滚啊,大海啊,台风啊,生命啊……梁锟坐在那儿一个劲地感叹。

坐了一会儿,他到底放心不下,就起身去人群外面站着,踮脚引颈去寻桑彤彤。可是,他用目光将现场几百个人扫描了一遍,却没发现有他的乡党。不只是找不到桑彤彤，就连那个红毛歌手也不见了。

梁锟心中发慌，绕着圈儿再找，但哪儿也没有他俩。

完了，桑彤彤让那红毛领走了。

梁锟离开人群，又到旁边的沙滩上去寻。沙滩上有人，多是成双成对。有坐着的，有躺着的。光线微弱，看不清楚，梁锟不好意思到跟前去辨认，只能大声喊叫："桑彤彤！桑彤彤！"然而，哪一对情侣也没做出反应，都在那里我行我素。

万平口海滩长达千米，梁锟从南端寻到北头，始终没见桑彤彤的影子。

他知道，桑彤彤今夜肯定是做了"果儿"。

这个果儿现在在哪里？红毛正在怎样品尝，怎样消受？

梁锟想到这里，心脏像要爆炸，全身像要着火，只好转身奔向了大海。他一溜烟跑到水边，扑倒在沙滩上，让浪涛呼啸着将他掩埋为他灭火……一波海浪退去了，他觉得胸腔内还是硝烟弥漫，就趴在那里等待着下一波的到来……

有人跑来将他拉起。他睁眼看看，原来是两个男孩，其中一个正是在太阳广场代表"日照骨头"接受采访的那个光头。另一个男孩烫着酒红色纹理发型，文质彬彬。

梁锟甩着下巴上的海水说："不好意思。我不是要自杀，只是遇上点事，心里难受。"

光头拍拍他的肩膀："哥们，咱们喝酒去。"

梁锟说一声"谢谢"，离开了水边。他把衣服脱下来拧干，只穿一条短裤,跟着他们走了。

走到路上,有一个戴眼镜的漂亮女孩迎上来看看梁锟,关切地问:"没事吧?"

光头说:"没事,这哥们真逗,他想到水里听听,'梅花'现在到了哪里。"

眼镜女孩瞪大眼睛看着梁锟:"是吗?就像《让子弹飞》的开头,姜文听钢轨等火车那样?你能听得见台风不?"

梁锟非常感激光头为他撒的这个谎,尴尬地笑道:"听得见听得见,'梅花'已经到了上海了。"

四个人来到不远处的一个小吃摊,光头要了几串烤海鲜和一箱啤酒。他拿出几瓶打开,分放在每个人面前,举起其中一瓶对梁锟说:"哈!"

梁锟这才明白,日照方言,是把"喝"叫作"哈"的。于是摸过一瓶和他"哐"地一碰,"咕咚、咕咚"喝下几口。

烫发头男孩问梁锟是从哪里来的,梁锟说,从陕西来的。光头说:"陕西好,陕西的黄土埋皇上。"梁锟说:"对,欢迎你们到陕西去看坟头。来,哈!"说罢,一仰脸干了半瓶。

他把酒瓶放下,问:"你们日照是不是经常刮台风呀?"

烫发头说:"很少,今年来了这么一次,让你给碰上了。"

那个女孩说:"其实,迷笛对于日照来说,也是一场台风。"

光头将她一搂:"小蘑菇说得深刻,迷笛就是一场台风。这个夏天真他妈的给力,这个城市突然间就变得活力四射、动感十足。"

239

梁锟从网上早已看到，从5月份开始，日照的每个周六晚上都有一场摇滚音乐，一直持续到9月初，称作"迷笛音乐季"。而四天的迷笛音乐节，则是音乐季的高潮部分。

梁锟问眼镜女孩："美女为什么叫小蘑菇？"

烫发头男孩说："她是日照大学生乐迷团'蘑菇'的成员，叫康小丽，家在武汉。"说到这里，他凑近梁锟的耳朵悄悄说："光哥这个夏天收获可大了，采了这么个小蘑菇，够鲜嫩的吧？小蘑菇放了假也不回家，一直在这里听摇滚。"

梁锟看着小蘑菇想：看看人家。同样经历台风，人家是得，我却是失。

他抓起酒瓶，向着他们三个大声道："哈！"

这一下，他的酒瓶见了底儿。

喝到最后，梁锟身边有了四个空瓶。他再摸起一瓶，涨红着脸说："感谢日照朋友到水里捞我，感谢你们请我哈酒。现在，我要为你们朗诵一首古诗，以表达我的心声……哎，你们这里，过去有没有七夕乞巧的风俗啊？"

光头说："有啊，我小的时候，每年到了今天晚上，都要跟着姐姐到眉豆架子下面，向织女娘娘祷告，让她赐给我们一些机巧……"

梁锟打断他的话："对，山东陕西都一样，我小的时候也这么干。你们听着啊，这是一首关于乞巧的诗——未会牵牛意如何，须邀织女弄金梭。年年乞与人间巧，不知人间巧已多。"

三个听众热烈鼓掌。梁锟却将手一挥："鼓什么掌呀？你们统统不明白！年年乞与人间巧，不知人间巧已多——什么意思？是说，人间的'巧'，他妈的太多太多了……可是，这些'巧'都在别人那里，我却是一个笨蛋，十足的笨蛋……"

说到这里，梁锟声泪俱下。

光头把手搭上他的肩头，抚慰了一会儿，说："哥们，别伤心，我唱几句老崔给你听听。"

说罢，他放开嗓子唱道：

也许这就是生活，失去一切才是欢乐，相聚时没有天地，分手后又无事可做，不敢想将来和过去，只得独自把酒喝，忘掉白天和黑夜，没有正确，也没有过错……

梁锟点点头："谢谢哥们开导！哈！"

转眼间，又一瓶啤酒进肚。

这时，光头问他住在哪里，问了好几遍，梁锟才把自己的住处告诉了他。

两个男孩扶起梁锟，走向了他们的车子。

找到太阳广场上的那顶帐篷，梁锟迷迷糊糊向三个人道过谢，一头扎进去睡着了。

醒来时天光大亮，帐篷外鸟叫声此起彼伏。他爬起来呆坐片刻，走出帐篷，到公园门外叫了出租车，直奔万平口而去。

广场上空无一人，只听前面有奇特的声音传来："砰！哗……"

"砰！哗……"

走到海边看看，只见东南方向黑云成阵，正驱赶着一道一道像山岭一样的巨浪向岸边涌来。那浪到了岸边陡然站起，想继续往前跑却像被什么绊住了脚，"砰"的一声就扑倒在沙滩上，而后"哗……"的一声再退回海里。一波一波，前仆后继。

梁锟明白，这是"梅花"将要来了。台风旋转着行走，速度很慢，而它搅起的海浪，会快速地到达远方。

梁锟想：台风来了，人都走了。我把桑彤彤找到，也该走了。

可是，她昨晚去了哪里？现在会在哪里？

他一边观望着惊涛骇浪，一边往昨晚乐迷们狂欢的地方走去。走到一个用张拉膜扯起的白帆样的雨篷旁边，他突然发现，桑彤彤正背靠一根粗大的钢柱，面向大海独自坐着。

梁锟心情复杂地喊她一声，桑彤彤回头看看他，淡然一笑。

梁锟走过去，站在她身旁问："你怎么在这里？"

桑彤彤说："看'梅花'如何开放。"

梁锟望着海面心想，桑彤彤的比喻很恰切，那一波一波的海浪，不正是台风"梅花"正在绽放的标志吗？不过，这朵"梅花"真是宏伟巨大，铺开的面积相当于中国的好几个省呢。

梁锟说："'梅花'开到了日照，咱们该走了。"

桑彤彤说："你自己走吧，我不打算回去了。"

梁锟惊问："为什么？"

"他说，明年这个时候，他还会来。"

"他？他现在在哪里？"

"已经走了，赶飞机去了。"

"他走了，你还在这里干什么？"

"在这里找个工作，等着他。"

"他能来吗？"

"能来。"

"真的？"

"真的。他说，他的话，像给我的鼻钉一样，百分百的含金量。"说罢，桑彤彤向梁锟扬起脸，让他看到了她鼻翼上那枚一夜间新添的鼻钉。

鼻钉金光闪闪，让梁锟头晕目眩。他只好扭过头去，怔怔地看着大海。

"梅花"的花瓣儿，繁繁复复，纷纷扬扬，正落在日照的金色海滩之上。

担架队

一

日上三竿,小壶打开院门走了出来。他打一个大大的呵欠,踱到街对面,冲那堵石墙踹了一脚:"小罐!"

听那边没有动静,又踹一脚:"小罐!"这一脚踹得更加有力,墙上竟有几块碎石掉下,砸进墙根的残雪里。

"噢!"那边有动静了。

听见这一声,小壶回到北边墙根,蹲到地上。他伸出右手抹平浮土,用食指横画五道,竖画五道,一个"五虎"棋盘就有了。他守着棋盘,虎视眈眈地瞅着东边街口,等待对手出现。

他和对手是堂兄弟。二十年前,他们的母亲同期怀孕,二人摸着大肚子商定,生下孩子,一个叫小壶,一个叫小罐。

小壶等了一大会儿,小罐才露脸。他穿着蓝布大袄,袖手歪头,愤愤抗议:"你这块杂碎,把俺家的屋快踹塌了!"

小壶一脸坏笑:"塌就塌,把你两口子压在里头!刚才还在床上压摞吧?"

小罐吐一口唾沫:"呸,能跟你那样,娶来媳妇就不要命了?"

俩人都是新郎官,刚娶来媳妇不久,见面就相互取笑。

说话间,小罐已经蹲到小壶对面,收拾地上散乱的草棒,准备与小壶一决高下。

快过年了,地里没活儿,他俩经常到一起下棋。小壶家门外墙根,是他俩的老战场。小壶习惯用石子,小罐习惯用草棒。昨天他们下了九盘,小罐输了六盘,今天摆出一副要雪耻的架势。

今天小壶还想赢。他像抡镢头一样,往手心里吐一口唾沫,合掌搓搓,捡起一块石子,猛地摁到棋盘上。小罐笑眯眯地拿起一小段豆秸,胸有成竹地布子。

布完子,你走一步,我走一步,都想将棋子排成三斜、四斜、通天、五虎等等,将对方棋子一个个吃掉。

小壶一边下棋一边打哈欠,还时常晃晃脑袋,将耷拉下去的眼皮努力撑起。觉得还不行,又掏出烟袋,装烟点上,一口一口急抽。即使这样,过一会儿他还是输了,因为对方有五根草棒排成一溜,"五虎"凛然出现。

他懊恼地骂:"怎么个熊事儿!"

小罐笑道:"你夜里把小壶倒光了呗。说,弄了几盘?"

小壶嘻嘻笑着,伸出一只手掌,叉开五根指头。

小罐说:"那还不毁?今天还敢踹我的墙,跟我叫阵?"

小壶晃晃脑袋:"知道要毁,可就是忍不住。以前听人说四大鲜,

'头刀韭、谢花藕、新娶的媳妇、黄瓜纽',不娶媳妇不明白呀。"

小罐会心一笑:"这回明白了,都明白了。"

笑过一阵,再次布子厮杀。小壶将脑壳拍了又拍,让自己保持清醒。努力了几番,"四斜"眼看排成,却听到前街有锣声响起,有人高喊:"开会啦!开会啦!青壮年都到村公所开会啦!"

小壶说:"不管他,下完这盘再说。"

这一盘,小壶还是没赢,因为小罐排出了"通天"。他不服输,要再下一盘,锣声却响在了他们耳边。村文书走到他们跟前,一边敲锣一边说:"走啦走啦!"说罢继续前行。

二人只好放下棋子,悻悻起身。瞅着村文书那花白的后脑勺,小壶跺一下脚,努一下嘴,表示不满。

二

第二天早晨,小壶、小罐再站到这里时,一个扛着担架,一个背着铺盖卷儿。二人手里,还各提一包煎饼。

门口站着小壶媳妇,她手扶门框,泪眼婆娑。

小壶看看媳妇,悄声问小罐:"你媳妇也哭?"

小罐向南墙一瞥:"不哭咋的?当了一夜孟姜女了。"

小壶的爹娘从院里走出来,脸上都带着愤恨。

老汉说:"村长也太欺负人了,叫咱们也去出伕。"

老太太说:"土地改革,贫雇农占了大便宜,应该光叫他们去!"

小罐说:"二叔,婶子,村长也是没办法,上级叫咱刘家坡出六副担架,实在找不出人了。"

小壶说:"共产党没分给咱两家一垄地,叫咱们出伕就不该!保卫胜利成果,那是贫雇农的事!"

小罐说:"贫雇农当兵的多,这事就叫咱中农摊上了。反正才十来天,年前就能回来。"

老太太瞅瞅儿子手里的煎饼包,撇撇没牙的嘴:"出伕还不管吃,还得自己带煎饼。"

老汉皱皱鼻子:"穷八路,真小气。"

后街响起锣声,村文书高喊:"担架队集合啦!担架队集合啦!"

小壶瞅一眼媳妇:"我走啦。你晚上把门闩紧。"

小壶媳妇点点头,带着哭腔道:"你到了那里千万小心,枪子儿它不长眼。"

婆婆呵斥她:"说什么枪子枪子的?就不会说点好听的?"

小壶媳妇不知道说什么好听,只好转身捂脸,走回院里。

小壶冲着她的背影喊:"你放心,我到那里光抬伤兵,没事儿!"

三

刘家坡担架队十四人,六副担架,一辆车子。车子上装着大伙的铺盖和煎饼,由大憨推着。

这辆车子,是他分了财主家的,有五成新。车轮一转,吱吱扭扭,

247

有高歌猛进的味道。

小壶说:"大憨你真抠门,出伕走远路,也不给车轴上点油。"

大憨倒是坦白:"家里那点油,人吃都不够,还喂给车子?"

小壶听不得这声音,说烦人,伸手扯扯小罐。俩人主动落后,与大伙拉开距离。

冯老沉看见了,伸出一只大手,蒲扇似的向他们招着:"跟上跟上,不要掉队。"

小罐说:"你跟上就是,反正车子再怎么叫唤,你也听不见。"

冯老沉听不见这话,将两只大手背在身后,跟着大憨亦步亦趋。

小壶、小罐看看他,相顾一笑,眼睛里闪射出贬损人的快感。

冯老沉,一直是刘家坡人的取笑对象。他是外来户,给财主刘万礼当长工,耳朵不灵,被人叫作冯老沉。因为穷,因为耳沉,四十多了还打光棍,直到共产党来了闹翻身,他才娶了个寡妇。成亲的晚上,老婆跟他说悄悄话,发现他听不见,只好吆吆喝喝。听房的人听见了,将那些内容传遍全村,成为大伙茶余饭后的笑料。

冯老沉出身好,两年前当上刘家坡武委会主任,负责治安保卫和出伕支前。当上官儿,冯老沉很不适应,有时候挺起胸脯像个主任,有时候弓腰低头还原成一个觅汉。村里人对他,也是有时候蔑视,有时候恭敬,态度很不统一。

这次出伕支前,冯老沉亲自带队。大家跟着他走完十里山路,来到区驻地,才知道他犯了个大错误。

各村担架队集合,几百人黑压压站成一片。一些中年男人敲锣打鼓,大群青年妇女扭着秧歌。小壶光看那些扭秧歌的,小罐却看外村的担架队员。

小罐看着看着,发出疑问:"人家的担架怎么是那样?"小壶转眼一看,人家抬的果然不一样,都是又长又大,用细木棒专门做成的。而刘家坡的担架,只有两根扁担,在中间襻了一些绳子。

小壶就去打听,打听清楚了,到冯老沉面前大声抗议:"人家都是四个人抬,咱们两个人抬,你想把咱累死?"

其他担架队员听了,也问冯老沉怎么回事。

冯老沉抬手拍着耳朵,满脸愧色:"前天来区里开会,我没听清楚。"

小壶分合着怀中两根扁担,撞出"啪啪"的声响,说:"不行,咱们回去另做担架!"

冯老沉急忙向他拱手哀求:"小壶小壶,可别这样说!再回去做,上前线就晚了!"

小罐说:"就这样去,咱们两人一副,能摽得过人家?"

冯老沉说:"不就是抬一个人吗?一人背一个,也是背得动的。"

大憨说:"就是,一个人还有多沉?走吧走吧!"

有人背着大筐过来,边走边说:"拿汤匙啦,拿汤匙啦,一人一把,好用它喂伤员!"

大家围上去,一个摸出一把。那汤匙是白瓷的,摸在手里溜滑。

小壶捏弄它说:"用完了揣回去,拿它喂小孩。"

大憨拍他一掌:"你的小孩在哪里?"

小壶说:"甭管在哪里,我来年一定当爹!"

这时,有人端着一个黑瓷碗,来到大憨的车子跟前说:"加油加油!小车加上油,胜利来回走!"

大憨对那人道:"同志你真会说巧话。来,加上加上!"说罢,高高兴兴将车子掀歪,让车轴眼儿朝天。

那人拿一根筷子,从碗里戳起一坨冻成半固体的花生油,抹到车轴眼里。

那边有人拿着铁皮喇叭筒大喊:"吃饭啦吃饭啦!吃完这顿英雄饭,都去当支前英雄呀!"

果然,妇女们抬来一桶一桶猪肉炖白菜、一筐一筐白面馍馍。

闻着英雄饭的香味儿,小壶就放弃了另做担架的主张。他去车子上拿来饭瓢和筷子,与大伙一起围了上去。

四

吃完英雄饭上路,每一顿便是吃自己的了。傍晚,青岗区担架大队在沭河边吃饭,各人吃各人的煎饼。好在上级安排人烧了几大锅开水,能让他们嘴里的煎饼顺利落肚。他们得知,为了防备敌人飞机来扔炸弹,要等到晚上过河。

吃下两个煎饼,小壶袖手抱膀,靠在一棵柳树上躲避寒风。望着沭河上的冰,冰面上映照的夕阳,他说:"天底下还有这么宽的河呀?"

靠在另一棵柳树上的小罐说:"听人说,沂河比这还要宽。"

小壶说:"怪不得老毛老蒋争地盘,把这两条河争到手,一年得打多少鱼呀。"

小罐指着他笑:"老毛老蒋是打鱼的吗?人家是争天下!"

小壶说:"多亏他们在这个时候打仗,河冰撑人,不然,咱们得脱了鞋蹚水。"

日头落了,河面由红变黑。区长一声令下,担架队开始过河。冯老沉招呼刘家坡的人:"走呀走呀!"说罢,他推起车子,在大憨的扶持下到了河边。

小罐看看车上的东西,对小壶说:"车子太重,咱们把铺盖煎饼自己背着吧?"

小壶说:"他愿推,就叫他推。"

小壶走上冰面,双脚往前一滑,人就倒下了。爬起来说:"哎哟,腚锤子摔成八瓣了。"

像他这样摔跤的不少,这边"咕咚"一下,那边"哎哟"一声,每一个动静,都引来一阵笑声。

"咔嚓"一响,水花四溅,冯老沉连车加人掉进了河里。好在水不深,刚到他膝盖。小罐急忙过去,将扛着的担架往他跟前一放:"你快上来!"冯老沉就借助两根扁担,重回冰面。

车上的煎饼包和铺盖卷,有一半浸到了水里。大伙上前抢救,听脚下"咔咔"作响,又赶紧后退。

冯老沉移动担架,在车与冰之间搭起桥梁,独自爬过去,将铺盖卷与煎饼包一一取下,奋力扔走。谁捡到自己的,发现是湿的,就唉声叹气。

卸空车子,冯老沉爬回来,大家用扁担撬,用绳子拽,让那车子重回冰面。

看看河面上人已很少,冯老沉说:"咱们掉队了,快走!"于是,大憨推车,其他人各自背着东西,急急前行。

冯老沉每走一步,两腿都撞出清脆的响声。大憨说:"老冯,你的棉裤上冻啦!"

冯老沉说:"活该,谁叫我盘算不到,没把东西分散呢!"

担架队过了河,一直走,一直走。北风呼呼地刮,刮得人脸疼头疼。走到天明,前面的人不走了,一个个伸长脖子向前看。原来,前面又出现一条结冰的大河。有人说:沂河到了。

区长传下命令,让担架队进村吃饭休息,下午再走。

几百人呼呼隆隆,走进一个村子。早在那里等着的区干部引领着,一家安排一个村的担架队。刘家坡担架队来到一户人家,一个中年女人向厨房一指:"水烧开了,你们喝吧。"说罢走进堂屋,再不出来。

大伙舀来水吃煎饼,有一半人发现,自己的煎饼冻成一坨,无法取用。

冯老沉说:"我的没浸水,先吃我的。"

有人就去拿冯老沉的煎饼吃。小壶也要去,小罐扯他一把:"吃冻煎饼活该,谁叫咱们叫他推着呢。"

小壶只好捧起煎饼包,"咯噔"咬了一口。

小罐说:"看我的。"就捧了煎饼往热水里泡。小壶说:"就你有点子。"

二人泡化一点,吃上一点。吃到嘴里的是糊糊,口感极差,但他们一声不吭。

吃饱肚子,小壶掏出烟袋装上烟,去厨房锅底铲出一撮火灰,将烟点上。走出来,许多人嘴衔烟袋,与他对火,院子里一时间青烟袅袅。

有人要晾晒昨晚溺水的被子,往晒衣绳上搭,往墙头上搭。院里搭不开,就到村外河边,在树间扯起绳子。

小壶将他与小罐合盖的被子晒上,回到那户人家,想到厨房草堆上睡一觉,却见大憨像站岗一样挺立门口,伸手拦他:"别进去,别进去。"

小壶好奇,不听他的,猛地推门进去。

他看见,里面有一堆火,一个光腚。下半身一丝不挂的冯老沉,正手托棉裤放在火上烘烤。棉裤热气腾腾,散发出一股骚臭味儿。

五

过了沂河,再走一天一夜,担架队在一片山区停住脚步。

黑暗中,他们被人带进树林,遵照命令老老实实蹲下。冯老沉,则被叫到另一个地方开会。他接受教训,唯恐再把上级指示听错,就把大憨带上。

小壶想吸烟,掏出火镰火石"啪啪"击打。还没把火绳点着,有人过来厉声制止:"不能抽烟,抽烟暴露目标!"

小壶只好揣起打火工具,从烟荷包里掏出一捏烟丝,放在鼻子下嗅着。发现风太大,把烟味儿吹跑,他索性将烟丝填进嘴里慢慢咀嚼。

牙齿一动,惊醒肠胃,响声在他肚里此起彼伏。他说:"好饿。"小罐说:"想想媳妇,就忘了饿了。"

小壶就去想,想了片刻,对小罐悄悄说:"这会儿是老二饿了。"

小罐抬头看看天上的启明星,吧嗒一下嘴:"咳,要是在家,这会儿已经睡醒了。把媳妇一搂,那个光景……"

小壶说:"就是就是。哎哟,赶紧出完伕回家,赶紧赶紧!"

冯老沉和大憨回来了。大憨代替武委会主任,向大伙传达会议精神。他说上级讲了,山那边就是战场,这里是伤兵转运站。那边一开打,伤员下来,简单包扎一下,就由担架队送到三十里外的战地医院。

大憨讲完,冯老沉摆着大手强调,咱们抬上伤员,一定要好好照顾,可不能在咱手里出差错。

他讲完,让大家吃饱肚子等着。小壶说:"没有水呀。"冯老沉说:"到前线了,哪里去找开水?树底下有雪,不能揸上两口?"

担架队员听后无言,各自摸出煎饼。吃两口,便去抓一把雪送进嘴里。

吃下两个煎饼,小壶觉得揣了一肚子雪,冷得浑身发抖。他抱膀缩颈嘟哝:"冻死了,冻死了。"

小罐说:"我猜,那些当兵的,这会儿也害冷。"

小壶说:"他们不光害冷,还害怕。"

"怕什么?"

"怕上咱们的担架呀。"

"唉,一开火,谁也不知道是死是活。"

"等伤员下来,咱们拣个小个儿的,要是抬个大个子,还不累毁啦?"

突然,南天红光闪闪,接着有"咕咚、咕咚"的声音传来。有人说:"开火了!开火了!"担架队员们纷纷起身观望。懂行的人说,这是大炮。大炮轰完,步兵就上阵。果然,等了一小会儿,那边就是"突突突"的枪声了。

小壶说:"哎哟,比过年还热闹!"

有人大声喊:"伤员快下来了,担架队到包扎所待命!"

担架队走出树林,来到一个村庄。这时天色已亮,能看见村边点着几堆火,火边摆了一长溜桌子,桌子上蒙着白布。还有一些穿白大褂的,有男有女,都踮脚翘首望着南边。

有人抬手一指:"来了来了!"

南边果然有人抬着担架往这跑,担架上躺着当兵的。那些抬担架的,也不穿军装。小罐说:"看来,还有这样的担架队,专门从战场上往这里抬。"

早有人迎上去帮忙,将担架放到桌子边,将伤兵抬到桌面上。几个穿白大褂的围上去,解开他的衣裳这看那看。鼓捣一会儿,扯一绺白布给他包扎。包扎完,就把他抬到另一副担架上,盖上一床被子。

只见火堆那里火星四溅,有人用铁钳从灰里夹出一块砖,另一人舀水往上一泼,那砖"噗"的一声爆出一团热气。还有一个干部模样的人手扯白布,将砖裹了几层,而后掀开被子,往伤兵腿裆里一塞,猛一挥手:"走!"抬担架的四个人齐声响应:"走!"担架便在他们中间离地而起。

小壶问:"腿裆里塞砖,为啥?"

小罐说:"让伤兵暖和呗。"

六

怕啥来啥,小壶怕抬大个子,偏偏抬了个大个子。因为担架排队等候,轮到谁谁就抬,不能挑挑拣拣。再说,现场忙忙乱乱,指挥者也顾不上分辨担架是二人抬还是四人抬。

小壶、小罐抬的这个大个子,头上有伤,让纱布缠成一个白葫芦。听他上了担架连声呻吟,小壶说:"你哼哼啥?谁叫你当兵的?当兵就免不了挨枪子儿。"

听了这话,伤兵不哼哼了,却将一只大脚蹬到小壶的肚子上。见那脚上一只破鞋,鞋上都是烂泥,小壶往旁边一拨厌烦地道:"甭踹我!"

背对战场,面向北风,担架队像长龙一样迤逦而行。刘家坡的六副担架,是长龙身上的一小段。冯老沉跑前跑后,查看每个担架上的情况,看到哪一个,就大声鼓励伤兵:"同志,坚持住呀!"

第三次来到小壶、小罐这里,他再揭开被子说"坚持住",小壶却大声吆喝:"我坚持不住了,咋办?"

冯老沉扭头问他:"你怎么了?"

小壶说:"太沉了!抬不动了!"说着塌肩弓腰,做不堪重负状。

冯老沉吧嗒一下嘴:"来,我替你一会儿。"

小壶、小罐就把担架放下,冯老沉将小壶的襻绳接过去,搭上了自己肩膀。

等到担架再被抬起,小壶大摇大摆跟在后面,高声吆喝:"同志,坚持住呀!"吆喝一声,捂嘴偷笑。

发现了小壶的悠闲,有人大声抗议:"老冯,你不能光替小壶,我也坚持不住了!"

冯老沉说:"等等,我替一阵小壶再替你!"

过一阵子,小罐说:"小壶,歇过来了吧?"小壶说:"差不多了。"就接替冯老沉,再让肩膀有了负荷。

冯老沉等到后面的担架过来,又让另一个人歇肩。从此,他替这个一阵,替那个一阵,没闲过一会儿。

小壶、小罐的担架上又有了动静。这次不只是哼哼,还有牙齿打仗的声音。

小罐问伤兵:"你怎么啦?"

伤兵哆哆嗦嗦地说:"冷呀,冷呀。"

小罐说:"你不是铺一床被盖一床被,腿裆里还夹着热砖吗?"

伤兵还是哆哆嗦嗦地说:"冷呀,冷呀。"

小壶说:"北风这么硬,谁不冷呀?我鼻子梢、耳朵梢,都跟猫咬一样。"

伤兵不听他的，照旧哆嗦，照旧说冷。

冯老沉在后边喊了起来："刘家坡的住下！把担架放下！"

六副担架停下，放到地上。

冯老沉说："天太冷了，把咱们的铺盖拿来，给伤员盖上！"

大家听从队长吩咐，去大憨车子上解下被子卷儿，展开，盖到自己抬的担架上。

小罐把自己那床被子盖到伤员身上，小壶咧咧嘴说："一铺两盖，这回不冷了吧？"

冯老沉看看六副担架，感到满意，让大家抽袋烟再走。

小壶抽着抽着，忽听地上的大个子伤兵说："兄弟，兄弟。"

他低头看看，伤兵正眼巴巴地看着他。

他问："有事？"

伤兵说："你让我……让我吸一口，行不？"

小壶见他嘴唇上都是血痂，不愿他含自己的烟嘴儿，就说："你受了伤，哪能吸烟？"

小罐从嘴上拔下烟袋，看看伤兵，犹豫一下又说："同志，坚持坚持吧。"

伤兵就闭上眼睛，再不吭声。

歇过一会儿，大家再把担架抬起，继续赶路。

走到中午，担架队在一个村庄歇脚吃饭。这里，有人烧了开水，熬了米粥，烙了煎饼，还生了几堆火。

区长下令，先把保温砖拿去加温，再喂伤员，担架队员最后吃饭。于是，大伙纷纷撩开伤员盖的被子，将他腿间的那块砖拿出来，解除纱布，送到火堆里烧。那些纱布，晾在旁边的树上、墙上，有的浸了尿，有的沾了血，又腥又臊。

然后，大家用饭瓢舀来米粥，各自端到自己的担架跟前。

那些伤员，有的能坐，有的不能。不能坐的，就由担架队员喂给他们。他们用区里发的汤匙，一口一口喂给伤员。

小壶、小罐抬的伤员不能坐，必须用汤匙喂。但是，伤兵的嘴唇直哆嗦，米粥难以进嘴，弄得下巴和脖子黏黏糊糊。小壶说："你吃呀。"伤兵还是吃不利索。小壶说："我喂不了，小罐你喂。"

小罐接过饭瓢汤匙，还是没法把米粥喂进去。小壶在路边划拉一把草，擦擦伤兵的下巴和脖子，瞪眼道："你不吃，可怪不着俺俩。"俩人就去舀来开水，拿来煎饼，蹲到一边吃了起来。

冯老沉没顾上吃饭。他喂完一个伤兵，听他说要解手，就给他解开裤子。想让伤兵侧过身来，但他疼得龇牙咧嘴。冯老沉说："你就平躺着吧。"说罢拿来自己的饭瓢，放到伤兵的小肚子下面接着。

小壶、小罐看了，扭头对视一眼，齐声说："脏死了，脏死了。"

冯老沉却没觉得脏，他接罢尿泼掉，给伤兵束好裤子，去旁边找水冲冲那张瓢，照样用它舀开水喝。

另几张担架上，也有伤兵或拉或尿。想尿不能翻身的，有的担架队员学习了冯老沉的办法；想拉的，几个人把他抬起来，让他的屁股离开担架，拉到地上。

但是，小壶、小罐这边，伤兵闭着双眼，一声不响。

大伙吃完，从火堆里取回砖块，用纱布缠好后放入伤兵腿裆。区长发令，让大伙继续前行。

小壶、小罐走了一段，听见伤兵在担架上叫："爹，娘……"

小罐听后伤感，对担架那一头的小壶说："这人，家里有爹有娘。"

伤兵又叫："媳妇，媳妇……"

小罐说："这人，家里也有媳妇。"

小壶叹口气说："唉，跟咱们一样。"

伤兵叫过几遍，再没有动静。小罐说："看看怎么了。"

二人就放下担架，俯身去看。他们看见，伤兵脸色蜡黄，且有泪痕。

小壶叫："同志！"但这位同志不答应。

小罐叫："同志！"这位同志还是不答应。

小壶扭头大喊："老冯！你快来看看！"

冯老沉跑过来，拿手试试伤兵的鼻息，长叹一声："这个同志，他牺牲了……"

小壶、小罐蹲在那里，看着伤兵发愣。

小罐哆嗦着两手，打着火，抽着烟，将烟袋嘴儿放进伤兵嘴角："同志，你吸一口吧。"

小壶也效仿了他，也将烟袋点着，送到伤兵嘴边。

于是，伤兵那结满血痂的双唇间，就衔了两支烟袋。

小壶、小罐脸上，各有泪水流下。

七

青岗区担架队抬了一百多个伤员,有十一个死在了路上。不只他们抬回了死的,别的区也有。来到设在一个村庄的战地医院,活着的进手术室,死了的到村边躺着。

村边有个打谷场,铺了几十张芦席,死者排成几行,身上都蒙了白布。小罐用目光数了数,总共有五十多具。

担架队员被召集在一起,向死者致哀。看到区长带领大家低头弯腰,小壶质疑:"怎么不磕头呀?"小罐说:"不知道,可能是共产党不兴磕头。"小壶说:"我不是共产党,我磕。"说罢,他跪倒在地,向那片死者连连叩首。

致哀毕,区长向大家讲,咱们吃过晚饭接着出发。有人说:又累又乏,不睡一觉怎么行?区长说:前方战斗还在进行,伤员等着我们去抬,哪有时间专门睡觉?咱们一边走路一边睡。

吃罢晚饭,担架队离开战地医院。天是阴的,眼前乌黑,担架队员看不见前面人影,只凭脚步声判断掉没掉队。

走了一会儿,小壶见四周没一点亮光,嘟哝道:"钻进黑老鸹腚眼里去了。"

他没听到身后小罐回应,就将肩上担架往后一捣:"听见了吗?钻进黑老鸹腚眼里去了。"

小罐说话了:"噢噢,黑老鸹……我睡着了。"

小壶说:"还真能一边走一边睡呀?那我也睡一会儿。"

很快,小罐觉得身前的担架忽而向左,忽而向右。再后来,前面"咕咚"一声,两根扁担的前端就戳在地上,走不动了。

他踢一下倒地的小壶:"起来起来。"

小壶说:"哎哟,困死了,就这样睡过去算了。"

小罐伸手摸到小壶,拼命把他拽起:"你睡在这里,会冻死的!还想不想回家搂媳妇?"

小壶被这话警醒,立即回答:"想!媳妇在家等着我呢!"

前前后后,笑声一片。

他爬起身来,踏出节拍边走边说:"媳妇在家等着我,媳妇在家等着我……"

小壶念叨一会儿,声音渐小,说困劲儿又上来了。小罐说,我这脑子,也成了一团糨糊。

此时,脚下的路也不再平坦,时而上坡,时而下坡。

因为路险,因为困乏,小壶、小罐一次次跌倒,又一次次爬起。队伍中,前后都有跌倒声与喊叫声传来。

小壶说:"怎么还不到前线呀?"

小罐说:"一定是这边胜了,那边败了,前线更往前了。"

小壶说:"好,好,赶紧打完仗,咱们回家过年!"

再走一会儿,有凉物袭脸,是下雪了。

下雪,路更难走,人人脚下不稳,一擦一滑。

眼前却渐渐明亮,能看得见满地积雪,看得见人影幢幢。

再走一会儿,小壶指着右前方惊叫:"谁坐在那里?是天神?"

大家抬头看去,发现一个巨物接天触地,穿一身白衣,戴一顶白帽。

有人说:"那是一座山!"

小壶说:"这是什么山,还长了个人头?"

有人说:"这种山叫'崮',这一带很多。"

大家一边看山一边走,过一会儿,前面的人向后传话:到了。

青岗区长下令,让队员们就地休息,等候天亮。

大伙把担架放到地上,背靠背坐到上面,鼾声四起。

八

小壶、小罐,这一回抬了个小个子伤兵。伤兵的伤在肚子上,被医生缠了一大圈白纱布。

排队时他俩商定,今天一定好好服侍伤兵,可不能再出差错。

上路后,他俩一边走,一边嘘寒问暖。

"同志你冷不冷?"

"不冷。"

"同志你饿不饿?"

"不饿。"

停了停,小壶又问:"同志你家是哪里?"

"胶东。"

"胶东是哪里?"

"胶东是胶东。"

听他不愿说话,小壶不再问了。

担架上老是没动静,小罐忍不住再问:"同志,你家里有什么人?"

"有爹,有娘。"

"有媳妇吗?"

"没有。"

"你多大了?"

"二十九。"

小壶说:"二十九了还没有媳妇?"

伤兵不响。

小罐替他解释:"光顾打仗去了。"

小壶叹气:"唉……"

冯老沉过来了,要替他们抬一会儿。小壶不答应,小罐也不答应,说不累,不累。

冯老沉嘱咐道:"雪天路滑,千万甭摔倒了。"

小壶、小罐答应着,下脚十分小心。

好在雪停了,前面的人已经把路踏出,他们走得还算稳当。

走到中午,担架队吃饭。小壶舀来半瓢米粥,还拿来两个熟鸡蛋,全都喂到了伤兵肚里。

喂完,问同志要不要解手,伤兵点点头。问他是大解还是小解,伤兵说是小解。小壶立刻将饭瓢一送:"来,我给你接着。"

伤兵却羞笑着摇头："你们帮我翻翻身。"

小壶、小罐明白了，就一齐下手，帮他翻身。等到伤兵侧过身来，又帮他解裤带。伤兵将一股黄尿滋出来，在担架边冲出一个雪洞。

看看伤兵私处，小壶附在小罐耳边道："一杆好枪，还没用过。"

小罐点头叹气："唉，真可怜。"

伤兵尿完，二人帮他躺平，系好裤子，才去领饭吃下。

这时，他们得知，今天要将伤兵送到另一个战地医院，还要走三十里路。

小罐说："这么算来，比昨天的路程多一半。"

小壶说："为啥要送另一家？"

小罐说："昨天那一家住满了呗。"

小壶说："哎哟，我脚上已经打了好几个泡了。"

伤兵说："你成炮兵了。"

听伤兵还能开玩笑，二人都很高兴，异口同声道："对，成炮兵了！"

心情愉快，腿脚变得轻松，脚趾头上的那点疼也就忽略不计。二人步调一致，一路小跑，让担架有节奏地一起一伏。伤兵说："嗯，舒服！"

小罐说："这叫舒服？等你养好伤，打完仗，回家娶个媳妇，那才叫舒服！"

伤兵说："你说得对，我早就想娶媳妇了，做梦都想。"

小壶说："做梦是假的，真跟媳妇上了床，叫那张床忽悠起来，跟这担架一样，那滋味没法跟你说。"

伤兵咧着嘴笑："没法跟我说？奇怪，怎么能跟这担架一样……"

说罢，他闭上眼睛，面带微笑，一看就知道他陷入遐想。

前面突然传来喊声："赶快隐蔽！敌人飞机来了！"

西天上出现几个黑点，担架队乱成一团，急忙往树林里躲。小壶跑时，让石头绊了一下，身体突然歪倒。伤兵掉下担架，骨碌碌滚出几步远。

这时，巨大的黑影从头顶掠过，不远处"轰轰"几响，震耳欲聋。

等到飞机过去，小壶、小罐急忙去看伤兵。他们一声声喊着"同志"，伤兵却不答应，也不睁眼，只是一下下急喘。

小壶站起身大喊："老冯，你快来看看！"

老冯跑过来，俯身看看，向前面喊："卫生员！卫生员快来！"

区长跑来，说飞机把担架队员炸伤了，卫生员正在那边抢救。

他看看这个伤兵，问小壶、小罐，刚才是不是摔着了。二人点头答应，满面羞愧。区长说："伤员就怕摔，一旦摔重了，内脏就可能出血。"

等到卫生员过来，伤兵已经不喘气了。

小壶、小罐齐声号哭，趴在地上连连磕头。

九

终于来到目的地，把伤兵交给战地医院，把死者放到追悼会场。

向死者致哀毕，担架队接到上级命令：鲁南战役胜利结束，民工同志可以返乡。

大伙草草吃点东西，立即向家乡开拔。他们日夜兼程，走出山区，走过平原，蹚过沂河，蹚过沭河。

刘家坡的十四个人，腊月三十这天回到村头。

冯老沉让队员们站住，问道："哎，大伙记不记得，村长在支前动员会上讲，等到担架队回来，要组织秧歌队，把咱们一个个送回家？"

大伙说："记得。"

冯老沉说："叫大憨去报个信，咱们在这里等一等。"

小壶将手一摆："免了吧，谁不认得自己的家门？"说罢就走，率先进村。

大伙都说："免了免了，不用送了！"

冯老沉一笑："也好，不劳驾妇女识字班了。"

担架队就地解散，各自回家。

小壶的家人正在院子里忙年，爹劈柴，娘择菜，媳妇剁饺子馅儿。

老太太看见儿子进门，把菜一扔扑了上来："哎哟，俺儿回来啦？"

小壶说："娘，我回来了。"

爹打量一下儿子："没伤着吧？"

小壶说："爹，没有。"

小壶媳妇喜笑颜开："看来，枪子儿还是长眼的。"

小壶突然冲她大发脾气："你胡说八道！"

媳妇不知道自己错在哪里，扭身捂脸跑进厨房。

大年初一早晨，刘家坡家家户户烧纸敬天，多数人家要放鞭炮。不放鞭炮的人家，是以往三年内有亲人过世。

　　但是，小壶家没放，小罐家也没放。

　　这天上午，两个小伙子又蹲在街边下棋。有人过来问他俩，家里没有亲人过世，为啥不放鞭呢？

　　俩人同时抬头反驳："谁说没有？"

　　第二年过年，他们还是没放。

　　第三年，两家依旧。

　　三年守孝期过去，两家才恢复了过年放鞭的习俗。